青妤記

6之5

〈絕代名伶〉

一半是天使 著

風文創 038

風 文創 038

目錄

章一百七十五　公主府上……007
章一百七十六　福成公主……013
章一百七十七　秋心落院……019
章一百七十八　他是駙馬……025
章一百七十九　黃昏赴宴……037
章一百八十　初次交鋒……045
章一百八十一　小人之心……051
章一百八十二　各存心思……061
章一百八十三　諸葛敏華……067
章一百八十四　竹榭飲宴……073
章一百八十五　我心昭昭……083
章一百八十六　琅嬛一聚……093
章一百八十七　驚天身世……103

章一百八十八　對花歌兒……113
章一百八十九　何人所作……123
章一百九十　誰人知心……135
章一百九十一　與君重逢……149
章一百九十二　開誠佈公……161
章一百九十三　碧藍如洗……167
章一百九十四　深謀遠略……173
章一百九十五　公主出嫁……179
章一百九十六　重逢之喜……183
章一百九十七　月色作美……189
章一百九十八　有女洛神……197
章一百九十九　她是何人……205
章二百　事不由人……213

風 文創 038

目錄

章二百零一 升為一等……219
章二百零二 各歸各途……223
章二百零三 早有預料……231
章二百零四 達成共識……237
章二百零五 心如死灰……243
章二百零六 氣急攻心……251
章二百零七 西府海棠……257
章二百零八 蒹葭蒼蒼……267
章二百零九 白露之夜……277
章二百一十 窒息之美……285
章二百一十一 心疼不已……293

章一百七十五　公主府上

這一日，晴光和煦，風不揚塵。

花子妤和李文琦隨著蘇嬤嬤從公主府的側門進入，同時一起入府的還有宮中繡房的三個繡娘。

第一次來到公主府邸，子妤不免有些好奇，和身邊的李文琦一樣，兩人均不動聲色地在細細打量周圍景色。另外三個繡娘倒是很安分，半垂著頭只跟在蘇嬤嬤身後，連腳步都是極輕的。

一路行來，遇見了好幾個太監，卻一個宮女也沒瞧到，難得看到的女子無一不是年過五旬的婆子，子妤不免有些奇怪。

走了一會兒，迎面而來一個身穿太監服的人，年紀已經有些大了，面容卻白皙得很。只見他捏著尖細的嗓子笑盈盈地道：「哎喲喂，蘇嬤嬤您可來了。瞧瞧，這兩位姑娘便是本屆的秀女吧？果然是氣質容貌都不俗啊！咱家許久沒見著女的，怎麼看都覺得美呢。」

「衛爺，話可不能這麼說啊！這公主府裡不也是有女的，只是年紀大了些罷了。」蘇嬤嬤肥肥的臉抖了一下。「這兩位便是我帶來幫助公主女紅功課的秀女了。」而另外三個繡娘蘇嬤嬤則根本沒有引薦。

「給兩位姑娘請安了。」這劉衛雖然是個太監，卻是前朝皇帝指給福成公主的親隨，此時他上下仔細打量了一番眼前的兩個人兒，細如綠豆的雙眼閃著光芒。「兩位姑娘先這邊請，公主剛剛起身呢，要沐浴過後再用了早膳，咱家才能帶妳們去拜見。」

花子妤和李文琦免不了對望一眼，兩人都不是笨蛋，此時聽得蘇嬤嬤和這劉衛的對話，心中已然明瞭幾分。敢情這福成公主為了怕新駙馬「分心」，整座公主府連一個年輕宮女也沒有，全是太監在伺候。

子妤想到這兒，心裡暗暗腹誹了一下。

李文琦則是心裡頭有些發虛，有些後悔先前在輦車上一番塗脂抹粉，只恨不得趕緊找盆水把臉洗乾淨了，就怕被那公主看到自己的花容月貌，心生嫉妒，這幾天的日子可就不好過了。

沒有人知道李文琦心裡頭的忐忑，由那太監劉衛打頭，領著蘇嬤嬤和花子妤等人入了後院側殿的一個花園。只說是讓她們先在裡面歇歇，等會兒再接受公主的召見。

「咱們不是要在公主府住上三日嗎？為什麼不直接讓我們去房間呢？」李文琦惦記著卸妝的事，因而忍不住開口問蘇嬤嬤。

「姑娘還真是不懂事呢。」蘇嬤嬤臉上的麻子連成一片，湊近看了只覺得十分嫌惡，即使說話間再和藹的笑容也起不了什麼消減作用。「妳以為來了就能留下？得先讓公主過過目，覺得合適了才會留人的。」

聽蘇嬤嬤這麼一說，子妤看了看李文琦，發現對方臉色一變，側過身從袖口裡取出了一張絹帕，正悄悄地擦拭著臉。

蘇嬤嬤自然也看到了李文琦的小動作，渾濁的眼珠子一瞪，閃過一絲鄙夷的神色，卻並沒有再諷刺她什麼。

不一會兒，來了兩個小太監奉茶。

因為花子妤和李文琦的身分是本屆秀女，和普通的宮女相比身分要尊貴些，所以劉衛走之前還是以客禮相待，不同於另外三個繡娘，兩人面前還擺了幾樣糕點。

眼看著李文琦又要伸手拿糕點，蘇嬤嬤輕咳一聲。「兩位姑娘，嬤嬤我勸妳們最好什麼都別動。」

被蘇嬤嬤突然提醒，李文琦嚇得手一抖，竟真不敢再拿了。一旁的花子妤見狀，眉頭微蹙，轉而看向了蘇嬤嬤。「子妤謝過嬤嬤提醒，但先前在輦車上我補覺去了，沒來得及吃東西。這如今，肚子已經有些餓了，若是什麼都不吃，等會兒見了公主，肚子要是『咕嚕』叫起來那豈不是失禮。」

說著，子妤已經捏了一塊芙蓉糕直接送入口中，隨即又取了茶盞喝了一口茶。

嗯，這茶是一直用溫水半暖著的，在這樣的天氣裡吃在口中只有一點兒溫度，極為解渴，而且這茶味道極為清新，此時喝上一口，頗為清爽。

看著花子妤臉色平和且還有心情品茶吃東西，蘇嬤嬤愣了愣，偏偏沒法子挑剔她剛才的話，隨即肥肉一抖，也拿了茶盅開始自顧自喝起來。

倒是李文琦看了看花子妤一副閒適無所謂的態度，覺得有些奇怪。暗道：這個戲伶可能是見過大世面的吧？自己身為侍郎千金，還入宮探望過堂姊幾次，都沒有她眼前這分平和的態度。想到這兒，李文琦不禁咬了咬牙，自尊心作祟，對這個花子妤心裡更加討厭了幾分。

等了約莫大半個時辰，這才來了個小太監。「蘇嬤嬤，各位姑娘，還請隨在下去覲見公主殿下。」

蘇嬤嬤搶先站了起來，扭著肥胖的身子來到那小太監身邊，從袖兜裡掏出一個碎銀子塞到他手裡。「這位公公，請問公主今兒個心情還好吧？」

小太監不動聲色地收了銀子，隨即便藏在袖口裡。「這可難說了，公主今早只用了半碗燕窩粥，說是沒什麼胃口。嬤嬤您也知道，公主還有一個月就要大婚了，她最在意的就是到時候穿上宮裡趕製的禮服好不好看。」

「知道知道，我當然知道。」蘇嬤嬤眼珠子一轉，立刻明白了小太監的意思。轉頭望向了花子妤等五人，厲色道：「公主今兒個恐怕沒什麼耐性，大家注意著些。特別是兩位姑娘，公主召見，還請謹守規矩，切莫冒犯了貴人，連累我們繡房就不好了。」

李文琦被蘇嬤嬤教訓怕了，聽她這麼一說，趕緊點頭。子妤則是眉頭微蹙，看向蘇嬤嬤略頷首，也表示自己知道了。

蘇嬤嬤見兩人都挺聽話的樣子，心裡也舒坦放心了幾分，轉頭向著先前那小太監笑道：

「還請公公在前頭帶路，讓公主等久了可就不好。」

「這是自然，等會兒見過了妳們，公主還要趕工繡製送給未來公婆的鞋襪。幾位來得正好，剛巧能幫得上忙呢。」

這小太監是個話多的，一路上嘴巴就沒停過，但說的也只是些邊邊角角的零碎話，無非是這幾日天氣漸熱，公主已經讓人開了地窖開始用冰了，還有新駙馬每隔幾日就會來給公主請安，並帶些小玩意兒過來哄公主，順帶對下人的打賞也頗為豐厚；另外還有皇上也經常會過來看望公主，賞賜如流水似地就沒斷過，有蜀錦、湘繡這些地方上貢的好東西，還有珊瑚、夜明珠這些珍貴的寶物等等。

雖然話很零碎，但子妤還是從中聽出了不少關於公主的訊息，其中皇帝經常來看望她，這點讓子妤有些隱隱的期待。

章一百七十六　福成公主

福成公主府的氣派雖不如皇宮內院，卻處處透著精緻。

隨著那小太監，蘇嬤嬤帶著花子妤一行人穿過一條條由五色石砌成的彎曲小徑，才來到一個水磨磚排的雕花月洞門前。

只見那小太監停住腳步，朝著守門的婆子道：「進去稟公主，繡房來人了，可是現在就召見？」

那婆子飛快瞄了一眼蘇嬤嬤等人，點點頭。「還請各位先等著一下，奴婢這就去稟公主。」

又要等，而且是站著等，蘇嬤嬤和那三個繡娘臉上卻沒有一丁點兒不耐煩的神色。倒是李文琦臉上因為剛才用帕子胡亂擦了擦臉，此時顯得有些蒼白，唇上因為胭脂也擦去了，沒什麼血色，感覺懨懨的樣子，和她來時那個興奮勁兒完全不同了。

子妤也懶得理李文琦，自顧自左右打量了起來，眼睛透過月洞門往裡看了看，卻被一整片修竹茂林給擋住了，不過這竹林牆的縫隙極大，從這兒望去，能清楚看到一個花門，乃是一個朝南的客廳，一字橫排著各色花牆；再從花牆裡望去，牆內又有幾處亭榭，竹影蕭疏，鳥聲嗚嗚，映著這前庭的虞美人等花牆，和那點綴在牆內高高聳起的蒼松碧梧等綠樹，愈覺典雅有致。

等了好一會兒，那婆子才回轉，說公主已經在花廳了，讓小太監帶了人進去。

於是一行人又往裡走，臨到那花廳前，是一排雕欄，兩邊都鑲著綠色的薄紗窗，中間掛了一條絳色銀絲的簾子。

門口一個站立的太監掀了簾子，蘇嬤嬤等人才得以進入。

「奴婢參見公主，公主萬福金安。」蘇嬤嬤帶頭，和那三個繡娘齊齊跪下來磕頭行大禮。

因為花子妤和李文琦乃是秀女，並非宮中奴婢，所以只捏了裙襬半屈膝行禮，齊齊道：「公主萬福金安。」

「起吧。」

子妤一聽這聲音，不由得愣了愣，沒想到這公主竟有著如此軟糯甜美的嗓音。這樣的嗓音，若是唱起花旦來，絕對能把塞雁兒這等當朝花旦第一人都給比下去。

「抬起頭來吧。」

上頭又響起了公主的聲音，子妤收回遐想，依言和蘇嬤嬤等人一起半抬起了頭。

只見福成公主端正地坐在上首的羅漢床一側，一身大紅的鏤絲錦緞薄衫，上面用金線繡著鳳凰于飛、梧桐落花的圖案，頭上也是雲鬢華髻，釵環繁複。不過饒是如此，她一張並不十分出色的圓臉卻不見得能給人深刻的印象；反而因華麗眩目的裝扮，硬生生將她本就不高的身量襯得更顯矮小。

子妤暗道：怪不得這個公主要忙著減肥，原來是因為穿了這身衣裳的緣故！

沒有發覺花子妤的走神，福成公主一一看過去，對蘇嬤嬤帶來的三個繡娘滿意地點了點頭，只是當看向李文琦和花子妤時，臉色微微變了。「這兩位姑娘是本屆的秀女吧，不知有何本事能和繡房的姑姑一起來指點本宮女紅呢？」

蘇嬤嬤聽了，忙上前恭敬地作答：「稟公主殿下，這是貴妃娘娘吩咐的，說今年秀女很多，人才也不少，讓敏秀宮的宏嬤嬤幫忙選出兩位過來，既能陪著公主殿下繡製送給未來公婆的鞋襪，也能有個說話的人解悶兒。」

福成公主眉梢一挑，圓臉上閃過一絲不悅。「有什麼悶可解的，本宮忙著出嫁的事宜，日日腳不沾地，連喝口水都嫌浪費時間，哪來的悶兒？再說，她一個貴妃罷了，手也伸得太長了些，竟管到本宮頭上來！」

蘇嬤嬤看到福成公主臉色難看，又在大家面前直接罵上了諸葛貴妃，嚇得腳一軟就跪了下來。「公主殿下，這兩位秀女不過住上三日罷了，公主喜歡就召來說說話，不喜歡就晾了她們在一邊就是，何必動氣？」

「晾了她們？」福成公主冷哼一聲。「妳說這話可就失禮了！這兩位小姐是待選的秀女，又不是什麼宮中的奴婢，身分雖然不高，卻也不低，就憑妳這個老婆子，憑什麼叫本公主晾了人家？」

被福成公主罵了個當頭，這蘇嬤嬤只敢埋頭不停地磕頭，一句話不敢再回。

不理會還伏在地上的蘇嬤嬤，福成公主說完又冷笑著揮揮手。「也罷，既然來了，就好好住下吧！兩位姑娘叫什麼名字，是哪家的閨秀，擅什麼女紅功夫都自己說說吧，本宮也好酌情安排安排。妳也起來吧，別把汗水流到我這絨毯上。」這最後一句話卻是針對蘇嬤嬤說的。

蘇嬤嬤聽了，趕緊從地上爬起來，朝著花子好兩人使眼色，示意她們上前回話。

看著李文琦臉色有些發白，子好暗嘆了口氣，暗道：這公主果真是被寵壞的，一點兒也不好相與，李文琦這凡事都愛搶先的不敢開口也是常理，便主動先開口道：「稟公主，小女子姓花，名子好，是花家班送選來的秀女，至於女紅功夫，針腳還算密實用心，這才被宏嬤嬤選了過來。」

子好說完，不動聲色地伸手推了推旁邊呆站的李文琦，暗示她趕緊上前去回話。

其實李文琦身為侍郎千金，也是見過大場面的，可惜自從先前在門口被蘇嬤嬤這等不過是個宮中奴才的人給羞辱了，傲氣一再被削弱；如今又面對著明顯極難相處的福成公主，一時間沒回過神來。等看到花子好搶先答了公主的話，心中的不甘又冒出來，挺直脊背往前一站，強給自己提了氣，答道：「小女子姓李，名文琦，家父是兵部侍郎。女紅功夫不是頂好，但勝在對新的花樣子比較有心得，所以被選了來。」

「妳是戲班來的？」

福成公主饒有興致地看著花子好，卻是理也不理那李文琦，嘖嘖道：「我還以為戲伶都是些嫵媚入骨、嬌豔若李的主兒呢！今日一見，卻也平平常常，不算什麼絕頂姿色啊？」

笑了笑，子妤神色清朗，接了話回答：「因為沒什麼姿色，所以才被班主捨了送來選秀啊。」

福成公主掩口笑笑，臉色倒是緩和了下來。「妳倒是度量大又挺有趣的，本宮喜歡。」說著，又斜斜看向了挺直身子站在一邊的李文琦，抬起手指了指她。「妳擺出這樣的臉色做什麼？在本宮面前裝清高、還是要顯出秀女的身分來？別說妳只是個侍郎家的女兒，就算已經被皇上收了，在本宮面前也不算什麼。」

李文琦張嘴就想辯解，可在這公主面前自己確實不算什麼，於是只好屈服，半垂著頭，語氣恭敬地道：「公主教訓得是，小女子逾矩了。」

「臉變得還真快啊。」也不知是心情不好還是素來頤指氣使慣了，福成公主有些得理不饒人。「哼，本宮本就不願意留了妳這樣的狐媚子在府上，如今迫於貴妃娘娘的吩咐，也不好違命。像妳這等來做客的，就算不歡喜，也麻煩和妳身邊的姊姊學學，至少擺出一副沈穩樣子，免得給家裡丟臉！」

被公主這樣譏諷，哪怕是個臉皮再厚的，恐怕也承受不住。這李文琦本來還對自己身為侍郎千金存了幾分傲氣，自從入宮以來卻連番遭受打擊，此時聽得福成公主這樣說，眼淚就止不住地含在眼眶裡，眼看著就要滴落下來，把絨毯給打濕了一團。

「妳要哭就下去哭，別污了本宮的毯子。蘇嬤嬤妳們先去屋子休憩一下，等會兒過來幫我看看這衣裳，怎麼穿著總覺得有些不大對頭。」不耐煩地揮揮手，福成公主也懶得再說話了，示意蘇嬤嬤先領了人下去。

「是，公主。奴婢等會兒就回來。」說著，蘇嬤嬤又帶了花子妤等人默默地退了出去。

一出這花廳，子妤就大口地呼吸著新鮮空氣，看著身邊還在顫抖的李文琦，暗暗有些可憐她。

這連番的打擊，讓她心裡頭有苦說不出，自尊心也被人狠狠地踐踏在地上了，要恢復以往的自信和風采，恐怕是有些難了。

可這樣的事情又和自己有什麼相干呢？

花子妤不是聖人，也沒有那個心思去勸慰她。像她那樣的千金小姐，入了宮還仗著自己門第身分逢高踩低的，以為有個受寵的堂姊在後宮就能給自己撐腰，自以為了不起了；若不讓她早點吃些苦頭，明白些道理，將來果真留在後宮，恐怕沒幾天就被吃得只剩骨頭了呢！

章一百七十七 秋心落院

轉過甬道，花子妤等人便進了公主府的後院內門。

穿過月洞門，只見三面各有遊廊涌往三間上屋，屋門正面也垂落著湘簾，綠窗深閉，小院無人。不過庭前一棵梧桐樹，高有十餘尺，翠蓋亭亭，地上落滿了梧桐葉子竟也無人清掃。

環顧了一周，子妤只覺得此處透著一股清冷的味道。

「對不住了，蘇嬤嬤。」帶路的是公主身邊有幾分體面的蘭嬤嬤，濃眉大眼，一副精幹的樣子，只見她停下腳步，指著三間屋子道：「公主不日就要完婚，所以許多房舍都堆滿了婚嫁要用的東西，倒是這離得遠些的秋心院空著，正好又有三間屋子，安置六位應該也足夠了。」

「好吧，雖然只有三間屋子，我們擠擠應該也能湊合。」蘇嬤嬤雖然心裡頭有些不滿，卻還是點點頭，滿臉的笑意。

「兩位姑娘是秀女，就各自住一間單屋吧。」蘭嬤嬤指了指左右兩側的一扇門，復又指了當中一扇大些的雙開門。「這間屋大些，除了止房還有個小套間，炕上能睡下三個人，蘇嬤嬤就帶著三位繡娘住這兒吧。」

既然人家都安排好了，蘇嬤嬤也不好反駁。「那就多謝蘭嬤嬤帶路了。不知吃食熱水從哪裡取用呢？」

蘭嬤嬤指了指院落旁邊的一個小棚子。「那兒有個灶台，可以燒水，飯菜是每日三餐從廚房送來。」說著，蘭嬤嬤看了看花子妤和李文琦，眼神很平淡。「可能有些委屈兩位姑娘了，這公主府僅一個主子，就是福成公主殿下，所以除了公主的飲食以外，其餘都是按下人的分例來準備的。」

「蘭嬤嬤不必客氣。」子妤覺得這院子挺好，又不用和李文琦共用一屋；雖然清冷了些，倒還更合自己的意。那公主若樂意便召見自己，不樂意最好連面都不用再見了，自己樂得在此安靜地過幾天悠閒日子，正好不用學規矩。

「蘭嬤嬤，請問公主何時會召見我們？」李文琦卻有些不甘，知道蘇嬤嬤不好說話，便向蘭嬤嬤打聽了起來。

蘭嬤嬤搖搖頭。「等會兒蘇嬤嬤倒是得帶一個繡娘過去幫公主看看身上的嫁衣是否適合，需不需要再改。至於什麼時候用得著各位，老婆子我也說不清楚。」

李文琦有些失望，還不死心地又問：「聽說皇上也常來看望公主，不知……」

「李姑娘！」蘭嬤嬤神色一凜，厲聲打斷了李文琦。「請姑娘自重些！皇上的聖駕豈是我等可以知曉的？看來姑娘學了一天的規矩確實是大大的不夠。這些天若是公主沒有召喚，還請好生待在秋心院，若是您私自出去，唐突了貴人，那是要掉腦袋的！」

「我不過是問問罷了，嬤嬤何必這樣激動。」李文琦咬咬唇，在這個公主府的下人面前她自問還能端一下身分，所以並沒有像蘇嬤嬤數落自己時那樣忍氣吞聲。

扯了扯嘴角，這蘭嬤嬤知道對方即便是個沒名分的秀女，也不是自己輕易能夠喝斥的，於是收起了先前有些逾矩的態度，垂著眼。「奴婢只是提醒一下姑娘罷了，畢竟公主是交代了奴婢領妳們過來安頓，若是出什麼事兒，奴婢也躲不過責罰。」

「多謝蘭嬤嬤專程走這一趟。」蘇嬤嬤適時地插進來打了個圓場，悄悄又塞了些碎銀子在對方的手裡。「這幾日還要勞煩嬤嬤多照看著，畢竟咱們也是領了差事過來的，但又不能強迫公主讓兩位秀女幫忙做女紅的活兒。」

「放心，公主心情好的時候我會主動提醒提醒，萬萬不會讓蘇嬤嬤妳為難就是了。」蘭嬤嬤得了好處，臉上表情軟和了不少。說完，還是對著花子妤和李文琦福了福禮，這才轉身離開了。

蘇嬤嬤和三個繡娘本來就是宮裡的奴婢身分，也就不會要求什麼。可這秋心院既沒有留一個太監，也沒有任何婆子伺候，可見公主府對待花子妤和李文琦的態度，顯然是極為輕慢的。

花子妤向來不在乎這些，自然沒什麼感覺。李文琦卻氣得心火直冒，暗想等自己討好了堂姊，成了皇帝的女人，到時候看她怎麼收拾這些狗奴才！

李文琦的心聲當然沒人聽到。眾人各自回屋休憩，子妤打量了屋裡的臥室，一個楠木穿藤的架子床，掛了月色秋羅的薄紗幔帳，搭著錦帶銀鈎。床上鋪了張龍鬚蓆，裡間疊了一床白綾三藍撒花的薄被，橫頭又擺了一個三藍撒花的錦鑲廣藤涼枕。屋中另有一張圓桌及幾個海棠獨凳，一個花架上放了白瓷梅瓶，瓶裡插了些不知名的綠枝。

子妤暗想這公主府裡隨隨便便一個清冷院落都能佈置得如此精緻，果然是榮寵極深的。

卻說蘇嬤嬤左等右等，終於等來了蘭嬤嬤，說是公主已經午歇完了，召她們過去改改嫁衣。

蘇嬤嬤叫了那個膚色白皙的繡娘同行，略想了想，又敲開了花子妤的屋門。

用過公主府送來的午膳，子妤脫了秀女服，只穿著一件小衣斜靠在架子床的涼枕上假寐。聽得敲門聲，翻身下床開了門。「嬤嬤可有什麼事嗎？」

「姑娘收拾收拾，隨嬤嬤一起去見公主吧。」蘇嬤嬤看了一眼花子妤的裝束，暗想這個秀女倒是隨遇而安，明知道福成公主不禮遇自己還能悠悠閒閒地脫了衣裳睡大覺。

掠了掠有些散落的頭髮，子妤打心眼兒裡不太想去。「嬤嬤叫了李姑娘同去吧，我這會兒要出門還得收拾半天，怕耽誤了嬤嬤的事，再說也不能讓公主等，是吧？」

看花子妤笑咪咪，絲毫不介意是否能在公主面前多表現，蘇嬤嬤嘴角抽了抽。「花姑娘，妳也知道那李姑娘的脾性，公主先前就已經不喜她了，這會兒才隔了不到兩個時辰，想必還沒忘記呢。姑娘就先委屈委屈陪嬤嬤走一趟吧。」

子好瞧蘇嬤嬤的樣子恐怕推託不了，只好點頭。「那就勞煩嬤嬤稍等一會兒，我馬上就好。」

蘭嬤嬤見蘇嬤嬤進了花子好的屋門久不出來，便在外面催促著。「蘇嬤嬤，可快些，等會兒公主還要見宮中司珍房的人呢，若誤了時辰就不好了。」

「好好好。」蘇嬤嬤一聽，也有些急了，看了看花子好。「這樣吧，姑娘趕緊收拾了就快跟過來，嬤嬤我先帶著阮娘過去伺候著公主。」

子好點頭，看了看外面不停張望的蘭嬤嬤。「我還認得從這兒到正殿的路。反正要走過去得費些時候，我加快些腳程應該能追得上妳們。」

「那就好。」蘇嬤嬤也不耽擱，趕緊出去和蘭嬤嬤交代了一聲，帶著阮娘便先行一步了。

穿上秀女宮裳，子好將髮髻重新綰好，仍舊別了唐虞送的雙魚玉簪，其餘竟無半點釵環裝飾。自己打了清水洗臉，不施粉黛，就這樣一身清清朗朗地出了秋心院的門，一路往公主所居的正殿而去。

路上遇見了好些太監和嬤嬤，他們見了子好的秀女宮裳，知道是宮裡來的，紛紛主動鞠身行禮，態度謙恭。

子好也顧不得再欣賞公主府裡的景致，加快了步伐，只想著趕緊追上蘇嬤嬤一行才好，免得自己去晚了，讓公主覺得怠慢。於是想沿路找個太監或者嬤嬤問問，蘇嬤嬤她們走得離自己多遠了。

剛轉過一個迴廊，子妤迎面便嗅到一陣淡淡的青梅香風，那味道，腦子裡竟有幾分熟悉的感覺。

正仔細思索著到底在哪裡聞過這味道，一抬眼便發現一個絳紫色袍服的男子身影立在正前方，背對著自己，半蹲在地上，好像在埋頭整理什麼東西。

這背影看著也有幾分熟悉，子妤帶著好奇心走上前去，輕聲對著那背影道：「這位公公，請問一下，可看到蘭嬤嬤帶著宮裡繡房來的蘇嬤嬤和一個繡娘過去嗎？若看到了，可否告訴我她們過去多久了？」

問完，子妤久久不見這背影有何動作，疑惑地又上前一步。「公公，您可是不舒服嗎？」

「子妤姑娘，我們不過才幾日不見，怎麼就能把本世子認成太監呢？」

那絳紫色的背影終於站起身，轉過頭來，咧嘴一笑的不正是那薄侯的世子薄觴嗎！此時他腳邊灑了一灘黑墨，手裡拿了張淡紫色的絹帕，剛才正是在蹲著擦自己的衣襬。

第一百七十八章　他是駙馬

「子好姑娘，我們不過才幾日不見，妳怎麼就把本世子認成了太監呢？」一襲亮眼的絳紫色錦緞長衫，細長的眼微微挑起，薄觴正笑意盎然地看著花子好，臉上也有些意外的神色。

「薄世子！」子好愣了愣，完全沒有想到會在這兒遇見他，而且他手裡還拿了文房四寶的托盤，看樣子是在此處作畫。子好下意識地退後兩步，驚訝之後才趕緊補施了個禮。「這公主府裡根本就沒有男人，全是太監，我自然也以為是位公公在前面蹲著，哪裡會想到是世子。」

「公主府裡的下人確實只有太監，可本世子卻不是下人。」勾起唇角，薄觴看著花子好一副受驚鳥兒般的模樣，不禁覺得有趣。

面對薄觴的不明笑意，子好可沒那個耐性來應酬他。「世子見諒，子好還有事要去見公主，就不陪世子說話了。」

說著，正想快步去追蘇嬤嬤她們，子好的袖子卻被那薄觴一把拽住。「姑娘別急，妳問的那幾個嬤嬤倒是剛從這兒走過去不久。說來也有些不好意思，我在這公主府裡兜兜轉轉著就迷了路，不知該怎麼回去正殿。想必公主正等著召見本世子，不如妳幫忙帶個路，咱們一起走？」

一心急著離開，子妤上下看了看薄觴，發現他眼裡倒是沒什麼曖昧不明的意涵，便也點點頭。「只是要快些，我得趕上蘇嬷嬷她們才行。」

「沒問題。」薄觴乾脆也不要那個托盤了，只拍了拍沾上墨漬的衣襬，隨著子妤往前而去。

只是子妤沒有發現，剛才自己被薄觴拽住的衣袖邊上也沾上了一點烏黑的墨跡，雖然只有指腹大的一塊，但在粉色的秀女宮裳上卻極為明顯。

還好，子妤一路加快腳步，終於在蘇嬷嬷她們即將進入正殿前追上了。

稍微調整了一下有些急促的呼吸，子妤湊上前去。「蘇嬷嬷，讓妳們久等了。」

「還好趕上了，咱們正要進去呢。」蘭嬷嬷眼底閃過一絲不耐煩，卻一眼瞥見了子妤身後的薄觴，臉色一變，笑著就迎了上去。「世子爺，剛才公主還說您怎麼去了那麼久都沒回，這下好了，奴婢也不用再去尋您了。」

「這裡的院子太多又大，所以繞著路就找不著回來的方向了。」薄觴淡淡地道。「還好遇上這位姑娘，才能走了回來。」

「這就好，這就好。」蘭嬷嬷的眼神在薄觴和花子妤身上來回掃了掃，露出個幸災樂禍的表情，隨即又趕緊掩飾住。「那就請世子爺隨奴婢進屋吧，請！」說著，半鞠了身子，側身讓薄觴先行，隨即又轉頭朝蘇嬷嬷道：「請稍等，我進去先稟了公主再來通知妳們進去。」

蘇嬤嬤點頭，笑著半福禮送了「世子爺」進去，待不見人影了，眼珠子轉了轉，這才側過身悄聲問花子妤。「妳怎麼和新駙馬遇見的？」

「什麼？」子妤一下子沒聽明白。

「姑娘恍什麼神呢？」蘇嬤嬤有些不高興地白了花子妤一眼。「那可是新駙馬呢，身分尊貴著。再說妳也知道公主的性子，竟然還敢單獨和他一起！」

「嬤嬤說薄侯世子就是新駙馬?!」子妤這才恍然大悟，怪不得他能在公主府裡隨意兒轉，原來竟是要和那個福成公主成親的。

蘇嬤嬤看了看蘭嬤嬤還沒出來，又接著叨唸：「聽說皇上讓公主自己挑駙馬爺，也不知怎麼公主就看上了那位世子爺。都說薄侯世子爺是個風流的，不過是長得好看而已。這下，公主府裡連個年輕宮女都沒有，還不是為了防著這位新駙馬偷腥。」

「嬤嬤私下和我說這些不妥吧。」子妤蹙了蹙眉。「好歹他們一個是公主一個是世子，嬤嬤不是才訓了李姑娘說她沒規矩嗎？如今妳這樣嚼舌根，豈不是五十步笑百步？」

肥臉扯了扯，蘇嬤嬤見自討沒趣，只好撇撇嘴。「姑娘倒是懂禮數的，嬤嬤我就不多說了。」隨即又轉而和身邊的阮娘說起了話，無非是交代等會兒要好生伺候公主修改嫁衣等等的囑咐。

花子妤才無所謂是否會得罪這個表面和氣、內心狹隘的蘇嬤嬤，只靜靜地立在那兒，腦子裡想著等會兒薄觴若是也在一旁，千萬要裝作不認得自己才好，不然被這個醋罈子公主發現兩人早就熟悉，豈不自討苦吃嗎！

這一等，又是半炷香的時間。此時接近申時，太陽正烈，連子妤都覺得有些不耐煩的時候，蘭嬤嬤才從裡頭出來。「公主得空了，子妤姑娘請，蘇嬤嬤請。」

一行人隨著蘭嬤嬤進入正殿，門口一個小太監打起了湘簾。

剛進去，子妤就覺得一股清涼感撲面而來，比起先前在太陽底下曬著的感覺舒服太多。環顧一看，才發現屋裡四角果然分別放置了個巨大的銅盆，裡頭偌大的冰塊正散出絲絲的涼氣。

看著，子妤心裡不禁感嘆這公主真會享受，還沒到盛夏就開始用冰來降溫了，可見生活奢侈至極。

「公主萬福金安！」

子妤走在前頭，先給福成公主施了一禮，蘇嬤嬤她們則在半步之後齊齊跪下磕了頭，口裡跟著喊了「公主萬福金安」。

「起吧。」公主坐在上首，身上的大紅嫁衣還未褪下，站在一面半人高的偌大銅鏡面前。「蘇嬤嬤，妳過來幫本宮看看，本宮怎麼覺著這六尾鳳翎太過單薄了些，聽說當初皇帝哥哥迎娶皇后的時候，那九鳳羽翎晃得讓人眼睛都睜不開呢。」

「稟公主，這嫁衣樣式是禮部畫出圖樣再由宮裡裁製的，都是按品級來的。」聽見公主這樣說，蘇嬤嬤眉毛一抖，緊張地岔開話。「公主看這嫁衣的料子真真極好，天底下也沒有比這個更華麗的了。」

「哼！」公主一揮衣袖，差些就甩到了面前弓著身子的蘇嬤嬤臉上。「本公主不管，這嫁衣料子雖好，可本公主穿起來卻氣勢不夠。妳不想辦法幫本公主改好些，還淨找藉口推託！」

「公主覺著怎麼改，奴婢們幫公主改就是了。」蘇嬤嬤聽得心跳加快，語氣越發地恭敬了。「只是公主決定後，得送到禮部，由禮部呈皇上核准才行。這畢竟是祖宗傳下來的規矩，奴婢們哪敢說改就改。」這蘇嬤嬤雖然語氣謙恭，可話裡竟絲毫沒有服軟的意思。

「嬤嬤說這話，本公主就不愛聽了。」公主冷笑著站到蘇嬤嬤面前，眼神從高處望下來，驕傲至極。「我又沒說要多加鳳翎在裙子上，只是讓嬤嬤想想法子，多添些什麼在這裙襬上而已。難道這麼簡單的事兒還要皇上親自同意不成？」

蘇嬤嬤苦著個臉。「公主，請別為難奴婢們了。」說著，帶著阮娘一把又跪了下去，不停地磕頭。

「真是沒用的東西！」福成公主嫌惡地看著兩人，見一旁花子妤半垂首一言不發的立在那兒，眼珠子一轉，指著她。「妳不是專門挑來幫本公主做女紅的嗎？那應該對這些繡樣什麼的極在行吧？」

就知道自己躲不過這公主的發難，子妤只好硬著頭皮上前一步。「回公主的話，您這身嫁衣問題不在裙身的花樣上，而是整個就根本不合身，顯得您有些臃腫。」

眼睛越睜越大，轉而卻笑了起來，福成公主點點頭。「妳說的沒錯，雖然直白了點，本公主聽著卻是受用，比起周圍這些下人一味虛偽奉承說本公主穿著這衣裳好看要來得真誠。說吧，妳有什麼法子可以幫本公主改一改。」

子妤看了看公主衣裳腰身的部分，直言道：「公主花樣年紀，這身大紅嫁衣華麗繁複自不用說，卻沈悶得很；其餘地方倒是不敢下手，只這一處，收一收或許就能顯得好看些。」子妤指了指腰的位置。

接過蘭嬤嬤遞上來的一碗紅棗蜜水，福成公主看著花子妤，乾脆地說道：「子妤姑娘說怎麼改就是，本公主不會介意的。」

「恕小女直言。」子妤見福成公主聽進去了自己的話，表情也不像是裝的，便大大方方地道：「公主您的身量在北方人裡不算高，所以對於這種中規中矩樣式的禮服有些難駕馭。其實要改也很簡單，讓蘇嬤嬤給您把腰線提上去些，在胸下緣的位置紮上一個同色的蝴蝶結，用錦緞或薄紗都可以，然後讓蝴蝶結的尾端長長墜到地面。這樣一來，既沒有違反規矩改了這嫁衣的樣式，又能突顯出公主玲瓏的身段，豈不兩全。」

聽得不住點頭，福成公主這才仔細打量起先前覺得毫不起眼的花子妤來。

高䠷的身材，雖然只是一身秀女宮裳，卻把她整個人襯得越發窈窕婀娜，清秀的眉目雖不是那種讓人眼睛一亮的絕美女子，卻透出一股恬靜嫻雅；特別是她的眼神和表情，還有說話時那種平和淡定的態度，讓人有種難言的親切感。

「子好姑娘果然有一副玲瓏心腸，本公主很喜歡妳的主意。」福成公主一邊喝著蜜水，一邊不住地點頭。「蘇嬤嬤，妳聽明白了吧。說起來妳這個繡房老嬤嬤還不如人家一個外行人有本事，真真可笑。妳領著人依照子好姑娘說的儘快趕製，有什麼不明白的地方就主動問問。三日之內本公主要看到結果。」

「是，謹遵公主殿下之命。」埋著頭領了吩咐，這蘇嬤嬤眼裡閃過一絲不情願，其中又含了幾分對花子好的不悅。

「子好姑娘，妳幫本公主出了主意，本公主要賞妳。」福成公主含笑看著花子好。「說吧，妳想要什麼？」

子好腹誹著，妳要賞我就賞唄，幹麼讓我自己開口呢？但表面上仍笑得很平淡。「公主客氣了，宮裡派小女子來就是為了幫助公主好好準備嫁裳，如今能幫上忙，小女子也覺得很高興，何須再言什麼賞賜。」

「話可不能這麼說。」福成公主想了想，乾脆道：「這樣吧，本公主出嫁時，允許妳做伴嫁如何？」

子好聽見福成公主這樣說，表情閃過一抹愕然。

這個時代所謂的伴嫁，其實就是新娘子的伴娘或者新郎的儐相；又因為是公主身分，大婚即是招駙馬，所以她嘴裡的伴嫁應該就是女儐相才對。

這女儐相可和伴娘完全不一樣，所謂儐相：出接賓曰儐，入贊禮曰相，是為「儐相」。在公主大婚之上擔任女儐相，除了要負責迎賓接待前來觀禮的高門貴婦和世家小姐們外，還得主持內院的婚宴，幾乎抵得上半個主人了。

而這場婚禮的主人家不是別人，而是皇家，自己一個小小的秀女，又怎麼可能擔任福成公主大婚時的女儐相呢？想到這兒，子妤神色微凜。「還請公主收回剛才的話。小女子不過一介平民，現在雖然是秀女身分，但要做公主的伴嫁還遠遠不夠資格。若是被人知道，也只會恥笑小女子不自量力、攀附皇家。」

「妳別這麼嚴肅。」福成公主嘟嘟嘴，隨即道：「本公主之所以讓妳做我的伴嫁，是因為我實在沒有和我年紀一般大的好友可以邀請；而且妳出身花家班，對婚禮當天戲班演出的事肯定是極為熟悉的，到時候妳專門負責這部分，幫本公主安排好唱戲的場地、戲伶的打賞等等雜務，難道也不行嗎？」

掩口笑笑，子妤這才明白，敢情這公主平日裡根本沒幾個閨中好友可以託付，這才想到了自己，可這樣大的鋒頭自己是絕對不能出的，便道：「這樣吧，公主若不嫌棄，就讓小女子在您的婚宴上唱一齣戲，就算是給小女子莫大的賞賜了。」

「讓妳唱？」福成公主愣了愣。「妳行嗎？別的不說，本公主的婚禮上可都是要一等戲伶來演出的。妳都被戲班送來選秀了，難道還能唱得極好不成？」

「公主，子妤姑娘絕對能勝任！」說話間，換了一身淡青色錦服的薄觴竟從正殿的側門踱步而進，那悠閒無比的神態就好像在自己家裡一樣。

大家都被薄觴吸引了注意力，紛紛將目光投向他。

而福成公主一看到薄觴，原本還習慣性高揚著的下巴突然就收了起來，含羞怯笑的眼睛裡充滿了濃濃的柔情密意，語氣輕軟無比。「薄世子，你換好衣裳了？」

薄觴看著公主也是一副柔情似水的模樣，點點頭道：「多謝公主讓在下借用地方換下衣裳，不然穿著這一身帶著墨漬的衣裳還真是難受得很。」

「墨漬？哦，沒錯。」公主甜甜一笑，耳畔飛起紅霞一片。

聽見兩人的對話，大家都有些茫然，只有蘇嬤嬤那渾濁的眼珠子閃過一絲光芒，見縫插針地小聲道：「子妤姑娘，妳袖口那一片髒污，也是墨漬嗎？」適時地問了這句話，眼角還扯了扯，明顯想看好戲。

子妤聽了，抬起袖子來看，果然袖口上有一片不甚明顯的污漬，想了想，應是先前薄觴扯住她的時候留下的。

公主見狀，微微瞇起了眼，原本看著薄觴那濃濃的笑容也逐漸隱去了。「怎麼？薄世子和子妤姑娘認識？難道先前還在本公主的花園裡私會了不成？」

薄觴倒是臉色不變，來到福成公主的面前，略低下頭，眼含深情地看著她。「公主別誤會，聽在下解釋。」

「你說。」公主咬咬唇，耳旁浮起的一絲紅暈掩不住心中的氣惱。

「我剛剛走出來的時候說了一句話，公主可曾聽清楚了？」薄觴語氣柔和，話音沈厚。

點頭，福成公主重複道：「你好像說什麼『子好姑娘絕對能勝任』。」頓了頓，似乎明白了什麼，忙道：「勝任什麼？你先前說的，可是她能勝任在我們的婚宴上獻唱嗎？你難道曾經看過她的演出不成？」

「其實，妳也看過她的演出的。」薄觴看了看花子好，帶著哄人的口氣又道：「當初貴妃娘娘壽辰，子好姑娘代表花家班上臺獻唱了一齣【木蘭從軍】。妳還讓人打賞了銀子的，難道忘記了不成？」

「那個花木蘭就是妳？」福成公主愣了愣，看著花子好的眼中隨即充滿了驚喜。「我可真喜歡那齣戲。本來想著這次婚宴上請了你們再來演，可皇帝哥哥聽了卻說這齣戲打打殺殺，不適合大婚之日，又放了話不准宮裡人再點呢。」

怪不得宮裡頭沒再點這一齣【木蘭從軍】了，原來是那個皇帝老子在作梗阻撓。子好暗暗腹誹了一句，卻也理解他為什麼要這麼做。

薄觴和福成公主都沒注意花子好的暗自發呆，兩人又繼續旁若無人的對話著。

「那她袖子上的墨漬是怎麼回事？難道你還否認先前你們在花園裡私會？」福成公主可是個醋罈子，這個時候隱隱已經有打破了罈子往外爆發的氣勢。

薄觴卻適時地堵上了缺口，忙道：「先前我去畫園林的圖樣，不小心把墨打翻，正好子好姑娘從我身邊走過，一不小心就給蘸上了一點兒。」說到這兒，面色一凜，語氣變得嚴肅起來。「公主若不信，在下也沒辦法。在下自問從皇上賜婚那一日起，眼裡除了公主殿下就再沒有其他女子，又怎麼可能在公主府裡，在您的眼皮底下和別人私會呢？而且，我認得子好姑娘，子好姑娘卻根本不認得我，又哪裡來的私會一說。公主這麼聰慧的人，應該想想就能明白。」

「薄郎……你別惱我，我信了就是……」

看到薄觴義正辭嚴的樣子，福成公主竟直接舉了白旗投降，話裡更直呼對方為「薄郎」，聽得包括花子好在內的一眾人等幾乎是雞皮疙瘩掉了一地！

章一百七十九 黃昏赴宴

有了薄觴在一旁說項，福成公主終於點頭答應讓花子妤在婚宴上獻演。能得到這個機會，子妤心裡可是雀躍萬分，自從上次在宮中演了一齣【木蘭從軍】，她就再也沒有在重要場合中露過臉。這次來到公主府，能碰上這麼好的契機，實屬難得；而且，福成公主還答應讓子妤單獨演一齣戲。

也就是說，等到婚宴那一天，有一段時間那個高高的舞臺是屬於花子妤一個人的，她可以面對所有賓客，站在臺上唱滿全場。

在如此重要的場合，還能單獨演出，對於花子妤這樣不過才五等的戲伶來說，實在是絕無可能。就算是身為一等戲伶的金盞兒和塞雁兒，能在宮裡唱獨戲的機會都少得可憐。如此天賜良機，子妤又怎麼不心懷竊喜呢？

於是，剩下來的這兩日，子妤除了偶爾奉命指點一下公主大婚嫁衣的修改之外，就是一個人在秋心院外的小花庭中琢磨到時候自己該唱一齣什麼戲，才能博得滿場彩。

在這樣的時候，她格外想念起了唐虞來。

亦為師，亦為友，唐虞瞭解她、懂她，總是能找到最適合她的戲文來讓她發揮。對於唐虞的指點，她也總是極為放心，從不懷疑。

可惜離開公主府就要直接回敏秀宮，子好知道這段時間內，自己基本上沒什麼機會再見到唐虞了，心裡頭濃濃的思念已經滿溢了出來，可除了想念，除了嘆氣，其餘的，也就是靜靜地等待了。

卻說花子妤得了公主的喜歡，這兩日都被召了過去陪伴，有時候是一起逛逛花園子，有時候是一起用膳。

撇開公主尊貴的身分不說，在花子妤眼裡，她也不過是一個年僅十六歲的女孩兒罷了，她渴望身邊能有一個好朋友，講講心裡的話。只是這福成公主心裡的話每一句都是圍繞著薄觴，子好聽在耳裡，臉上雖然盈著笑意，心裡卻有些暗自感嘆，感嘆著公主的天真，感嘆著薄觴的好命。

幸好薄觴這兩日也常出現在公主府內，對公主謹守禮節之餘，也是笑意溫柔地好生呵護著，還不時送來些諸如會動的木雕小車、會說話的鸚鵡等等一些玩意兒，逗得公主十分開心。

在秋心院裡，另一個奉命前來的秀女可就沒這麼悠閒的日子了。

看著花子妤每天都陪伴在公主的身側，李文琦除了羨慕妒恨之外，只能認命地乖乖待在院子裡，根本別無他法。誰教福成公主看她不順眼，因此直接表明，沒她的吩咐和召見，李文琦不得隨意出了秋心院走動。

為了改變自己的窘境，李文琦曾厚著臉皮讓花子妤在公主面前為自己說項，哪怕就是跟著蘇嬤嬤一起幫忙改改嫁衣也好，才不枉宮裡頭讓她前來公主府幫忙大婚前的準備工作，也免得回了敏秀宮後，讓人笑話她白跑一趟。

子妤沒想到她會拉下臉來找自己幫忙，意外之餘倒也能理解她的心思。但公主的脾氣，花子妤已經摸了個半熟，因此根本不敢答應李文琦。公主之所以看不順眼李文琦，乃是因為李文琦相貌妖嬈，在公主面前又一副裝可憐的樣子，這公主是個善妒的，壓根兒就不會放任李文琦這樣的美人兒在身邊露臉，好讓薄觴有機可乘。

從這件事上，子妤倒看出幾分福成公主的用心，原來她也是知道薄觴以前是個什麼樣的人，這才處處防範著，就怕這個已經回頭的浪子會在自己眼皮子底下又「舊性復發」。

今日是在公主府的最後一日，花子妤得了蘭嬤嬤的通稟，說是讓她收拾收拾，不用穿秀女宮裳，等傍晚的時候一起去正殿的花園裡陪公主用晚膳。

可子妤一件普通的衣裳也沒帶，正要回絕，蘭嬤嬤又笑著遞上了一個包袱，語氣羨慕地說：「這是公主賞給姑娘的。要知道，這樣的料子乃是貢品，在外頭有錢也買不到的。只因公主即將大婚，頭三日得穿紅，三年之內不得穿素，不然，就是公主再大方也不會拿出來賞人的，如今願意賞給姑娘，讓我們這些做下人的看了都覺得很驚訝呢！」

「既是如此珍貴的衣料做的，子妤也不敢收，還請嬤嬤拿回去吧。」子妤推辭著，是真的不想收。

蘭嬤嬤可不管這些，逕自入屋，將包袱一放。「姑娘就別推辭了。公主賜的東西，老婆子這個下人還不敢作主拿回去呢！」那神態好像在說「妳根本就不配」。

看著對方的表情，子妤覺得有些好笑，反而不願矯情了，當著那蘭嬤嬤的面打開包袱結，一把將這件月白繡蘭草紋的薄紗裙衫抖開來，故意驚喜地道：「呀，這衣裳果真好看得緊呢！瞧這料子，摸起來就像天上的雲，輕若無物一般，想來穿在身上一定很柔軟涼快；再看這繡工，針腳細密，絲線亮色，淺淺的綠配上裙衫的白，有種說不出的淡雅精緻呢。」

蘭嬤嬤皮笑肉不笑地看著花子妤，心裡頭的不快更濃了，語氣變得尖銳起來。「公主說了，要是姑娘不收，就說這是給姑娘幫忙出主意改嫁衣的酬勞。」

子妤看得出蘭嬤嬤很是看不起自己，雖沒放在心上，卻也不會任由對方輕慢，於是笑了笑。「不管是不是酬勞，公主既然有心，我又怎好辜負呢？」

撇了撇嘴，蘭嬤嬤悶聲道：「好了，奴婢還有其他差事，姑娘換了衣裳就趕緊過去吧。公主雖然看得起姑娘，姑娘卻也不要太托大，讓公主久等了。」

「不送嬤嬤了。」子妤也不理她了，自顧自走到銅鏡面前比試著衣裙，發現這裙子的設計是從肩頭直直垂墜下來，然後中間用一條流蘇的玉腰帶鬆鬆攬住，無論什麼身材都能穿。不然，以子妤這等高䠷苗條的身形，恐怕要穿公主的衣裳還有些難。

看來公主也是個心思細膩的，不然也不會單單賜了這樣一件衣裳給她，若是其餘的，免不了要修改，而這件花子妤倒是直接就能穿上。

臨近傍晚，子妤從屋子裡出來，身上換了那件月白繡蘭草紋的裙衫，一頭秀髮綰成個懶雲髻，別了朵秋心院種的梔子花，渾身上下透著清爽俏麗，又帶著淡淡的馨香。

一路行來，子妤也覺得心情舒暢，感嘆好衣料做的衣裳穿起來就是不一樣，既輕薄又透氣，大熱天裡比穿著秀女宮裳涼快了許多不說，走動間那種飄逸的感覺也著實讓人非常舒適。

眼看著前頭就是正殿，子妤正待穿過廳堂去後面的花園，卻一眼瞥見一個熟悉的身影。濃眉大眼，方額闊唇，不正是那皇帝身邊的貼身侍衛長歡嗎?!

「子妤姑娘?」

長歡一身墨色緊身勁裝，手中抱了一把長柄寶劍，看到婀娜而來的花子妤，頓時一愣。「姑娘不是應該在敏秀宮嗎?怎麼……」

花子妤自然是聰明的，見長歡一臉隱忍，卻忍不住問：「皇上可是在裡面?」

長歡挺直了身子，目色深沈地看著花子妤。「姑娘猜得沒錯。」

去還是不去?子妤透過眼前那方琉璃五彩七仙女的屏風，直接看到了正殿後面的花庭，有些愣住了。

一開始來公主府，花子妤就知道有可能提前和皇帝見面，但哪知道會這麼突然的就要見面了……子妤覺得有些措手不及，腳下像是灌了鉛似地，邁不開步子。

或許是發現了花子妤的異樣，長歡從側面看過去，覺得她單薄的身影讓人不忍忽視，不由得鼓勵勸道：「姑娘何不進去，也許妳想要的答案在裡面就能找到。」

回頭看了一眼長歡，子妤發覺他的目光雖然深沈冰冷，卻十分真誠。心裡暗道，他是皇帝身邊最親近的臣子，聽他的口氣，應該是皇帝讓他查過自己的身世了。他要自己進去找答案，找什麼答案？難道自己能當著公主的面直接和皇帝相認不成？

心緒微亂，子妤吐出一口濁氣，又深呼吸了一下，這才提步繞過屏風，往那花庭而去。

夏日籠罩下的午後，這方偌大的花庭卻顯得一點兒也不燥熱。

冠蓋綠萌半遮天，溪水清淺繞彎流，各色的時令鮮花點綴在花徑兩旁，蓮步輕移，子妤覺得自己就像是踏花而來，不覺先前有些緊張的心情漸漸變得放鬆起來了。

其實在花子妤一踏進花庭的時候，坐在花庭涼亭中搖著羽扇的皇帝就已經發現了她。

一襲月白衣衫點綴著瑩綠的蘭草紋，步步而來的這個女子彷彿一抹幽幽綻放的蘭花，清濯雅怡，幽然獨放……那渾身上下毫不做作的淡然態度及天然貴氣，讓皇帝微瞇起了雙眼，眼神中也透出難以言喻的複雜神情。

皇帝看向花子妤的表情，落在福成公主眼裡，就成了簡簡單單的兩個字——「興趣」！

微翹著唇角，福成公主對自己的眼光很是滿意，她就知道花子妤略顯單薄的高眺身材能把這身衣裳穿出婀娜柔弱、扶柳乘風的味道。

福成公主對花子妤極有好感，總覺得對方讓她感覺很親切，所以今天知道皇帝哥哥要來用晚膳時，她就決定要幫她一把。

怎麼幫？福成公主想的很簡單，既然花子妤是秀女，那作為秀女，最好的結果便是成為皇帝的女人，獲得皇帝的寵愛。

知兄莫若妹，身為皇帝最疼愛的妹子，福成公主對皇帝的喜好很瞭解。如今越看越得意，還未等子妤走近，已經掩口笑著湊到皇帝的耳邊。「皇帝哥哥，您看這位美人還入得您的眼嗎？」

猜到了福成的意思，皇帝臉上一閃而過一抹尷尬的表情，隨即揮揮羽扇。「她和妳年紀一般大小，為兄又怎麼可能會起那種心思呢？福成，妳可別拿皇兄來開這種玩笑。」

福成公主嘟嘟嘴，有些不予置信。「每次選秀，哪個秀女不是和我一般大的年紀呢？難道皇帝哥哥身邊就沒有這樣年紀的美人相伴？」

正了正臉色，皇帝看著一臉戲謔表情的福成，語氣有些嚴肅。「等會兒在這位姑娘面前，妳可別說那些輕浮的話。」

「是是是，皇帝哥哥放心，福成不會『唐突佳人』的。」話雖這樣說，福成見平日裡在自己面前隨興慣了的皇帝哥哥這麼認真的表情，心下越發地肯定了他對花子妤是感興趣的。

雖然聽不見亭中兩人的對話，可也知道他們是在議論自己。凝起眼神，隔得遠遠的，花子妤也打量起了福成公主身邊那位穿著褐色輕便錦服的男子來。

英武非凡的眉眼、剛毅微抿的薄唇，這皇帝看起來保養得還不錯，渾身上下也有種長期居於上位者的那種威儀霸氣。只不過這種帝王之氣此時有些內斂，讓人一眼看過去，並不覺得那就是天子，反而讓花子妤感到了一絲絲的隨和親切。

「子妤，快過來坐。」

見花子妤走近了，福成公主臉上露出得逞的微笑，大聲道：「妳來得有些晚了呢，本公主先為妳介紹，這是……」

花子妤正待行禮拜見，卻看到皇帝眼底閃過一抹柔和。而不等福成講出自己的身分，皇帝已經羽扇一揮，打斷了她的話，直接道：「這位是子妤姑娘吧，不必客氣，叫我一聲『五爺』就好了。」

五爺？難不成這皇帝想學乾隆，一出宮就按齒序自稱爺？

雖然不知道為什麼皇帝要這樣說，但既可不用行跪拜大禮，子妤也就順著話意半福了福禮。「見過五爺，公主金安。」

福成公主也樂得不點破，想著今兒個可有好戲做下酒菜了，忙道：「子妤妳快坐下，在本公主這花庭欣賞夕陽是最美不過的了，咱們一邊喝酒一邊欣賞。」

「多謝公主賜坐。」子妤看也不看皇帝一眼，依言緩緩坐在了白玉雕成的海棠芙蓉花樣的凳上。

看著花子妤不卑不亢，一副嫻然自得的樣子，皇帝心裡頭的欣賞更加深了，不禁也露出了一絲難得的微笑。

章一百八十　初次交鋒

公主府正殿後面的花庭不算大，卻遍植芭蕉，此時正值夏季，更顯綠蔭匝地。從花庭當中的涼亭看出去，西北角處疊石為山，蒼藤碧蘚，一彎清溪繞流而過，圍著一列短短的紅欄，欄畔是幾叢鳳仙花妖嬈地綻放著，迎著亭邊的夕陽，別有一種婀娜之致。

端坐在亭中，子妤遙見池水粼粼，綠影沁心，林風蕩漾，水清石寒，讓人飄飄乎，幾近忘卻了身旁還有個巨大的「難題」要面對。

「子妤，妳快吃菜呀！」

見花子妤有些心不在焉，筷子也幾乎沒動幾下，福成公主指了指滿桌的菜，示意身邊伺候的蘭嬤嬤給花子妤佈菜。

蘭嬤嬤本來只負責伺候公主和皇帝的，聽見吩咐，愣了一下，隨即埋頭低語道：「公主，子妤姑娘可是今年的秀女，說不定為了得蒙皇寵正在控制飲食呢。」

看看花子妤，又看看神色不明的皇帝，福成公主有些曖昧地笑了笑。「子妤，妳這身段真是該多吃些才好呢。都說女人越豐腴，越能得男人喜歡，你說是不是啊，五爺？」

從身後的蘭嬤嬤說那話開始，皇帝的臉色就有些沈了下來，此時福成公主又「添油加醋」地給自己有些煩躁尷尬的心境加了把火，頓時有些不耐起來。「狗奴才，那些話豈是妳能說出口的？滾到外面去自己掌嘴二十！」

「奴婢該死，奴婢該死！」嚇得雙腿一軟，蘭嬤嬤戰慄著趕緊認錯。只見她眼底閃過一絲怨恨，卻不敢耽擱，一邊自己掌嘴，一邊跪著往外爬去，一出了涼亭，更是強撐著趕緊往外跑了出去。

「五爺何必和一個下人生氣呢！」福成公主也有些嚇到了，看著皇帝鐵青的臉色，小心翼翼地挾了一塊「炸荷花」到他的碗中。「沒那些個惹人眼煩的奴才，咱們也好快快活活地吃菜、喝酒、賞夕陽。」

從皇帝開口斥責蘭嬤嬤時，子妤就收回了有些悃然的神思。

其實蘭嬤嬤說的話子妤並未放在心上，但看著皇帝動氣，心裡頭卻有些幸災樂禍的感覺。一抬眼，看到對面的福成公主正在對自己擠眉弄眼，於是淺笑著也挾了一塊蓮子燉肉放到皇帝的碗裡。「朝飲木蘭之墜露兮，夕餐秋菊之落英。如今面前俱是鮮花入菜，面對此美景、美食，五爺確是不必要和一個微不足道的人動氣的。」

「她那樣議論妳，難道妳不生氣？」皇帝目光微聚，彷彿想要從花子妤的笑容中看到一絲一毫其他的表情。

「其實她也沒說錯。」子妤又自顧自挾了一塊茉莉豆腐，聞著淡淡的清香滋味，這才抬眼看向皇帝，迎著他鋒利的目光。「世人都道秀女最好的去處就是留在後宮伺候皇帝。皇帝愛美人，和我同來的秀女們多是少食的，嬤嬤們教導飲食規矩時也曾暗示過，要想獲得皇上垂青，一副窈窕纖細的身段是少不了的。」

「妳……」皇帝被花子妤一番話堵得心裡頭慌得很。「難不成，妳也和她們一樣的想法？」

「五爺這話問得不合宜。」倒是福成公主在一旁笑得很是開懷。「子妤是秀女，我想只要是秀女都想留在宮裡伺候皇上吧。那是多光宗耀祖的事兒啊！」

「不。」子妤柔和地否認了公主的說法，眼神卻有些堅定地看著皇帝。「我只想唱戲，做一個受人尊敬的藝伶，其他的，並不是我所希望的。」

「妳真這樣想？」皇帝目光閃過一絲了然，卻又不太相信的樣子。「妳難道不想要原本屬於妳的榮華富貴嗎？妳甘心就這樣過一生嗎？」

「什麼是屬於我的榮華富貴？」子妤笑笑，眼底有著一絲不屑。「在我看來，最大的榮華富貴就是能喜樂安逸地度過一生。」

原本就對皇帝沒有什麼骨肉親情的感覺，此時被他用著試探的態度懷疑著，子妤反而想通了。與其被對方質疑，不如直接表現出對「父女相認」毫不感興趣。只將眼前這個中年男子看作一個陌生人就行了，沒有必要去想他到底和自己有什麼關係，更沒必要面對真相大白之後的糾葛麻煩。

「子妤，妳的想法很奇怪。」福成公主眨眨眼，有些沒聽明白。「妳是個戲伶，雖然身在宮制戲班，外頭人不敢輕易看不起妳。但每天唱唸做打的練功、隔三差五的堂會，對於一個女孩兒來說也太累了。若是能被皇上看中而留在宮裡頭，不但能享盡榮華，還樂得清閒，難道不好嗎？」

盯著花子妤，皇帝也在等著她的答案。

「他之蜜糖，我之砒霜。」子妤抿抿唇，清亮的嗓子裡有著無比的坦然。「只能說是人各有志罷了。」

「子妤，本公主其實真的很羨慕妳。」福成公主露出個燦爛的笑容。「妳聰明卻不狡猾，淡然卻不冷漠；妳也不過十六歲，就知道自己一輩子想要的東西是什麼。我，不如妳。」

「公主何必自謙。」子妤被福成公主的話說得心裡頭暖暖的，於是臉上的笑意也越發柔和了起來。「公主身為天潢貴胄，是我等小民一輩子也難以企及的。若是有選擇，我也希望能含著金湯匙出生，不必為了生計而奔波勞苦，但現實就是現實，已經發生了的事情我們都無法改變什麼，唯一能做的，就是正視自己的處境，然後認真地活下去，活得精彩而有意義。」

隨著子妤的一字一句，皇帝臉上的表情也變得若有所思起來。

或許他心裡一開始對花家姊弟是有著戒備之心的，雖然自己和花無鳶的關係極為隱秘，但身為花無鳶的一雙兒女，花子妤和她弟弟未必就不知道他們的身世。

可是身為帝王，後宮三千，兒女自然也多得十個指頭都數不過來，原本還真沒有將花家姊弟這對滄海遺珠看得有多重要。但當自己真正面對著花子好，這個和自己有著割不斷血緣親情的女兒時，心中竟然有種自慚形穢的感覺。

她的那種泰然處之、那種無憂勿擾、那種淡定沈穩……想想自己的兒女們，從太子開始，再到幾個皇子、公主，幾乎沒有一個能與之相比。

或許，自己一開始不應該存了懷疑和試探，不該忌諱這樁醜聞被人發現而對她心懷芥蒂，應該直接認了他們姊弟倆才對……

想到這兒，皇帝的眼神又恢復了往日的犀利和深沈，將酒盞捏在手中，朗聲道：「子好姑娘這樣的心性著實世間難尋。相信，命運一定會給妳的人生一個圓滿的結果。」

似乎是聽明白了皇帝話中的意思，子好睜大了眼，有些意外。「五爺，人生的結果其實不是你我能預料到的，我能做的，不過是順其自然罷了。」

「五爺說了有好結果，就一定有好結果，子好妳就等著唄。」福成公主絲毫沒有聽出兩人的「話中有話」，只點點頭。「五爺說的話，從來就沒有錯了的時候。」

含笑不語，子好心裡已然對皇帝有了幾分瞭解，也對皇帝將如何安排自己有了些底。

剛才兩人一番對話，就差一層窗戶紙沒戳破。

天家無親情。子好不會天真的以為，他會對花無鳶秘密為他生下的一雙兒女有多少愛和思念；他或許對花無鳶會有些愧疚，但十六年過去了，這愧疚又會殘留幾分呢？他選擇用讓自己成為秀女這樣曲折的方式來接近自己，子好想過他有可能會讓自己做個女官留在宮中，留在他的視線範圍之內。或許為自己賜婚一個宗室子弟做夫君，好歹讓自己能嫁得好些。總之，無論他選擇哪種安排方式，都不會給自己和子紓一個正式的名分。

面對子好有些複雜變幻的表情，皇帝竟笑了。「子好姑娘，妳真的很聰明。像妳這樣的女子，任誰見了都不會忘記，更不會小看妳。剛才我說的話，妳不用太過琢磨，只記住，所謂命，從來都是掌握在人的手裡。今日能有幸與妳相識，我很高興，也很慶幸。」

「這都要感謝本公主才對！」福成公主看到皇帝笑了，心裡頭也終於放鬆了。「來來來，菜都涼了，得趕快吃才是。」

子好也只得舉起了杯盞，主動道：「相逢即是緣分，蒙公主不棄，將子好視作友人，這一杯，敬公主，子好先乾為敬！」說完，爽快地將這杯桂花釀一口飲盡。

待福成公主也笑咪咪地飲了一杯，子好又自顧自斟滿酒杯，對著皇帝道：「這杯敬您！雖然只是初次見面，但您的話，小女子都聽進去了。不管將來的結果如何，我都會在心裡尊敬您的。」

章一百八十一　小人之心

結束晚膳，子妤獨自回到秋心院。

剛進院門，子妤就看到蘇嬤嬤和蘭嬤嬤兩人坐在屋簷下，二人手裡各拿了柄團扇，一邊揮打蚊子，一邊低聲議論著。

「嬤嬤們何不進屋說話？」

聽見子妤開口，蘇嬤嬤和蘭嬤嬤同時都抬起頭來，蘭嬤嬤更是捂了捂有些發紅的嘴巴周圍，閃爍的眼神中透出一抹不善。

「蘇姊，我先回去了。」蘭嬤嬤起身來，看也不看花子妤一眼，只朝著蘇嬤嬤告辭。

「蘭姊慢走。」蘇嬤嬤搖搖團扇，有些渾濁的眼珠轉了轉看向一身衣裳光鮮的花子妤。

「嬤嬤進去休息吧，我也累了。」

子妤自然能猜出兩人在聊些什麼，無非是蘭嬤嬤找蘇嬤嬤抱怨先前在花庭裡的事，不過這些都和自己無關，所以並不放在心上。

「子妤姑娘見了皇上吧？」

蘇嬤嬤好像不打算就此甘休，出聲喊住了正要回屋的花子妤。

頭也不回，子妤只淡淡道：「我不知道誰是皇上。」

「姑娘和皇上同桌用膳了呢，難道真不知道？」蘇嬤嬤輕蔑地笑著，只是花子妤看不到罷了。

停住腳步，子妤轉身看著向晚微弱光線下的蘇嬤嬤，蹙了蹙眉。「對方自稱『五爺』，公主也沒說他是皇帝，我又怎麼知道？嬤嬤若是好奇，何不去問問公主。」

聽得出花子妤的諷刺，蘇嬤嬤扯了扯嘴角。「剛才蘭嬤嬤都告訴奴婢了，姑娘何必裝腔拿勢地否認。」

子妤心裡本來就有些煩了，眼看著蘇嬤嬤一副不肯甘休的樣子，不由得語氣變得凌厲了起來。「就算是皇帝，又如何？」

「姑娘好福氣，能提前和皇上見面。」蘇嬤嬤上前兩步，裝作沒有看出子妤的不耐，臉上堆著假笑。「到時候選秀，皇上一見您是熟面孔，說不定就留牌子了呢。到時候您成了娘娘，可別忘了我們這些伺候過的。」

「妳以為每一個秀女都只想著那些嗎？」子妤冷冷地堵了蘇嬤嬤的話。「時候不早了，我還要休息，就不陪嬤嬤說話了。」

話畢，花子妤轉身就回了屋子，一把將門關上。

「還沒成娘娘呢，跩什麼跩！」自覺無趣，又不敢和花子妤爭論，蘇嬤嬤小聲的嘀咕著，甩了甩被粗壯胳膊撐開的袖子，也準備回屋。

「嬤嬤剛才說什麼呢？我怎麼聽見『皇上』兩個字？」

了。

正巧李文琦推門出來，手裡拿了個繡繃子，看來她這兩日就是靠做些繡活兒打發時間了。

眼珠子一轉，蘇嬤嬤笑著來到李文琦身邊。「李姑娘，您不知道吧，今兒個皇上來了，還和公主一起用了晚膳。」

「真的嗎？」手裡的繡繃子差點兒就嚇得掉了，李文琦一把挽住蘇嬤嬤的手。「那現在皇上可還在？我能去見皇上一面嗎？」

「李姑娘，您可錯過時機了呢。」蘇嬤嬤朝花子妤的房間努努嘴。「那位已經和皇上同桌用過膳了，您要問關於皇上的事兒，何不親自去找她？」

「花子妤和皇上一起用了膳？」李文琦捂住嘴，眼中隨即流露出濃濃的嫉妒之色。「她憑什麼這麼好命！」

「誰教人家討了公主歡心呢！」說著，蘇嬤嬤很是不以為然，上下打量了一番李文琦。「要說姑娘的樣貌可比她搶眼多了，若是一起出現在皇上面前，肯定只會留意到您的。姑娘也知道，宮裡每次選秀留人都是有名額的，讓人佔一個便少一個啊。」

李文琦狠狠地攥著手裡的繡繃子，一種不甘心從心底湧了上來。「她憑什麼這麼好運氣?!不過是個戲伶罷了，表面裝得清高淡然，骨子裡還不是個狐媚子！」

「狐媚子」三個字隨著唾沫星子從李文琦嘴裡說出來，在月色籠罩下的秋心院迴蕩著，也直接讓正在屋裡換衣梳洗的花子妤聽得一清二楚。

換下一身精貴的衣裳，子妤疊整齊了放入包袱。聽見外頭隱隱傳來李文琦和蘇嬤嬤的對話，不用說也明白她們的談話內容一定是關於自己和皇帝同桌共食的事。

直到現在，幾乎所有人都覺得身為秀女的她就應該挖空心思獲得皇帝的歡心，好留下來做後宮妃嬪，享受所謂的榮華富貴。子妤有些好笑地想，如果她們知道自己和皇帝的真正關係，會不會後悔曾經在自己面前說出那些話呢？

憶起先前和皇帝的一番話語「交鋒」，子妤總覺得他最後的那段話有些隱晦不明。什麼叫「命運一定會給自己的人生一個圓滿的結果」？

子妤幾乎敢肯定，他採取讓自己成為秀女入宮相見的方式，其初衷絕對不是想要和自己相認的。可是，和他交談後，他似乎有些動搖了……難道，他想要認了自己和子紓不成？

腦子裡越想越是煩亂，子妤此時也就越發地想念起唐虞了。這麼多年來，唐虞一直在自己的身邊，無論遇到什麼事，自己都習慣了找他商量，和他一起琢磨該怎麼面對。這是兩人第一次分離這麼多天的時間；細細算來，其實也不過數天，為什麼自己的思念會如此之深呢？

想著，子妤走到窗戶的位置，輕輕推開看著已經被月光照得瑩亮的天空，深呼吸了一口，不由地想，是不是此刻他也倚在窗欄邊看著月華呢？那至少，兩人都看著同樣的景色，能拉近些彼此的距離吧……

回到敏秀宮，花子妤又開始了每日學規矩的枯燥日子。別的秀女或許都對學習宮裡規矩很感興趣，子妤卻不怎麼上心，只將所有的空閒時間都花在琢磨公主大婚的獻演。

將心裡頭自己能勝任的戲都過了一遍，卻沒找出幾個合適的。要麼是群戲，要麼太過冗長，而且都被人演過無數遍了，毫無新意可言。為此，子妤不得不仔細搜尋前世的記憶，看有沒有可以用得上的東西。

福成公主大婚，曲目自然要喜慶，又得要適合自己一個人單獨演，還要能演得滿場生輝、襯托出主角的戲，而那天的主角自然就是作為新娘子的福成公主了。都說女人最美的一刻就是新娘子，因為在那個時候她是最幸福的。

最美的新娘……不知為何，子妤腦子裡突然冒出了一首相當熟悉的詞來——

披羅衣之璀粲兮，珥瑤碧之華琚。

戴金翠之首飾，綴明珠以耀軀。

踐遠遊之文履，曳霧綃之輕裾。

微幽蘭之芳藹兮，步踟躕於山隅。

正是〈洛神賦〉裡描寫洛神仙子甄宓的詞句。

比起大家耳熟能詳的「其形也，翩若驚鴻，婉若游龍。榮曜秋菊，華茂春松。」花子妤更喜歡上面那幾句。

雖然〈洛神賦〉算不上是一個喜慶的故事，但裡面蘊含的濃濃愛意卻是其他詩詞歌賦所難以企及的。若以〈洛神賦〉為題，自己稍加改動，用曲牌來應對詞賦的內容……想到這兒，子妤雙眼都亮了起來，有些興奮地在狹小的屋裡來回踱著步子，腦子裡更是飛快地想著詞賦裡的一些精彩句子。

「遠而望之，皎若太陽升朝霞；迫而察之，灼若芙蕖出淥波」……嗯，這兩句不錯。還有一大段四字描寫洛神美貌的對仗句，如「延頸秀項，皓質呈露。芳澤無加，鉛華弗禦。」等等。

以曹植的大才，這些詞賦放在這個時代絕對句句皆為「驚豔之作」，要是自己就這麼拿來用，豈不是很難解釋？對唐虞自己還能說是山野隱士之作來搪塞，其他人恐怕卻不會那麼容易就相信自己的。

怎麼辦？這麼好的點子，子妤覺得放棄了著實可惜，但這首詞賦實在絕冠驚豔至極，憑自己一個肚子裡沒有幾滴墨水的戲伶，實在讓人難以相信是她所作。況且，子妤也不想做那等剽竊古人詩詞的人，那樣未免太過「無恥」了些。

思來想去，子妤眉頭緊蹙，腦子飛快的轉著。突然間，子妤眼睛一亮，一個絕妙的法子從腦中掠過。

既然自己名義上是唐虞的親傳弟子，唐虞在戲曲之道極為精通又是出了名的，那麼，他既然曾經創作出新劇【木蘭從軍】，自然也就能作出另一齣新劇【洛神】來！

若是有人問起，就說這【洛神】是唐虞的新作，一來又能為他贏得更高的名聲，二來，也能堵了那些好奇之人的口！

心裡已然有了完全之策，子妤嘴角微翹，接下來就只剩挑出合適的詞句來配上唱曲了。這後面的功夫需要靜下心來認真揣摩，子妤也不急在這一時，眼看天色已經有些晚了，明兒個一大早還得去教習殿學規矩，趕緊梳洗了一番，熄燈上床夢周公去了。

第二日，敏秀宮教習殿中。

「各位姑娘上了這些日子的課，想必對宮中的規矩已經心裡有了數。下午的時候，女紅課就暫停一下，由宏嬤嬤考核一下各位所學，若是掌握得極好，明兒個就能休息一天，運氣好的，還能被貴妃娘娘親自召見；若是不好，就得罰抄寫宮規。」上頭一個嬤嬤在教習殿的上首人聲地說著，底下的秀女們個個正襟危坐，沒有人敢交頭接耳。

宏嬤嬤面帶滿意神色，等這位嬤嬤說完，才上前一步。「各位姑娘將來不管是不是能被選中，都是咱們敏秀宮出去的人，有規矩才能成方圓，學會這些規矩，任誰也沒法挑出妳們一點兒錯來。想到這些，姑娘們就算再辛苦，也算是值得的，不是嗎？」

「是，嬤嬤。」

秀女們齊聲答了，聲音不疾不徐，不高不低，整齊劃一就像是一個人說出來的，可見這小半個月來學規矩的成果。

不過這樣的情形僅限於在教習殿中，散了課，大家三三兩兩聚在一起各自回院落休息，自然就開始議論起來下午的課考。

與茗月、劉惜惜一起往回走，子妤想了想，小聲道：「茗月、惜惜，下午的課考，咱們不要做最好的，也不要做最差的，就做不上不下中等的。」

「中等的豈是那麼容易做？」茗月有些發愁。「我向來記性最差，戲文都要背好多遍才能記住。這才學了小半個月的規矩就要考試，要我不做最差的都難吧。」

惜惜倒是顯得很無所謂。「如果有機會，我倒是願意爭一爭那最好的。」

「惜惜師姊，難道妳想……」茗月不解的看著劉惜惜，心裡可是一直以為劉惜惜和自己還有子妤一樣，都是不想留在宮裡的。

垂下眼眸，惜惜唇邊有著一抹難以察覺的悵惘。「貴妃娘娘如今凌駕皇后執掌六宮，若果能得蒙召見，我便求了娘娘讓我做一個女官。總好過之後像個物件一樣被那些宗室皇族子弟挑肥揀瘦。」

子妤有些意外，不禁問道：「妳為何想做女官？」剛問完，心裡突然又有了答案。

正好走到了丁三院落，惜惜指了指子妤門前的玉蘭樹。「我們不如到那邊坐下說說話吧。」

和茗月對望一眼，子妤點點頭，三人便攜手來到樹下的石墩，各自掏出一張絹帕墊在上面，然後落坐。

「我想通了。」劉惜惜抬頭，從樹冠的縫隙中望著碧藍如洗的天空。「與其回到戲班，不如留在宮裡做個女官。聽說，女官滿二十五歲就能出宮，而且，有了女官的身分，嫁人之後，夫家是不許給相公納妾的。」

「果真有這規定？」茗月睜大了眼，有些不信。

子好好笑地伸手戳了戳茗月的前額。「我看妳不拿最差的都難！惜惜所說的全部寫在宮中規矩的冊子上，難道妳都沒留意仔細看？」

不好意思地撓撓頭，茗月嘟囔道：「我都說我記不住嘛，有什麼辦法。」

「沒關係，要是妳被罰了，我幫妳抄寫宮規就是。」子妤看著茗月嬌憨可愛的樣子，忍不住捏了捏她的臉。

「我也幫妳。」惜惜也笑了，只是收斂著表情，沒有露出那等傾國傾城的神態來。

茗月心裡頭感激得很，一把握住子妤和劉惜惜的手。「不如讓我和子妤幫妳想想，怎樣才能得了最好的，這樣妳才能順利見到貴妃娘娘。」

「妳真是個實心眼兒的，課考那樣的事，別人怎麼能幫呢？」子妤反手將茗月握住，復又看向劉惜惜。「我相信，以妳的聰慧機敏，一定能得了最好的。」

「我看妳們都別想了。」說話間，胡杏兒從屋裡推門出來，走到三人的面前，也不問一聲就自顧自坐在了空著的石墩上。「要說用功，恐怕沒人比得上李姑娘呢。這小半個月，宏嬤嬤誇她都誇得嘴上起泡了。今天下午拔得頭籌的人不出意外一定會是她！」

胡杏兒沒有說錯，自從公主府回來，李文琦就像變了個人似地，剛來時那總是高高揚起的下巴也收斂了，和周圍的秀女們相處極懂分寸，毫無一絲傲氣。每天學規矩的時候，一招一式、一字一句，她比誰都認真，之前對她並不怎麼看在眼裡的宏嬤嬤都直誇她。

別人都不明白李文琦為什麼突然就轉了性子，花子妤卻清楚明白得很。

離開公主府的前一夜，李文琦在屋子裡放聲大哭了許久。第二天起來，她就變了個人似地，看著自己笑得極為柔和，對待蘇嬤嬤也是恭敬有加；甚至還和三個繡娘聊起了家常，一副溫婉寬厚的大家閨秀模樣。

回到敏秀宮，她隻字未提幫公主改嫁衣的事，只說是子妤得了公主的喜歡，她真是羨慕得很之類的。然後和周圍的秀女們很快地相處極為融洽了，今兒個幫這個畫繡花樣式，明兒個送了「不搭配」的耳墜子給那個，因此，那些秀女見了她都會稱呼一聲「李姊姊」。

章一百八十二　各存心思

宏嬤嬤在前頭領路，花子妤、劉惜惜、李文琦三人在後頭跟著，一行人默默地走在宮殿花庭之間。

不出意外，下午的課考果真是李文琦最優，其次便是劉惜惜。但宏嬤嬤最後宣佈名單的時候，裡面竟有花子妤，這又讓許多秀女心生羨慕。

先前因為女紅課最優，花子妤已經去過一趟公主府了，這次又能得蒙貴妃娘娘召見，在秀女裡除了李文琦能與之相比之外，就再沒有其他人。加上身為諸葛貴妃侄孫女的諸葛暮雲又刻意保持低調。如此這般，子妤想不脫穎而出都難，只得硬著頭皮在大家的注目下跟了宏嬤嬤前往雲華殿。

這算是花子妤第二次在後宮裡行走，第一次自然是那次為諸葛貴妃壽辰獻演，不過這次比上次走馬觀花要好了許多，至少往雲華殿的路不算近，要經過了好幾座大大小小的宮殿和花園，那些或精美或恢弘的建築，著實讓子妤大開了一番眼界。

子妤一邊隨意地看著宮中的各處風景，臉上帶著固有的沈穩和淡然。

反觀旁邊的劉惜惜和李文琦，兩個人雖然表情不一，面上卻都含著幾分謹小慎微和緊張的情緒。和花子妤來過一回不一樣，兩人都是初次進入後宮內庭，看著陌生的紅牆高瓦，想著即將要面對貴妃召見，心情能一如花子妤那樣平淡才怪。

李文琦的心機暗藏，劉惜惜的拘束謹慎，還有花子妤的無驚無喜……這三個人的不同表情落在宏嬤嬤眼裡，立時便分出了優劣。

暗道不愧是貴妃娘娘點名要見的人，這個花子妤一點兒都不像是個戲伶，比許多世家出身的秀女都要端莊穩重得多。宏嬤嬤不禁猜測著貴妃娘娘為何點名花子妤去面見的原因，難道是貴妃娘娘選中了她，想留在身邊一起伺候皇上？

想到這兒，宏嬤嬤微瞇了瞇眼，又忍不住回頭望了走在當中的花子妤。

淡粉的秀女宮裳，和身邊的兩人一模一樣，但因為她身量高䠷些，看起來要比李文琦和劉惜惜多了幾分婀娜窈窕，臉上不施粉黛，卻兩頰微紅、櫻唇微粉，配上清秀細緻的眉眼，花子妤雖然沒有李文琦那等明豔的姿色，也沒有劉惜惜那等嬌弱的媚態，卻給人一種極為親切的感覺。

她這樣的人，似乎讓人一靠近她就覺得很舒服，對！就是舒服！

宏嬤嬤轉回頭，琢磨著自己的猜想是否正確，心中暗暗下了決定，以後對這位花家班的戲伶多照顧些，說不定，往後她就飛上枝頭變鳳凰了。到時候，也好記得敏秀宮的好，記得自己的好。

想到此，宏嬤嬤有意慢下了步子。「三位姑娘，前頭再過一個花園就是貴妃娘娘所居的雲華殿了。在這之前，有些話嬤嬤先給妳們交代交代。」

知道宏嬤嬤這是在幫她們透底，李文琦首先抬起了眼，目露渴望的神色。劉惜惜也好像是豎起了耳朵看著宏嬤嬤，極為感興趣的樣子。只有花子妤，抬眼看了看宏嬤嬤，復又被旁邊一叢極為茂盛的鳳尾竹吸引了目光。

「子妤姑娘，娘娘可是專門讓身邊的人過來給奴婢打了招呼要見您的。」宏嬤嬤見她有些心不在焉，忙點出了這點。

「嗯，我知道了。」花子妤自然早就有所預料的，她自問課考的時候故意錯了幾個問答，可即便如此，還讓自己成了第三優之人，子妤可不會天真的認為其他秀女真的比自己答得差。另外自從自己進入敏秀宮，她就知道諸葛貴妃遲早會見自己，只是不知道會在什麼時候、以何種方式而已，這次課考，正好給了諸葛貴妃一個藉口能召見自己，想來必不會放棄機會。

當事人表現得如此平淡，可讓李文琦和劉惜惜兩個不相干的人暗暗吃驚。

李文琦眼底閃過一絲扭曲的嫉妒神色，卻已經能夠適時地掩飾住，劉惜惜則是直接輕輕拉了拉花子妤的衣袖，低聲問道：「子妤，妳和諸葛貴妃相識嗎？她為什麼要見妳？」

側頭，子妤隨意道：「妳忘記了？上次唐師父的那齣新戲【木蘭從軍】就是為貴妃娘娘賀壽而作的，我演的便是花木蘭。或許是演得好，貴妃娘娘記住了我，這次見秀女名冊裡有我就想見見吧。」

「這樣嗎？」劉惜惜覺得沒那麼簡單，可偏偏又想不出諸葛貴妃點名要見花子妤的其他原因，只好點點頭，接受了子妤的這個解釋。

一旁李文琦聽了花子妤所言，表情微微放鬆了些，看來也是相信了她的解釋。

宏嬤嬤則明顯有些不信，她在宮裡當差多年，對於那些個主子娘娘們的脾性也摸得差不多了；特別是諸葛貴妃，她是太子生母，將來可是要做太后的人，這樣身分至尊至貴的人，怎麼會因為幾個月前的一齣戲而記著一個人呢？

李文琦沒有那麼多的耐心去猜測花子妤，含著微笑輕輕挽了宏嬤嬤的手。「嬤嬤，還請您說說貴妃娘娘的喜好脾性，畢竟我們這是第一次覲見，若是冒犯貴人就不好了。」

說到這個，劉惜惜也收回了心思，認真地看著宏嬤嬤。

「貴妃娘娘為人寬厚和善，是再好相處不過的了。」宏嬤嬤隨即也不再多想。「娘娘生了太子，卻對皇后仍然恭敬有加。皇后禮佛之後，娘娘執掌鳳印管理六宮，從來不曾出現偏頗之事，宮裡上上下下無不感念娘娘的好。」

說完這些場面話，宏嬤嬤將聲音壓低了些，又左右看了看。「不過娘娘畢竟是貴妃之尊，自然也是有些脾氣的。她最不喜有人在面前多嘴，更不喜那等畏畏縮縮、問話不敢搭腔的小家子氣，所以，等會兒三位姑娘在雲華殿最好表現得落落大方即可。當然，子妤姑娘應該是無礙的，您從來都是大方得體的性子，想來娘娘一定會喜歡您的。」

子妤微笑著，總覺得宏嬤嬤有些討好自己的意味，只客氣地道：「承嬤嬤吉言了。」

「嬤嬤，我準備了一個小物件準備呈送給貴妃娘娘，還請嬤嬤幫我看看會不會失禮。」

說著，李文琦自袖口裡掏出一個荷囊，從裡面扯出一張繡了花的絲帕。

絲帕是淡紫的顏色，角落處用金絲相間的線繡了兩串桂花，整張絲帕看起來用色別致，手工精巧，十分用心。

「既是姑娘的心意，娘娘又豈有不喜歡的？」宏嬤嬤仔細看了這張帕子，眼裡有著滿意之色。「姑娘在宮裡適應得極快，嬤嬤我管了這麼多年的敏秀宮，還少有見過您這樣滿腹心思的呢。」

將絲帕收好，李文琦扯著嘴唇笑了笑。「嬤嬤過獎了。」

見李文琦這個表情，宏嬤嬤又道：「姑娘別誤會，嬤嬤我這是在真心稱讚您呢。要知道，能在宮裡順順當當生活下去的女人，哪個沒被磨平稜角的？您若是像當初來時那樣張狂，相信嬤嬤，不多久，妳外露的鋒芒就會被人攔腰折斷的。」

被宏嬤嬤直白的話給說得一愣，李文琦半晌之後才神色鄭重地點點頭，咬著唇，沒有再多說一句，似乎是在仔細揣摩先前宏嬤嬤的那番話。

而劉惜惜盯著李文琦的袖口，表情有些懊悔地低聲對著子妤道：「怎麼辦，她竟提前備好了禮物。」

「提前備好禮物，妳不覺得奇怪嗎？」子妤倒是有著另一番的想法。

「什麼奇怪？」劉惜惜不明白。

「都說了是今日課考之後擇優覲見貴妃娘娘，她就那麼自信能得到這個機會，連給貴妃娘娘的禮物都準備好了？」子妤看著走在前面的李文琦，大概是看到了不遠處的雲華殿太過緊張，那步子似乎有些虛浮，又道：「有自信是好的，可不免露了心機。我想，但凡貴妃娘娘那等貴人都不會喜歡這樣心思重的人吧。」

「嗯，妳說得也對。咱們只大大方方地去覲見娘娘便是。」劉惜惜覺著子妤說得極有道理，點點頭。「若是有機會，我一定會求娘娘留下我做女官的！」

見劉惜惜一副下定決心的樣子，神情已沒了先前一路上那種拘謹和緊張，子妤也給她打氣道：「放心，只要娘娘對妳印象不錯，到時候應該能如妳所願的。」

第一百八十三章　諸葛敏華

雲華殿緊鄰御花園，是後宮裡離皇帝所居正德殿最近的一處居所。名為雲華，則是因為這宮殿的主人名字裡有一個「華」字。

這宮殿原本並不叫雲華殿，當皇帝將其賜給最寵愛的妃嬪後，也為她將這座宮殿一併改了名。

所以雲華殿不僅僅是諸葛敏華的寢宮，更暗示著諸葛家的榮寵興衰。

當宏嬤嬤領著花子好等人步步走進這個由青磚粉瓦砌成的恢宏宮殿時，大家都本能地收斂起了四處張望的心思。

前來迎接的是雲華殿管事宮女黃嬤嬤，三十來歲的年紀，一頭黑髮一絲不苟地綰在腦後，臉上薄施粉黛，半舊的宮女服上幾乎沒有一絲縐褶。宏嬤嬤一一介紹了花子好等人給黃嬤嬤認識，黃嬤嬤也一一朝三人施禮問好。她神色柔和，看向花子好等人時禮數周全，還略顯了些恭敬。

單看這個黃嬤嬤，子好就能想像得出諸葛敏華應該是個治下嚴謹卻並不苛刻的人。

「三位姑娘是今年秀女中的翹楚，娘娘特意吩咐備好酒水招待，請跟奴婢這邊來。」帶著四人走了些時候，黃嬤嬤在一座旱橋上面停住了腳步，指了指不遠處被一片紫竹小林環繞的兩層小樓。「這天氣日漸燥了，娘娘喜歡午歇的時候就去竹樹裡乘涼，等會兒晚膳也是擺在那兒的。」

「多謝黃嬤嬤帶路。」宏嬤嬤臉上掛著極為恭敬的笑容。

「這本是奴婢分內的事。」黃嬤嬤一眼掃過三人，目光在花子妤身上稍微停留了一下，卻又及時收住，並未引得大家注意。

進入紫竹林，氣溫驟然下降，卻並不覺得冷，偶爾吹來涼爽的風，讓緩步其中的花子妤等人倍感舒適，都不禁嘆道：能夠在這樣的地方避暑，諸葛敏華還真是會享受。

林中的竹樹也是由紫竹搭建而成，拔高離地三尺而建，四面通透，用同色紫紗做牆，更顯清涼。拾階而上，黃嬤嬤一進入竹樹內就習慣性地半低著頭，臉上表情也變得肅穆起來。宏嬤嬤更是將頭埋得極深，又略彎著腰，一副生怕唐突貴人的樣子。

花子妤等人受到影響，也紛紛垂下目光，跟在後面亦步亦趨，不敢有絲毫的造次。

黃嬤嬤示意宏嬤嬤和花子妤她們三個先止步，她進去通稟，這才掀了簾子進入屋內，領頭屈膝福禮道：「稟娘娘，三位姑娘帶到，正在外頭候著。」

「讓她們進來吧。」

諸葛敏華斜斜倚在一個紫緞大枕上，身下是一片竹編的涼蓆，一左一右各有兩個宮女屈膝跪著為她搖扇，另有一個宮女跪在下首拿著碧玉錘為她鬆乏雙腳。

黃嬤嬤回到珠簾那兒，打起簾來，對外間等候的四人點點頭。

於是，宏嬤嬤帶頭，便引了花子妤三人進入屋中。

「小女子李文琦。」

「劉惜惜。」

「花子妤。」

「見過貴妃娘娘。」

三人齊齊屈膝福禮之後，宏嬤嬤也跟著道了聲：「奴婢見過娘娘。」

「都抬起頭來，讓本宮好生看看。」諸葛敏華的聲音懶懶的，卻有種不容抗拒的威儀在裡面。

依言抬首，花子妤三人按照宮規，目光卻依然下垂著，不敢直視諸葛敏華。

「都別那麼拘謹，妳們低著眼，叫本宮怎麼看得仔細呢？」諸葛敏華輕聲笑了笑，感覺很是隨意的樣子。

李文琦一聽，趕緊掩住了心裡頭的興奮，眼裡閃著激動的光芒就直接抬起頭來。而劉惜惜則是遲疑了半晌，這才徐徐抬頭，儘量讓自己顯得不那麼緊張。

只有花子妤，聽得諸葛敏華如此說，自然而然地向上抬了抬眼，目光淡然地正好與諸葛敏華的視線相遇。

諸葛敏華眼裡有了幾分了然，略點了點頭。「果然是個不輸世家閨秀的女子。妳走近些讓本宮好生看看。」

挪了一步，子妤抿了抿唇，倒是有些不習慣被人這樣直接打量。

看著眼前這個身段高眺、容貌清麗的女子，諸葛敏華不由得微瞇了眼，腦中閃過一闋描寫蘭花的詩詞：楚芳有幽姿，采采倏盈把。馨香滿襟袖，欲寄同心者。道遠不可求，餘懷為誰寫。佩服林下游，自愛逸而野。

看遍後宮的女人，要麼妖嬈嫵媚，要麼豔色逼人，以她對當今聖上的瞭解，花子妤這樣的女子應該不會是他喜歡的那種類型才對。可為什麼在自己壽辰戲臺上，花子妤出醜的時候，皇上竟然遣了長歡去護住她，而今年選秀，皇帝更指名要這個花家班的戲伶入宮待選。

本來以自己的賢慧，替皇上尋找「解語花」是分內之事，可皇帝對自己給花子妤留牌的試探又給予了否定。到底，皇帝對這個花子妤的興趣在哪裡？

諸葛敏華看得出來，花子妤並不願意留在宮裡，且不說之前薄鳶進宮幫她打探消息的用意，單瞧著此時她面對自己的這分氣度，也絕對不是一個甘於留在宮裡終老的女子。

面對諸葛敏華毫不遮掩的稱讚，子妤的薄面還是起了一層淡淡的紅暈。「娘娘過獎了，小女子不過蒲柳，哪裡敢與貴族小姐們爭奪姿色。」

就在諸葛敏華打量自己的時候，花子妤也在暗暗觀察著這位後宮中的傳奇人物。

能夠在皇后並未去世的情況下執掌六宮，能夠以庶妃身分成功將唯一的兒子送上太子寶座。外頭的人或許會認為這是因為諸葛敏華運氣好，遇上一個懦弱兼生不出兒子的皇后。可真正聰明的人絕對不會這樣輕易地將她的成功歸於運氣。

所以花子妤在心裡對諸葛敏華是有幾分探究和敬佩的。她容貌並不算是異常的美豔，卻有種懶懶的嫵媚風情。雖然已經年過青春，卻保養得極好，膚色細膩白皙，身子雖然是斜倚在蓆榻上，卻仍能看出其豐腴有致。

從來，花子妤都覺得三、四十歲的女人才是最美的，因為她們大多已為人婦、為人母，就像熟透的蜜桃，是最為甘甜的時候。而諸葛敏華就是這樣的女子，也難怪皇帝會對她榮寵備至，不但以她的閨名為這座宮殿命名，還將她的兒子立為儲君。

她絕對不是個簡單的女人！

那自己的母親，和皇帝有著千絲萬縷曖昧關係的花無鳶呢？她的死，是否又會和諸葛敏華扯上關係呢？想到這兒，子妤眼底透出一抹清冷的神色。

這樣的目光並未逃出諸葛敏華的眼睛，她揚起眉梢，想要說什麼卻又忍住了一般，只淡然一笑，吩咐身邊的宮女：「給三位姑娘賜坐，擺宴吧。」

能夠和當今太子的生母——貴妃娘娘一起用膳，就算不是同桌而食，也足夠天下人羨慕了。

李文琦自覺光榮無比，看向諸葛敏華的眼神不自覺地就充滿了熱切，用膳的時候腦子裡不斷地默記著宮規，生怕自己行差踏錯一步。

劉惜惜還好，畢竟她是只想留下來當女官的，一開始的緊張過後，側眼看著花子妤如常的態度，也立馬效仿，不疾不徐地挾菜用飯，試圖將自己最好的一面展示出來，好給諸葛敏華留下一個好印象。

花子妤卻有些味同嚼蠟，因為從諸葛敏華的眼神裡，她看得出來探究和不解，看得出來興趣和疑惑，卻看不出一絲一毫知道真相瞭解實情的樣子。若是在她面前表現好了，子妤怕會給自己惹來不必要的麻煩；但若是惹了對方討厭，那不管將來如何，都會對自己的戲伶生涯有所影響。

所以子妤斟酌著想找出一個平衡點，讓自己在李文琦和劉惜惜中間儘量不被突顯出來，讓諸葛敏華見過自己一面之後就完全忘記才好。但這樣的中庸卻是最難做到的，特別是整頓飯下來都被對方一直默默注視關照著……

章一百八十四　竹樹飲宴

隨著夜幕降臨，雲華殿內的竹林裡掌起了燈，一個個橘色的燈籠點綴在林中，好像繁星落塵，如夢似幻，夜風徐徐吹來，撩起竹樹四周的紫紗，不經意地露出了正在飲宴的人們。

「貴妃娘娘，這杯小女子敬您。」李文琦首先站了起來，雙手托杯，目光熱切地遙看著首席的諸葛敏華。

或許是類似李文琦這樣眼神的女人看得太多，諸葛敏華只淡淡地一笑，將酒杯揚起。「李姑娘不必多禮。」說著，只將杯盞就在口邊輕輕沾了一下。

看到諸葛敏華的動作，李文琦才意識到自己的失禮，明明是敬酒，卻沒有先乾為敬，反而讓被敬的人主動沾了酒。李文琦只覺腦中一熱，臉有些脹紅，忙又開口道：「娘娘恕罪，小女子不懂禮數，真是該死！」

擺擺手，諸葛敏華神色柔和，絲毫不見生氣。「李姑娘何必這樣拘謹小心呢？本宮不是會為這點小事兒就喊打喊殺的人。再說，妳們頭一次來本宮的雲華殿，緊張而失禮是何其正常的，本宮不會怪罪的。」

聽起來諸葛敏華似乎是一副寬厚仁和的態度，但話裡卻點出了李文琦的「失禮」，顯然心裡頭已經對其有了幾分不滿，畢竟今日能來做客的都是宮規課考的翹楚，若是連這點基本的禮數都不能完善，何談其他？

李文琦倒也不笨，自然聽出諸葛敏華話裡有話，臉上的表情尷尬中帶著羞愧，一時間答話也不是，坐下也不是，只呆站在了那裡。

一邊立著的宏嬤嬤眼看著如此情形，心裡頭著急卻不敢插話，只得求救似地看向立在諸葛敏華身邊的黃嬤嬤。

黃嬤嬤領會了宏嬤嬤的意思，低俯下身子，討好地道：「娘娘，秀女們不過才學了小半個月的規矩，自然有不足的地方。您雖然不說什麼，卻並不見得是對這李姑娘好，不如讓宏嬤嬤領回去，讓她仔細學好了規矩再來給您請安。」

「好吧。」諸葛敏華點點頭。「若是本宮不理，將來吃虧的還是妳自己。」

「娘娘，我……」李文琦話一出口，又意識到了自己的錯誤，忙改口：「小女子一時緊張，還請娘娘不要攆了小女子走……」

聽見李文琦還在聒噪，諸葛敏華眼中已經閃過了一絲不耐。

「小女子求……」李文琦還想再說什麼，從後面上來的宏嬤嬤已經一把捂住了她的嘴，半拉半拽地和另一個上前幫忙的宮女合力將她從竹榭裡直接拖了出去。

李文琦預料到了開頭，卻沒有預料到結局，因為嘴被緊捂住，根本說不出話來，只有大顆大顆委屈的眼淚從眼眶裡滴落下來，任由自己被人屈辱地從竹榭裡拖拽出去。

這樣一來，竹榭裡的氣氛立馬變得有些微妙。

劉惜惜原本強撐著讓自己表現如常，可眼看著李文琦被那樣拖出去，哪裡還能裝作毫不在意，於是表情僵著，只好埋頭不語，希望自己不要被連累。

看這情形，花子妤也有些意外，沒想到諸葛敏華絲毫不給李文琦留一點兒情面，要知道李文琦的父親乃是正二品的侍郎，她身為嫡長女，怎麼也應該有幾分體面的。

感覺到身旁劉惜惜的不知所措，還有屋內不太好的氣氛，子妤只好暗自一嘆，揚起頭對著諸葛敏華朗聲道：「娘娘，小女子有件事兒想詢問您的意見，還請不吝賜教。」

有人說話總比氣氛就這樣僵著好，諸葛敏華隨意一揮手。「說吧，不必拘禮。」

「是這樣的，前幾日小女子被選中為福成公主幫忙做婚嫁前的女紅。因為幫福成公主解決了一個嫁衣上的小問題，所以公主答應了小女子的請求，准許小女子在公主大婚的宴席上獨自唱一齣戲。」

「妳要在福成的婚宴上獻演？」諸葛敏華有些驚訝和意外。「福成大婚算得上是宮裡最特別的宴請了，妳不是才五等戲伶嗎？福成怎麼可能同意？內務府又怎麼可能通融？」

「需要內務府通融嗎？」子好倒是沒想到這點，忙道：「稟娘娘，是福成公主親自答應了小女子的。這也不行嗎？」

諸葛敏華看著花子妤眼中的認真，隨即道：「既然是福成答應了的，那就應該沒問題了。不過她或許不知道這裡面的規矩，改明兒本宮讓黃嬤嬤去一趟內務府給小馮子打聲招呼，到時候才好安排妳上臺的相關事務。」

「如此，就多謝娘娘了。」花子妤雖然想過事情沒那麼簡單，但卻沒有想到諸葛敏華竟然願意主動幫忙給內務府打招呼，這讓她有些意外。略想了想，又接著道：「娘娘，小女子不知道福成公主的喜好，所以挑了一齣唐虞師父的新戲準備在婚宴上獻演。既然今日能來娘娘的雲華殿做客，少不了要請娘娘幫忙斟酌才好。」

看到花子妤這麼主動，諸葛敏華倒也來了幾分興趣。「妳當初扮的花木蘭本宮就很喜歡，如今見妳還惦念著唱戲，本宮甚感欣慰。說吧，也讓本宮替妳參詳參詳。」

「既然是公主大婚，自然是以公主為主的……」子妤越說，眼中的光彩也越甚，不一會兒，便字斟句酌地將【洛神】的構思還有一小段戲文說給了諸葛敏華聽。

一旁的劉惜惜見花子妤能如此落落大方地和諸葛敏華交談，心裡頭羨慕得很，隨即也放鬆了心情，認真聽著她講述這一齣新戲的事。

「妳的意思，是把福成比喻成那個洛神？」

諸葛敏華聽得很感興趣，想著剛剛花子妤唸出的那幾句描寫洛神美貌的戲文，不由地重複著：「穠纖得衷，修短合度。肩若削成，腰如約素。丹唇外朗，皓齒內鮮……好一齣【洛神】，字字句句竟是如此絕妙。妳若是在福成的婚宴上唱出來，她聽了不知道會高興成什麼樣子。」

「娘娘也覺得好？」子妤見諸葛敏華讚不絕口，心下大定。

「豈只是好，簡直就是聞所未聞！」諸葛敏華倒是對這戲文的出處更為關切。「妳剛剛說是戲班唐師父所作的新戲，他可是你們花家班的戲文師父？」
本不想扯出唐虞，可諸葛敏華既然問起了，就不能不答，子妤只好依此說了下去：「唐師父是小女子的親師，他從前也是戲伶，後來退了便專心在戲班教習弟子，閒時也作些新戲。上次那齣【木蘭從軍】就是唐師父的新作。」
諸葛敏華食指扣桌，讚道：「看來戲班的確是個藏龍臥虎之地。若有機會，真想會一會這位唐師父。」
對於諸葛敏華的話，子妤不好回答，只得笑笑。
「子妤姑娘，看妳還惦念著唱戲，可是不想留下來嗎？」諸葛敏華話鋒一轉，竟直接問起了這個重點。
子妤顯然也沒料到諸葛敏華會這麼直接，略思慮了一下，便揚頭，語氣誠懇地道：「說實話，小女子一開始就沒想到自己會被挑中入宮待選。」
說到這兒，子妤停了片刻，觀察著諸葛敏華的表情，見對方果然挑了挑眉，就知道她肯定是知道待選的事，便又道：「小女子在戲班長大，從小就打定主意要為戲臺子而活。所以，小女子打心眼兒裡的確不願意成為秀女。」
「本宮很欣賞妳的誠實。」諸葛敏華微眯著眼，總覺得花子妤像是在表白一樣，隨即又試探道：「成為皇帝的女人，享受這世上最大的榮華富貴，豈不比做一個戲伶更強？」
眨著眼睛笑笑，子妤似乎猜到了諸葛敏華內心的話。「娘娘，這皇宮已經有了您，再多的女子不過是裝飾罷了，誰又能敵得過皇上對您的寵愛呢？皇上已經將這世上最大的榮華富貴給了您，其他人就算想，也不過是妄想罷了。小女子是個務實的人，覺著從哪兒來就回哪兒去最好，該唱戲還是唱戲，這才是人生嘛。」

「妳這小姑娘，嘴巴真甜！」諸葛敏華不管花子妤的話是恭維也好，實話實說也好，眉眼已然彎彎地，竟難得的露出了開懷的笑容。

自從花子妤主動挑起話題後，諸葛敏華就極感興趣地問了她許多關於戲班的事。同席的劉惜惜也是花家班出身，三人一來二去竟聊得極為開懷投機。

特別是劉惜惜，她本就是個極聰明的，察言觀色地句句話都能哄得諸葛敏華高興，她的神色中也帶著幾分興奮。

「惜惜，妳是個可人的。」諸葛敏華雙腮微紅，手中還捏著一個酒盞，雖然喝得不多，可眼眸中已經隱隱有了一絲醉意。「妳這孩子，本宮看著倒好。」

眼看著諸葛敏華這樣說，花子妤立馬轉頭向劉惜惜使了眼色，點點頭，示意她要抓住時機。

豁出去了，劉惜惜嚥下緊張的口水，抬起頭，用極為誠懇的眼神看向諸葛敏華，一把站起來走到前頭，雙膝跪下。「娘娘，小女子有一事求娘娘！」

諸葛敏華眼看著劉惜惜來到面前，臉上表情如常。「求本宮什麼，說吧。」

花子妤看在眼裡，知道諸葛敏華以為劉惜惜和那些女人一樣，想通過討好她求個榮華富貴。但劉惜惜卻只想做女官，想來等劉惜惜央求的話一出口，諸葛敏華一定會很意外吧！

「求娘娘允許小女子做女官！」劉惜惜已經把頭埋垂下去，磕在了地上，一副諸葛敏華不答應就不起身的樣子。

手中酒盞一放，諸葛敏華原本有些冷淡的面上流露出一絲意外和不解。「妳也不想做皇上的妃嬪？」

劉惜惜半抬起頭，仍舊保持著伏地磕頭的姿勢。「小女子自知愚鈍，哪裡知道怎麼伺候好皇上？做女官，將來二十五歲放出去，找一個老實本分的人嫁了，這才是小女子希望的歸宿。」

諸葛敏華看了一眼劉惜惜。「做女官，看著體面卻不比做宮女輕鬆。妳倒是說說看，怎麼會想要當女官呢？」

眼裡閃爍著異樣的光彩，劉惜惜雖然有些害羞和難以啟齒，卻還是一字一句地道：「小女子不怕辛苦，是因為做女官有一樣好處是宮女所沒有的。」

劉惜惜話一出口，諸葛敏華就立刻明白了，嘆了口氣。「妳們這些小姑娘，想的總是這些。就算朝廷規定女官為妻，夫不得納妾，可他們難道不會出去花天酒地，不會拿了銀子在外面養女人？規矩是死的，人是活的，若是為了這個，本宮勸妳還不如實在些，留在本宮的雲華殿，二十五歲仍舊放了妳出去，給妳找個好人家便是。有了本宮的名聲，料想妳的婆家也不敢妄議納妾之事。」

被諸葛敏華一番話說下來，劉惜惜神色從原本的堅定變得有些動搖起來，眼中的清澈更是被複雜所代替。的確，諸葛敏華的提議對於任何人來說都是極具誘惑力的，不用做皇上的妃嬪，同樣能將來出宮嫁人；而有了貴妃的名號，將來婆家更是不敢輕慢自己。

可一切真的會像諸葛敏華所說的這麼簡單嗎？

劉惜惜並不是那種容易被表面迷惑的人，自己如果將來留在雲華殿，那少不了日日都要提防著，那種小心翼翼的日子，根本不可能是自己想過的。雖然女官辛苦些，可少了那些應對，相對來說要安全得多。

想到這兒，劉惜惜咬了咬唇。「小女子謝過娘娘的好意，但小女子心意已決，若是不能做女官，寧願回到戲班。」

「娘娘，人各有志。」子妤也替劉惜惜解釋道：「就像您說的，若是她留在雲華殿做宮女，將來出去嫁人，婆家也是看在娘娘的面子上才會對她好。但若是做女官，將來放出去，她大可擇一個真正喜歡她的男子嫁了。況且有本朝律令女官之夫不得納妾，那娶她的人必然就該知道，一旦娶了她就得一生一世一雙人，是絕不敢違背的。」

「好個『一生一世一雙人』……」擺擺手，諸葛敏華也沒有那麼多的耐性。「也罷，妳既然願意去做女官，本宮攔著也沒意思。說吧，女酒、女漿、女醢、女笲、女醯、女鹽……妳想去哪一部，到時候本宮吩咐一聲也就成了。」

花子好聽得諸葛敏華這樣說，知道這些都是女官裡頭最低級的職務，所負責的事情也雜亂辛苦；知道她終究還是對劉惜惜產生了不滿，心中一嘆，卻又不能說出口。

劉惜惜聽了卻極感激地重重磕了三個頭，這才道：「隨便讓小女子幹什麼都行！」

「那就女酒吧，雖然辛苦，但如妳所說，至少環境簡單。而且將來出宮若是沒有好去處，開個酒社做老闆娘還是可以的。到時候掙了錢，妳就招贅一個夫君，諒他也不敢納妾什麼的。」

諸葛敏華打趣似地這樣一說，劉惜惜和花子妤聽了都同時舒了口氣，至少她用這樣的語氣就表明沒有介意劉惜惜不願留在雲華殿的事。

「子妤，那妳呢？」諸葛敏華又看向了花子妤。

「娘娘就讓小女子落選吧，小女子沒別的本事，上臺唱戲還是能養活自己的。」子妤乾脆用著耍賴的語氣，反正思量著諸葛敏華都已經三、四十歲了，當自己的媽都足夠年紀了。

搖搖頭，諸葛敏華不知為何嘆起了氣。「妳們這些小姑娘，一個個的竟然都不願意留在宮裡，別說伺候皇上了，就是讓妳們伺候本宮都躲得遠遠的。也不知內務府怎麼挑的人，連對方是不是想做秀女都弄不清楚。」

「娘娘，皇上都已經有您了，那些小姑娘哪裡還有什麼心思？」子妤適時地又拍了一記「馬屁」，惹得諸葛敏華又呵呵笑了起來。

「妳們來了一趟，甚得本宮歡心。黃嬤嬤，把皇上前兒個賜給本宮的幾樣小玩意兒拿來，本宮要賞給子妤和惜惜，算是見面禮。」諸葛敏華招了招手，意欲送客。

章一百八十五　我心昭昭

自從和花子妤私下聊過，諸葛暮雲就時常找她一起在宮裡的花園裡邊逛邊說話。幾次下來，兩人均對彼此有了更深的瞭解，也更加投契，儼然閨中密友一般。

這一日，兩人剛接了諸葛貴妃的傳話，要她們一起過去陪席說話，剛走到御花園，就發現款款而來一位華服豔妝的女子，一身水紅衣裙顯得妖嬈多姿，可一張臉在夕陽的照耀下卻只得見濃脂厚粉，極為俗氣。

「見過楊美人。」

諸葛暮雲首先上前一步，半福了一禮，神色間已經恢復了屬於世家大小姐的傲色和淡漠。

「放肆，還不給淑妃娘娘重新請安！」

那濃妝女子身邊一左一右跟了兩個宮女，年紀都是二十多歲，看起來像是資深宮女，只見左邊那個上前一步，竟直接喝斥起諸葛暮雲來。

表情掠過一絲意外，諸葛暮雲這才又福了一禮。「原來楊美人已經封為淑妃娘娘了，先前多有怠慢，真是對不起了。」

一旁的花子妤在那個宮女的眼神下，也只得上前一步福禮道：「小女子花子妤，見過淑妃娘娘。」

「妳又是誰？」這楊淑妃上下打量了一番花子妤，見她只是尋常姿色，不過身段窈窕些、眉目清秀些罷了，而且印象中那些世家大族裡面可沒有一家是花姓的，所以並未怎麼將她放在心上。

「小女子是本屆秀女。」子妤簡略地回答，看得出這個楊淑妃並非是個好相與的。

「秀女？哦，那就和諸葛小姐是一樣的了。」楊淑妃點點頭，眼中透出一抹頗感興趣的神色。「姑娘是哪家的閨秀啊？」

子妤被她的眼神看得有些不舒服。「小女子是花家班的人。」

「花家班？那就是戲班嘍？」楊淑妃又露出了輕蔑的神情。「雖然是宮制戲班，但戲伶就是戲伶，妳擺出一副清高莫攖的樣子幹什麼？難道妳也看不起本宮？」

諸葛暮雲眼底閃過一絲厭惡，上前擋住了花子妤，冷冷道：「淑妃娘娘這是何意？」

子妤卻在後面輕輕拉住了諸葛暮雲，對著楊淑妃淡淡一笑。「這是小女子第一次和淑妃娘娘見面，之前並不認得您，何來看不起之說。」

「瞧瞧，就是妳這眼神！」楊淑妃紅唇一翹，厲聲道：「還敢說妳不是看不起本宮？」

子妤苦笑著搖搖頭，見她一副張牙舞爪的樣子，卻也不怕，畢竟這是皇宮，難道她還敢在雲華殿門口撒潑不成，便道：「娘娘誤會了，小女子這副樣子是拜爹娘所賜，生下來就沒變過，又豈會是專門針對娘娘呢。」

「哼，妳爹娘是什麼人關本宮何事？」楊淑妃見小小一介戲伶都能對自己這樣不尊不敬的，頓時火氣一來，忍不住上前一步就揚起了塗滿鮮紅蔻丹的一隻手——

「住手！妳要幹什麼？」一聲厲喝將楊淑妃高高揚起的手給喊得一滯。

眾人也被這一聲充滿威儀和嚴厲的喝斥聲給吸引住了，紛紛往聲音來處看過去。

明黃龍袍，紫金頭冠，濃眉闊臉，神色肅冷……帶著狠厲的表情，皇帝跨步而來，一把將楊淑妃的手給拽住，隨即向後一拖，將她半摔在地。「這裡豈是妳可以隨意放肆之地！給朕滾！」

「皇上！」捂住被拽得生疼的手腕，楊淑妃一臉的不可思議。「皇上，您竟然為了這個戲伶動手打臣妾！難道您看上她了？她有哪點好？要容貌沒有容貌，身段又瘦得像個猴子，也不知爹娘怎麼生出來的……」

「住嘴！」皇帝雙目圓瞪，上前一步一巴掌就給她抽了過去，之後立馬招手。「來人，把淑妃送回慶輝宮，罰禁足一個月，沒事不許再出來胡亂逛。」皇帝狠狠地撂下這句話，就不耐煩再理會楊淑妃了。

委屈的眼淚從臉上大滴大滴地落下來，沖淡了原本厚重的粉妝，竟露出一張頗為清秀的臉龐。這楊淑妃抽泣著被左右兩個宮女架住胳膊，甚至嘴也被一個宮女從後面捂住，就這樣被「請」了下去。

看著眼前這一幕，諸葛暮雲有些意外。

她知道皇帝可不是為了她才這樣對楊淑妃，畢竟楊淑妃是二皇子的生母，怎麼樣也要在秀女面前為她留一絲顏面才對，可皇帝剛才的表現，那毫不偽裝、直接流露出來的憤怒……

諸葛暮雲看向了身邊一直站著默默不語的花子妤。

眼神裡有種難以言狀的情緒波動，含著幾分猶豫、幾分抗拒，甚至……還有一絲讓人無法忽視的冷靜。

為什麼花子妤會用這樣複雜的眼神看向皇帝？為什麼皇帝會為了她當面給楊淑妃難堪？難道，皇帝看上了花子妤，想要納她為妃？

腦中飛快地想著一切可能，諸葛暮雲卻還是找不到適合的答案。

見花子妤只用著複雜的眼神看向自己，而一旁的諸葛暮雲顯然是有些發愣，不知在想著什麼，皇帝只好開口道：「沒有嚇著妳們吧？」

「參見皇上！」兩人這才反應過來，齊齊向著皇帝屈膝福禮。

「起來吧，不用多禮。」皇帝看著花子妤，忍不住問：「妳們不在敏秀宮，到這裡來做什麼？」

「是臣妾請她們來幫忙準備福成大婚的事宜。」

諸葛敏華說著，從殿裡緩步而出，身邊跟著黃嬤嬤，看來是她見楊淑妃發難，悄悄進去報信了。

皇帝蹙了蹙眉，眼神中有一絲不悅，似乎不太滿意諸葛敏華這樣做。

「皇上，她們都是本屆秀女中的翹楚，和福成年紀也相仿，由她們幫忙過過眼，嫁妝也能更得福成的心意嘛。」諸葛敏華卻當作沒有看見似的，仍舊揚著找不出一絲瑕疵的笑容。

皇帝可不會被諸葛敏華無害的笑容給混過去，眉頭豎起，質問道：「話是這麼說沒錯，可妳為什麼不事先問過朕的意思再作決定？」

諸葛敏華朗朗一笑，紅唇翹起，走到皇帝身邊攬住了他的臂彎，一副溫柔如水的樣子。「臣妾一個人又要主持選秀，又要幫福成操辦婚事，可真是忙不過來呢。暮雲自不必說，進宮來就是為了幫臣妾的，而子妤姑娘大婚那日還要去公主府獻演呢，臣妾平日裡也常召她來過問演出的事宜。」

皇帝聽著，眉頭漸漸舒展開來，戒備之色也明顯消了許多，不過當他聽說花子妤要在福成大婚上獻演的時候，明顯吃了一驚。「福成還有半個月就要成婚，那時候妳還是秀女，怎麼能去獻演？」這句話直直問向了花子妤。

沒想到皇帝會和自己說話，子妤抬眼，先依禮福了福，才恭敬地答道：「回皇上的話，是福成公主允諾讓小女子在她的婚宴上演一段獨戲。」

「不行！」皇帝下意識地就否定了。

子妤見他竟然干涉起了自己，內心不由冒出一股委屈。「皇上為何不許？小女子既不是皇上的妃嬪，也不是宮中的宮女、女官，就算是秀女，也應該有一定的自由。更何況，這是福成公主親口答應了的，貴妃娘娘也同意了，皇上有何理由不許子妤去追求自己的夢想？」

皇帝有些愕然，顯然沒料到花子妤會這麼倔強和勇敢，竟能當面和自己論起理來，於是口氣不知不覺的一軟。「妳的夢想就是唱戲？」

「我的夢想，是完成母親的遺願成為『大青衣』。」

子妤直視著皇帝的眼睛，不懼那其中蘊含的威儀和肅穆，將內心所想說了出來。「只有成為一等戲伶才有機會獲得皇上欽封的『大青衣』，而要成為一等戲伶，最重要的就是不斷在重要的舞臺上積累獻演的經驗，積累屬於我花子妤自己的名聲；所以越是像公主大婚這樣的場合，我就越不能放棄。」

一旁的人都沒發現，花子妤在和皇帝說話的時候，竟然情不自禁地以「我」自稱起來。

目光堅定而執著地看著皇帝，花子妤一口氣說完，情緒依舊有些激動，總覺得替花無鳶和花子紓感到不值，於是語氣帶著些僵硬。「成為大青衣就是我的夢想，您滿意了嗎？」

「子妤，不得無禮！」最終還是諸葛敏華忍不住開口喝斥了起來。「妳怎能用那樣的語氣和皇上說話！」

擺擺手，皇帝眼角一絲魚尾紋在他皺眉的時候露了出來，立刻顯得老了幾分。

他不願讓諸葛敏華看出什麼，只笑了笑。「妳小小年紀就有如此遠大而堅定的夢想，朕很欣慰。朕不怪妳無禮，事實上，能在朕的面前表現出真性情的人至今也沒有幾個。朕很欣賞妳，也會一直關注著妳，希望有一天，妳能讓朕願意再次欽點出一個『大青衣』。就像當年的花無鳶……」

聽見「花無鳶」三個字，諸葛敏華眼皮一跳，心底掠過一絲奇怪的感覺，卻又抓不住重點，只是在望向花子好的時候，竟恍然間將她和記憶中的那個女子重疊了。

那時候，諸葛敏華還僅僅是九嬪之一的昭儀而已，因為身體微恙不能侍君，所以她特別讓黃嬤嬤安排了幾個宮女和內侍，將皇帝臨幸的妃嬪名字告訴自己，以防這段期間出現特別受寵的妃嬪，來和自己爭寵。

奇怪的是，每日黃嬤嬤都來回報，只說皇帝歇在正德殿，並未召幸任何一位妃嬪，取而代之的是，皇帝召了花家班的戲伶入宮。內務府說因為皇帝喜歡花家班一位一等戲伶的唱腔表演，還特意安排花家班的人住在正德殿旁邊的漣漪居，以便能隨時召過去獻演。

幾乎是每天傍晚，正德殿中都會響起女子那清婉如出谷黃鸝的歌聲。

那樣美妙的嗓音，似乎能夠穿透後宮高高的宮牆，讓人聽得如夢似幻，如癡如醉。

有好幾次，諸葛敏華都站在了正德殿外，只靜靜地聽著那一如玉珠落盤的美妙聲音，心中升起了濃濃的羨慕。

沒有皇帝的召見，後宮妃嬪是不得擅自踏入正德殿一步的，就算是極為受寵的諸葛敏華也不例外。

後宮妃嬪都在猜測，說不定哪天那位戲伶就會成為她們的姊妹，一起伺候皇上。可僅過了半年左右，就傳來消息，說花家班不再繼續在皇宮駐唱，要離開漣漪居了。

在花家班離開的那一天，諸葛敏華按捺不住心中的好奇，專程去看了一眼。

花家班的隊伍中，一個身著鮮紅衣裙的身影十分顯眼，她青絲如魅，渾身上下只一片紅色，沒有絲毫的點綴和裝飾。

和舞臺上濃妝遮面不同，這次諸葛敏華遠遠看去，只覺那女子臉色顯得有些蒼白，表情中竟沒有一絲笑容，有的只是一種讓人無法直視的清冷傲色，她生得並不美，可一眼看去，卻又讓人有種冷豔不可方物的感覺。

聽說，那個女子姓花，名無鳶。

諸葛敏華還聽說，花無鳶在坊間享有盛名，是一代名伶中絕對的翹楚。可惜，自那以後，花無鳶再也沒有出現在宮中的舞臺。每次花家班前來獻演，都由其他戲伶登臺演出。

曾經有個妃嬪無意間在皇帝面前提起了花無鳶，可結果是被皇帝用冰冷的眼神給嚇退了。從那以後，後宮的女人都知道，皇帝不喜歡有人在他面前提起「花無鳶」這個名字的。再後來，內務府傳來消息，說花無鳶暴斃而亡，死因查無結果。沒有人去多想，大家只感嘆紅顏薄命，那麼年輕的女子，那麼風華正盛的一代名伶，真是太可惜了……

收回神思，看著皇帝從口中緩緩吐出「花無鳶」三個字的時候，心裡頭一股酸意猛然地就那樣冒了出來。

身在後宮這麼多年，諸葛敏華自認為她已經很瞭解皇帝了。可沒想到，他竟然還掛念著當年那個一襲紅衣的女子。

下意識的，諸葛敏華覺得，皇帝之所以會讓她命內務府將花家班花子妤徵入宮中待選，是因為他將這個同樣姓花的女子看作了花無鳶的替身，想從這個和花無鳶一樣，骨子裡有著清冷驕傲的戲伶身上找回當年的感覺……

雙手藏在袖口中交握著，諸葛敏華不是不能容人，就像她的親侄孫女諸葛暮雲，雖然兩人相差了兩代，但因為自己的年紀並不大，而諸葛家的女兒注定是要入宮為妃的，所以她並沒有絲毫的不悅。

可從當年那個花無鳶開始，到現在這個花子妤，卻都是超出了自己的控制範圍，她無法確定皇帝心中所想，就無法掌握一切。

沒有料到諸葛敏華此時的思緒會如此複雜，花子妤卻已經平復了情緒，朝皇帝微微一笑。「承皇上吉言，若是有一日子妤能得蒙欽封『大青衣』，完成母親交代的遺願，那子妤這一生也就沒有任何遺憾了。」

「當年的花無鳶也是為了『大青衣』而來。」皇帝眼底滑過一絲難以言喻的苦澀意味。「大青衣真有那麼重要嗎？」

「對於戲伶來說，這是最至高無上的榮譽。」子妤點點頭，看出了皇帝表情中的澀意。「所以，它對小女子來說，的確很重要。」

又恢復了「小女子」的卑稱，子妤側身看了看一邊用著探究眼神看著自己的諸葛暮雲和諸葛敏華，笑道：「對不起，小女子說起唱戲的事情就失去冷靜，若有冒犯之處，還請皇上和貴妃娘娘見諒。」

諸葛敏華上前解圍道：「既然遇上，皇上，不如請兩位姑娘和咱們一起飲宴吧，人多也熱鬧些。」她心裡存疑，提出這樣的建議只是想讓皇帝和花子妤多相處，好看出究竟。

看著這個極有可能是自己親生女兒的女子，皇帝哪裡會在意她對自己的「冒犯」，只擺了擺手，同意了諸葛敏華的安排。

章一百八十六 琅嬛一聚

受邀與皇帝飲宴，自然不能馬虎，諸葛敏華特意讓黃嬤嬤領著花子妤和諸葛暮雲去自己雲華殿後面的琅嬛居先沐浴更衣。

從琅嬛居的東廊而去是一個月洞小門，門內幾叢紫竹環繞一座假山，乃是黃石疊成，高有丈餘，在夕陽鮮豔的光彩渲染下，蒼藤碧蘿，斑駁疏離。

兩人又隨著黃嬤嬤登上了數十級石階，曲曲折折來到一個平臺，由平臺向西轉過去，便看到一個朝南而建的閣樓，上頭掛了一個黑漆紅字的匾額，上書「琅嬛」二字。

進了落地花門，上首是一個臨窗的大炕，炕下頭是一個矮桌，桌上焚了一爐百合香，頓覺滿室蘭麝氤氳，香雲繚繞。

黃嬤嬤指著兩邊挑出的廂房，滿臉堆笑地說道：「因為雲華殿大部分地方都已經有了安排，只有這琅嬛居可以待客，兩位姑娘沐浴更衣後奴婢再來相請。」

諸葛暮雲看著這地方雖然小，卻玲瓏有致五臟俱全，推窗望去，還有一小片池塘在後院，四周植了垂柳，很是清新，遂點點頭，並未說什麼不妥。

黃嬤嬤見兩人都無異議，指了指廂房旁邊的屏風。「兩位姑娘在各自屋裡都有單獨的淨房。奴婢已經命人備好了熱水，讓宮女們先伺候梳洗一下，另外……」說著又拉開屋裡靠牆位置的雙門大櫃子，露出裡面各色裙衫。「娘娘讓兩位姑娘隨意選穿，這些衣裳都是平時做好放著沒有沾過身的，昨日理了十件出來，正好兩位姑娘各五件。待會兒等兩位收拾好了，奴婢再來帶路去正殿陪宴。」

諸葛暮雲早就有些厭倦穿這身秀女衣裳了，看著櫃子裡多是玫瑰紫、櫻桃紅、棗泥金的富貴顏色裙衫，滿意地點頭。「還是姑奶奶知道我的喜好。」

「那是當然。」黃嬤嬤趕緊附和。「小姐喜歡這些富貴顏色的衣裳，娘娘就專門揀了給您留起來，還是新的就讓針線房按照小姐的尺寸改了，自己都沒捨得穿呢。」說完，又朝著花子妤道：「另外給姑娘的五件都是些淡綠、藕荷、湖色、水藍等淺淡的衣裳。娘娘說姑娘是個沈穩淡然的性子，定會喜歡的。」

「多謝娘娘費心了。」子妤沒想到諸葛敏華會細心到這個地步，連她個人的喜好也摸得清清楚楚。

「看奴婢這老婆子囉嗦的，打擾兩位姑娘休息了。」黃嬤嬤陪笑著自嘲了一下，鞠身往後退著，又道：「離用膳還有兩刻鐘的時間，兩位姑娘要抓緊時間，奴婢等會兒就來接妳們，現在奴婢就先告退了。」

和諸葛暮雲隨意說了兩句話，花子妤才去了安排給她的廂房，從家具陳設來看與諸葛暮雲的廂房並未有太大的不同。

拉開衣櫥，裡面果然整齊疊放著五套衣裙，色彩遠沒有諸葛暮雲的那樣鮮亮，可摸上去卻柔滑細軟，料子同樣價值不菲，而且淡淡的顏色俱是自己可以接受的，子妤不覺滿意地點點頭，挑出一件湖水綠綴鵝黃飄絮花紋的裙衫，這便去了淨房沐浴。

暮色微沈，雲華殿四處也上了夜燈。

黃嬷嬷帶著沐浴更衣後穿戴一新的諸葛暮雲和花子妤前往雲華殿的正殿。

頂格上錯落掛了十二盞寶蓋珠絡的琉璃燈，立柱兩側掛的是斗方琉璃燈，全是素色的，這樣素淨的燈飾在宮廷內著實少見，不過卻是為了突顯月色的光華而刻意為之。

如此，席間落坐的人兒便能從窗欄間往後望去，一池如鏡的湖水，可見池內睡蓮半歇，尚有幾朵紅蓮，亭亭獨豔。

「此為家宴，都不必拘謹。」皇帝看著起身恭立的花子妤和諸葛暮雲，語氣倒也和藹。

「既是家宴，不如讓暮雲伺酒，子妤來一曲助興，可好？」諸葛敏華扶了皇帝上座，嬌笑連連。

諸葛暮雲聽見姑奶奶吩咐卻沒有立刻動作，子妤知道她的脾氣，趕忙起身來。「不如小女子就獻唱一曲〈祝酒歌〉，席間無論是皇上還是貴妃娘娘，聽了小女子的歌，就給個面子飲盡這一杯，可好？」

皇帝從頭到尾看著花子妤的態度表情，笑道：「願洗耳恭聽！」

看自家侄孫女兒如此表現，諸葛敏華有些不悅，但觀察皇帝的表情並不介意，便湊趣兒道：「有美在旁，這酒恐怕還不夠喝呢。子妤妳可緩著點兒！」

子妤也不耽擱，緩步來到席間中央的空處。「這首曲子是草原上牧民們平日裡相聚時常唱起的歌，唱詞簡單，節奏明快，用來助酒興是再好不過的了。」

話畢，子妤微微深呼吸了口氣，臉上立即就顯出了極為靈動的表情。只見她嘴角微翹，含著的笑意也變得越發柔和明媚起來，隨即就啟唇而歌道：「金杯銀杯斟滿酒……」

唱到這句的末尾，子妤有意拉長了「酒」字這個音，一邊走過去拿起酒壺分別給皇帝和諸葛貴妃以及諸葛暮雲都斟滿了空杯。「斟滿酒，雙手舉過頭，今天喝個夠。」

宮裡平日飲酒時多是看歌舞表演，哪裡曾有如此應景的曲子來「祝酒」，皇帝和貴妃都只覺得這曲兒聽來十分新鮮，一邊接受子妤的斟酒，一邊漸漸被花子妤不帶一絲修飾的明亮嗓音所深深吸引。

子妤唱著，也將自己的酒杯斟滿了拿在手中，遙舉對著眾人，又用著疏朗歡快的調子繼續唱著：「朋友朋友請你嚐嚐，這酒醇正，這酒綿厚。讓你我心心相印，友情長久，在這富饒的草原上共度春秋……」

這歌聲有著草原兒女的那種開懷不羈，讓聞者心中也不禁油然而出了一股豪意。

當花子妤歌聲落下的同時，皇帝大聲喊了一個「好」字，仰頭將杯中酒液一飲而盡，醇酒下肚，皇帝只覺得渾身上下都舒暢無比，看向花子妤的眼神也多了幾分瞭解。

她的嗓音雖然不夠圓潤細膩，卻清朗有神，鏗鏘有力，一旦開口唱起來，她平時那種安靜恬然的態度也完全不見了，渾身上下取而代之的是讓人無法忽視的耀眼光芒。難怪她是花無蔦的女兒，因為她和她母親一樣，為了戲曲，為了舞臺，就算是再大的榮華富貴擺在面前，都無法吸引她們動搖一絲一毫的意志。

她們這樣的人，是天生屬於那方戲臺的，也只有她們這樣才豔雙絕的人，才能在舞臺上演繹不同的人生、不同的故事、不同的喜樂情仇……

或許，自己不該走進她的世界，不該去干涉她現有的生活。而身為她的父親，自己能做的就是成全她去追求夢想，並成就她作為戲伶最高的榮耀。

完成了演唱，子妤臉上還帶著微微的潮紅之色，眼看著從皇帝到諸葛貴妃再到眾人似乎都被自己剛才一曲頗為豪邁的〈祝酒歌〉給迷住了似的，隨即一笑，朗聲道：「除了皇上依照約定乾杯了，娘娘和暮雲可都還沒沾一口酒呢！」

被花子妤這聲打趣給喚回了深思，兩人紛紛叫好之後趕緊將杯中酒液一飲而盡，同時各自心中都生出了不同的思量。

在子妤眼中，她看到了諸葛貴妃的探究、諸葛暮雲的驚喜……卻都不及皇帝的肯定讓她來得高興。

看皇帝的樣子，子妤想，他多半是被自己剛才的表現所折服了，光是嘴上說可不算，能有這個機會在他面前證明自己，這才是最有說服力的。這樣一來，他應該就不會想盡辦法留下自己，或是想用其他方式彌補自己，而是會依照自己的意願放了自己回到花家班吧。

「子妤姑娘這樣的妙人兒，皇上，不如就留在宮裡吧，咱們日日也能多些熱鬧。子妤，這宮裡的『舞臺』未必比妳那戲班差，妳可願意留下來？」冷不防諸葛敏華卻說出這樣一句話，讓之前大好的氣氛戛然而止。

花子妤放下酒盞，知道此時若不表明心意，便沒機會了，上前福禮道：「小女子謝過貴妃娘娘的關愛。如人飲水，冷暖自知，宮外舞臺雖不及宮內，卻是小女子應該待的地方。」

「如人飲水，冷暖自知……」諸葛敏華唸著這句，眼睛一亮。「子妤姑娘擁有不輸男兒之才，若是早早嫁人，倒真是本朝的損失呢。」

諸葛暮雲也開口替花子妤解圍。「若是可以，小女子也想和子妤姑娘學戲呢。」

子妤朝諸葛暮雲笑笑，自是感激她出言相助，化解之前尷尬。「夏練三伏，冬練三九，學戲可不是個輕鬆好玩的事兒，得從最枯燥的一招一式、一音一律練起。暮雲姑娘能耐住苦楚且不說，還得要守得住寂寞才行。」

「寂寞？」諸葛暮雲不明白了。「戲臺是最熱鬧不過的地方了，可也會寂寞？」

子妤含笑，也不正面回答，只徐徐道：「暮雲小姐可覺得煙花美嗎？」

諸葛暮雲點頭。「煙花自然是極美的。」

「可妳知道煙花卻是最寂寞的嗎？」子妤目色柔和，語氣舒緩，與諸葛暮雲的這一問一答很快就將之前心猿意馬的皇帝和貴妃的關注吸引了過去。

諸葛敏華嬌笑著插了一句：「煙花怎麼會寂寞？」

「沒有被放出來之前，它得待在煙花筒中，不知默默存在了多少年，直到一朝被點燃，它在瞬間被推送到了高空中，周圍除了冷冷的空氣，再無其他，就算在空中它是豔色獨放，可是看到它的美的人都離得太遠太遠，還未等到它的殘渣掉落在地上，就已經走完了它華麗而短暫的一生；之後，人過，腳踩，任誰也不能再分辨出這一點黑色的塵土曾經有過的精彩。」花子妤的聲音輕緩柔和，像是一汪澄澈的清水，無波卻在人心底刻下了漣漪。

諸葛暮雲聽得似懂非懂。「可是，煙花是煙花，它的寂寞和戲伶的寂寞又有什麼關係呢？」

彷彿是一抹青蓮初綻，子妤微笑的時候總是讓人覺得有種微風拂柳般的柔和。「想要成為頂尖的戲伶，就要像那煙花一樣，能耐得住寂寞。只有守住最初學戲時候的那種單純，在這樣一個聲色犬馬、脂粉交融的世界裡，守住心中的寂寞，最終，才能成就一位真正的名伶。」

話音一落，席間頓時也隨著安靜了下來，在座三人似乎都在回味著花子妤剛才的話，覺得這樣的道理似乎聽來很樸實，卻又蘊含著一絲新鮮感；這些話從一個看起來很普通的女孩子口中說出來，竟十分有說服力，讓人不由得沈下了心，仔細去揣摩、去回想。

「煙花雖美，可沒人願意只得一刻綻放吧？若能絢爛一世，才是最好的結局。」諸葛敏華接過侄孫女的話，卻又繞回到了試探花子妤的初衷。

淡淡地笑了笑，子妤隨意道：「一世的絢爛太奢侈，要承受必然要付出相應的代價。我倒希望至少這一生可以有剎那綻放光華的機會，這輩子也就再無遺憾了。」

皇帝之前一直沒有說話，聽見子妤這一句話，才深深地點點頭。「妳的意思朕明白了，放心，妳是個需要廣闊天空去翱翔的飛鴻，而不是被關在金絲籠中的小鳥。選秀期限一到，朕自會讓妳回到花家班，繼續做妳想做的事。」

皇帝這句話倒是讓諸葛敏華吃了一驚，她一直猜不透皇帝為什麼會對一個小戲娘產生興趣，更不明白為何花子妤可以在皇帝面前那樣理直氣壯，而皇帝也絲毫沒有怪罪。

現在，她就更不明白了。既然皇帝並沒有收了這小姑娘的心思，還直接答應要放她回戲班，這到底唱的是哪一齣戲呢？為什麼當初要讓她通過內務府將花子妤弄進宮來呢？難道，這其中有什麼自己沒有想到的關鍵？有什麼不為人知的秘密？

花子妤，花子妤……她姓花，又在花家班，是個戲娘……花無鳶！她難道和花無鳶有什麼關係？

那花無鳶和花子妤……諸葛敏華想到這兒，腦中突然就靈光一閃，記憶裡那個一身鮮紅衣裳、蒼白臉色的女子逐漸和眼前這個恬然淡笑的花子妤重疊在一起了！

答案已經呼之欲出，諸葛敏華拿住杯盞的手微微抖動了起來，她側眼看著正面帶微笑飲酒自樂的皇帝，那眉眼、那神情、那獨一無二的氣度，豈不是和花子妤正好相像嗎？

手中的杯盞不知何時已經鬆了，只聽得「哐啷」一聲，大家都看向了諸葛敏華。

諸葛敏華回神過來之後忙掏出絹帕將碎了一地的碎瓷片給蓋住，張口叫道：「黃嬤嬤，進來一下，本宮衣裙沾濕，要更衣。」

黃嬤嬤聞言立即入內，先朝著皇帝行了禮，馬上就扶住身子有些癱軟的諸葛敏華。「奴婢先帶娘娘去更衣。」

說完，兩人又向皇帝福了一禮便雙雙退下了，留下席間眾人有些莫名其妙，只當諸葛敏華喝多了而已，並未有人發現什麼異樣。

章一百八十七　驚天身世

雲華殿正殿後面有一處抱廈，裡面薰著香、燒著水，專供諸葛敏華席間更衣或小憩之用。

扶著主子進了抱廈，黃嬤嬤依照吩咐遣退了伺候的宮女、內侍，親自斟了杯茶。「娘娘您怎麼了，就算飲酒，也不至於臉色如此蒼白啊？」

將杯盞接過來隨手放在榻邊的矮几上，諸葛敏華坐起身來，目色凌厲，哪裡有半分的醉意。「榮娘，剛才我在席間，突然發現了一個秘密。」

在諸葛府裡的時候黃嬤嬤就一直伺候至今，諸葛敏華私下常會直接叫她的閨名，並以「我」相稱；所以她熟悉諸葛敏華就像熟悉自己的親人一樣。眼見貴妃娘娘如此表情，黃嬤嬤趕緊上前握住了諸葛敏華的手。「娘娘，您說什麼秘密？」

諸葛敏華盯著黃嬤嬤，一字一句地道：「我覺得，那個花子妤很有可能是花無鳶的後人！」

「花子妤是花無鳶的後人？」黃嬤嬤先是一愣，復又用著不解的語氣問道：「就算那個花子妤是花無鳶的後人，又如何呢？值得娘娘這樣驚訝嗎？若是娘娘擔心皇上對花子妤有心，如今從席間情況看來，花子妤是絕不會影響到暮雲小姐的。」

閉上眼，腦中簡短地整理了一下思路，諸葛敏華這才睜開了眼睛。「妳可還記得，當年皇上召來花家班的戲伶住在漣漪居，幾乎每日都讓那個花無鳶過去唱戲。」

黃嬤嬤點點頭。「娘娘當時還擔心了一陣子，以為皇上會收了那個花無鳶。」

說到這兒，黃嬤嬤似乎突然一下就明白了諸葛敏華的意思，嘴巴越張越大，眼睛也越睜越大。「娘娘，您的意思是，花子妤是花無鳶的女兒，然後皇上是花子妤的……」

「別說！」諸葛敏華喝住了黃嬤嬤吐到嘴邊的話。「這些不是妳我可以私下非議的。」

「可惜了，花子妤和皇上是那關係……」黃嬤嬤明白了諸葛敏華的擔憂。「若不是，倒可以讓太子收了她為妃，說不定能博得皇上的好感。」

諸葛敏華眉頭糾結，看了黃嬤嬤一眼。「罷了，這個秘密非妳我可妄議的，還是讓它留在肚子裡吧。只要花子妤對我們諸葛家沒有威脅便罷了。」

諸葛敏華回到席間時，皇帝已經提前離席了，說是有政務還要處理。

雖然有些失望，但諸葛敏華還是揚起了無比柔和的笑臉，詢問了花子妤許多關於生活細節的事，顯得很關心。

對於諸葛敏華態度的微妙轉變，子妤雖然有些不以為意，卻不能不管不顧，只好努力應酬著，希望不要得罪這位在宮裡宮外都權勢滔天的女人。

飲宴過後，諸葛敏華就讓黃嬤嬤親自帶了花子妤和諸葛暮雲回敏秀宮，免得兩人被秀女們說閒話。

在教習殿，有嬤嬤們盯著，秀女們自然不敢交頭接耳什麼，可一下了課，大家三三兩兩湊到一起回居住的院落，就免不了妳一言我一句，議論起諸葛暮雲和花子妤來。

秀女們的這些話雖然是背著花子妤和諸葛暮雲說的，但茗月、劉惜惜還有陳芳三人多多少少都各自聽到了一些。

下了課，子妤等人便齊齊回到丁三院落。在自己還空著的屋裡，拿出從雲華殿帶來的一些精緻糕點，就著一壺半溫的茶水，惜惜和茗月對望一眼，好像都鬆了口氣的樣子，大家便隨意聊起了天來。

說著說著，三人的話題便轉到李文琦身上了。

茗月湊到花子妤的耳邊說道：「自從前日從貴妃娘娘召見的宴席上提前回來後，她就是那副衰模樣了。好子妤，妳告訴我到底在雲華殿發生了什麼事好嗎？惜惜是個嘴緊的，說我要想知道自個兒去問宏嬤嬤，妳也知道宏嬤嬤有多嚇人了，我怎麼敢問，妳就滿足滿足我的好奇心吧。」

子妤倒是有些意外，沒想到那晚雲華殿竹林小榭發生的事，宏嬤嬤竟守口如瓶；也不知是不是李文琦求她保密，還是宏嬤嬤懾於侍郎府千金的名聲，不願主動得罪人。

不過既然如此，子妤自然不願做那等嚼舌根之人，只好笑笑哄著茗月道：「那晚發生的事，要貴妃娘娘首肯了咱們才敢外傳呢。且不說我和惜惜，就是宏嬤嬤也一樣，大家怎麼敢說半句閒話？」

茗月自作聰明地點點頭，眨眨眼，看來她自以為是地猜測李文琦有可能是因為去勾引皇上而得罪了貴妃娘娘，這才被早早遣了回來。而這等醜事兒，諸葛貴妃自然不會讓人說出來的，子妤和惜惜更是不能私議皇上，所以才三緘其口。

和劉惜惜默契地對望一眼，兩人都未說破，只雙雙會心一笑，總算擺脫了茗月的追問，不由得都鬆了口氣。

三人又聊了一會兒，眼看午膳的時間差不多到了，便攜手出了屋子，準備一起去用膳。剛出了門，就正好遇見李文琦也從屋裡出來。

比起剛來那會兒，李文琦瘦了不少，原本嬌媚紅潤的容貌變得有些憔悴發黃。看到花子妤在面前，她勉強一笑，不由粉拳緊握藏在袖口，走上前去。「子妤姑娘回來了？我還以為您攀上了貴妃娘娘的高枝，從此不需要再和我們一起上課了呢？」

「李小姐這是什麼話？」

沒想到卻是劉惜惜率先開了口。「妳若是嫉妒子妤受貴妃娘娘青眼，大可明說。妳又不是沒有機會，只是自己搞砸了，還好意思在子妤面前說這些酸溜溜的話？」

神色驚慌了一瞬間，李文琦很快保持住了微笑。「我哪裡是嫉妒，不過是羨慕罷了，但是……」她上下打量了一番劉惜惜，冷哼一聲。「倒是惜惜姑娘，當日妳也留在雲華殿，怎麼沒能被貴妃娘娘相中呢？真是人如其名，可惜、可惜了呢……」

「李小姐，妳口口聲聲說惜惜師姊可惜，妳豈不是更可憐？」茗月有子妤和劉惜惜撐腰，也不怕這平日裡冷眼相對的李文琦了，上前一步。「三人同去，偏妳一人提早被遣送回來，還不知道做了什麼見不得人的事兒呢。」

「妳！」

李文琦臉色大變，看著茗月一副「我看不起妳」的表情，下意識的以為花子妤一回來就將當晚竹林小榭的事告訴了茗月，只覺「轟」地一下頓時頭上一熱，努力維持的自尊被人狠狠踐踏了，看向花子妤的眼神便充滿了憤怒和瘋狂。「我讓妳胡說八道！」

李文琦叫囂著，聲音尖銳得好像一把剪刀撕碎了空氣，幾乎是整個人直接撲向了站在中間、一句話都沒有說的花子妤。

被這突如其來的變故給驚呆了，茗月和劉惜惜都沒有料到李文琦會突然發瘋，根本來不及拉住她。

可花子妤卻一個閃身，腳步錯開便躲過了李文琦的撲襲。

她從一開始和李文琦面對面，就一直注意著她有些起伏不定的情緒，因此在看到對方眼中的瘋狂時，子妤身子只輕巧地一閃就躲開了。

子妤這一閃開，自己當然沒有受到任何傷害，可李文琦就慘了，她完全沒想到這麼近距離下，花子妤都能身形靈巧地閃躲開來，根本來不及收住動作，整個身子就那樣直直的往前撲了下去，以臉貼地，摔了個狗啃泥。

這麼大的動靜，也將丁三院落的人都驚動了。

李文琦的背部朝天，茗月和劉惜惜的錯愕不知，還有花子妤的冷眼蹙眉……這情形，院內的秀女們妳看我、我看妳，都搞不清楚到底發生了什麼事。

「這到底是怎麼回事兒？」

也不知誰去給宏嬤嬤通風報了信，只見她急匆匆帶了兩個宮女一起趕來，後面竟然還跟著腳步匆匆的黃嬤嬤。

李文琦腫著一張臉，剛想開口卻覺得牙根一痛，竟和著血吐出一顆門牙來，眼見自己的牙齒在地上滾遠了，兩眼一黑，就那樣昏了過去，還好一左一右兩個秀女將她攙扶著，不然後腦著地，恐怕比先前還要摔得慘些。

「宏嬤嬤，我看到是花子妤和李小姐起了衝突，之後李小姐就那樣了，肯定是花子妤動的手。」竟是胡杏兒突然尖聲嚷了起來，臉上還掛著驚慌不定的表情。

「子妤姑娘，可是杏兒姑娘說的那樣？」宏嬤嬤顯然不信，可當著所有人的面，卻不得不問。況且這個胡杏兒可是花家班的人，連她都那樣說，豈不是真有可能?!

茗月急了，剛想開口替子妤辯解，卻被攔住。

只見花子妤蹙了蹙眉，看向李文琦的眼神帶了十二分的可憐，卻絲毫沒有任何同情。這才轉向宏嬤嬤回話道：「嬤嬤妳也看見了，李小姐是正面朝下摔了的，而我的位置卻是在她的身側，若是我和她起了衝突再動手，又怎麼可能讓她摔成那樣呢？我想稍微有點兒頭腦的人都應該看得出來，是李文琦撲向我準備動手，而我閃開身後她才自己站不穩摔倒的。」

花子妤一番話說得有理有據，叫貫著想看花子妤笑話的胡杏兒這下沒什麼好說的了，只嘟囔道：「妳明知李小姐撲過來還躲開，這不存心讓人家摔跤嗎？」

子妤蹙蹙眉，看了看胡杏兒，只覺得此人越發地討厭，本來此事就與她無關，且大家都是從花家班出來的，應該彼此照顧才對，她反而這樣刻薄挑唆，於是子妤冷笑道：「以杏兒妳的意思，有人要踩妳的腳，妳會主動伸過去說麻煩您踩重點兒嗎？還是妳生怕一旦躲開，那踩妳的人會把腳跺疼了不成？」

面對花子妤的諷刺，胡杏兒越發的惱了，有些氣急敗壞地嚷道：「妳就這張嘴厲害，三番四次和李小姐起了衝突，妳當大家都是瞎了眼的嗎？李小姐已經忍氣吞聲了，妳還不依不饒的，害她摔成這樣都昏了過去。」

越說越激動，胡杏兒開始口不擇言起來。「也不知貴妃娘娘看上妳哪一點！我看，妳做秀女，簡直是侮辱了咱們花家班的聲譽！」

「放肆！」卻是黃嬤嬤突然開口喝斥了胡杏兒一聲。

只見她三兩步上前來，向著宏嬤嬤身邊的兩個宮女吩咐道：「這秀女公然開口侮辱貴妃娘娘，論罪當掌嘴五十。」

兩個宮女自然知道黃嬤嬤的來歷，當即就應了，一人一邊上前就去架住了胡杏兒。

「妳這婆子是什麼人？竟敢對我動手！我可是本屆待選的秀女，豈是妳們這些下人能碰的！放開我，放開我！」胡杏兒拚命地扭動著身體，卻躲不過兩個宮女的箝制，只能嘴上嚷嚷，卻半分掙脫不得。

「黃嬤嬤是雲華殿的管事嬤嬤，妳既然口不擇言侮辱貴妃娘娘，黃嬤嬤就有權處置妳。」宏嬤嬤深蹙著眉，雖然有些不喜這個黃嬤嬤在自己的地盤上用自己的人去做這樣的事，但還是默認了，只冷著臉簡單解釋了一句。

「還有。」黃嬤嬤環顧了丁三院落擠滿看熱鬧的秀女們，朗聲道：「子好姑娘是娘娘的貴客，她常去雲華殿是為了替娘娘分憂福成公主大婚的事宜。妳們以後都小心言行，對子好姑娘客氣些。不然，惹了娘娘不高興，就是與李文琦同罪！」

看熱鬧的秀女們在黃嬤嬤嚴厲的眼神下個個都埋下了頭，不敢再直直的盯著花子好看了。

「好了，各位姑娘都去用膳吧，這兒的事情嬤嬤會解決的。」宏嬤嬤揮揮手，打發了看熱鬧的眾人。

聽了這話，大家哪裡還想留在丁三院落裡，生怕會有什麼不好的事兒再牽扯到自己的身上，一窩蜂地就散了。

「子好姑娘，娘娘吩咐奴婢來接您和暮雲小姐一起過去雲華殿用午膳，咱們這就走吧，去晚了會誤了用膳的。」

黃嬤嬤在大家還未走遠的時候，又刻意高聲對花子好說了這句話，惹得那些個秀女聽了都面露驚色，暗想這花子妤以後可得躲遠點兒，要是得罪了她，豈不是就得罪了貴妃娘娘，那她們還要不要活了?!

子妤感激地朝黃嬤嬤笑笑，又和茗月與劉惜惜道別，這才和黃嬤嬤一起出了院子。

有些場面話還是要說的，子妤看著黃嬤嬤，輕聲道：「多謝嬤嬤幫忙，子妤感激不盡。」

黃嬤嬤早已知道子妤的身世，骨子裡對她也帶著幾分敬畏，忙道：「姑娘可別這樣說，真是折殺奴婢了。」

雖然不知道是什麼原因讓黃嬤嬤對待自己的態度如此謙卑，子妤卻執意道：「嬤嬤的好意子妤記在心裡了。」

勉強笑笑，黃嬤嬤左右看了看，這才低聲道：「姑娘記住，這都是娘娘對您的好、對您的看重就行了。奴婢一個無關重要的人，哪裡需要姑娘記著呢。」

「這是當然，娘娘對子妤的好，子妤自然不會忘記的。」點點頭，子妤便不多說話了，畢竟剛才的那一幕太過「激烈」，還得好好消化消化才行。

因為諸葛貴妃還請了自己的侄孫女兒，黃嬤嬤讓子妤在原地等一會兒，沒等多久，諸葛暮雲和黃嬤嬤就一起從甲一院落出來了。

諸葛暮雲一見到花子妤就趕忙迎了上去。「妳沒事兒吧，剛才黃嬤嬤把妳們院子裡發生的事都告訴我了。」

「我沒事兒，只是給娘娘添了麻煩，有些不好意思。」子妤搖搖頭，並不想多說什麼。「對了，妳可知娘娘為何讓我們去雲華殿用午膳？這一來一回要花去不少時間，我怕下午的女紅課趕不及回來就不好了。」

黃嬤嬤好像生怕花子妤不去似地，趕緊解釋起來：「姑娘放心，娘娘讓奴婢給宏嬤嬤打了招呼，下午的女紅課您和暮雲小姐都暫免了。」

聽了黃嬤嬤的話，諸葛暮雲和花子妤不由自主地對望了一眼，兩人心裡都沒了底，不知道諸葛敏華又會有什麼樣的安排。

章一百八十八　對花歌兒

夏季用午膳，在冠蓋萌蔭的樹下是最舒服不過的。

雲華殿內，午宴就擺在了一方植滿黃栴樹的草地上，清新的草香和黃栴蘭的甜味交纏著，讓人只聞夏意不見暑。抬眼，能看到絲絲陽光從葉間穿透而下，卻只有星星點點落在了草地上，為這片清涼帶來一抹淡淡的暖意罷了。

草地上有一條青石砌成的小徑，直通向最大那棵黃栴樹下，漢白玉雕成的蓮花桌，配了一圈漢白玉雕成的蓮蓬座，上面擺了幾樣清爽的素食，而圍在桌邊的則是諸葛敏華和當朝太后。

「太后，您嚐嚐這塊醋溜龍舌，聽御膳房的內侍說，這龍舌乃是從沙漠裡移植過來的，極耐旱，就是不給它澆水都能活上個三、五年呢。」

諸葛敏華今日特意素裝打扮，薄施粉黛，鑾銀的衣裳，除了頭上一套東珠釵環再無其他裝飾，顯得清爽年輕了不少。

只見她極為恭敬地挾了一塊黃綠色的蔬菜放到對面一個六旬多老婦的碗裡，又道：「這龍舌可是個稀罕物呢，能清熱解毒、散瘀消腫、健胃止痛，還能鎮咳。您看這大暑的天裡，多吃些這樣的菜對身體才有好處呢。」

太后臉色紅潤，身材微微有些發胖，見諸葛敏華這樣乖巧孝順，連連點頭。「敏華，妳總是細心的，就是皇后也沒有妳這份心思來應付哀家這個老太婆，也難怪皇上喜歡妳，隔三差五的來妳這兒用膳呢。」

諸葛敏華掩口笑笑，臉上有些不好意思的表情。「太后，瞧您說的，要是皇后娘娘聽了豈不要吃醋了。」

「她日日禮佛，哪裡會在乎這些。」太后不以為意地擺擺手，似乎對自己這個媳婦兒很是不滿。「別說她了，妳讓哀家今日特意過來用午膳，可不僅僅是為了嚐這一味醋溜龍舌吧？妳向來是個爽快人，有什麼事兒就快些說吧。」

「真是什麼都瞞不過太后您這雙眼睛呢！」諸葛敏華打趣了一下，這才一邊給太后繼續挾菜，一邊愁苦著一張臉說道：「前日裡楊淑妃被皇上禁足了，您可曾知道此事兒？」

太后點點頭，隨意「嗯」了一聲，嘴裡嚼著這肥厚十足的龍舌，倒品出了幾分清爽的滋味，不由得給身後負責佈菜伺候的宮女使了個眼色，頓時面前的碗裡又多出了幾塊。

見太后並不反感自己提起楊淑妃，諸葛敏華便接著道：「這次臣妾負責選秀事宜，其中一項便是要給成年的幾個皇子挑一些人去伺候，雖然不一定非要是皇子妃，但貼心的人肯定要有一、兩個。不然，臣妾代替皇后娘娘這個嫡母行事，豈不就落了個不關心庶子的名聲嗎?!」

太后見諸葛敏華一副為難的樣子，乾脆道：「妳也別那麼多彎彎拐拐了，直接說吧。」

「那臣妾可就實話實說了啊，太后您若不喜歡了可不能怪臣妾。」諸葛敏華乘機想討個乖巧。

「知道妳那性子，又不是十惡不赦的人，哀家知道分寸的。」太后不以為意的點點頭，好像對諸葛敏華已經很瞭解了。

諸葛敏華這才放了心，開始說起正事來。「您也知道楊淑妃那個脾氣，之前就三番兩次找上臣妾，說讓臣妾為她留意些世家大族的千金小姐，務必挑出那等琴棋書畫才藝俱全、性子好、相貌出眾的來給二皇子做皇子妃。」

太后聽著諸葛敏華這樣說的時候，原本還極為舒展的眉形漸漸收緊了起來。她可是聽清楚明白了諸葛敏華話中的意思。

楊淑妃的兒子正是二皇子，他比太子大三歲，雖然稍顯愚鈍，卻敏而好學，連皇帝都時常稱讚他寬厚仁和，比起太子的鬼靈精，二皇子顯得要木訥了許多，但為人君者，的確需要沈穩的氣度和寬仁的胸懷。

太后知道楊淑妃的心思，更明白諸葛敏華的擔心。

自己也是諸葛家的女兒，太后不會讓諸葛家外孫登上皇帝寶座的機會旁落，所以從來都支持著太子。如今諸葛敏華暗示自己，那楊淑妃想給二皇子尋個靠山，背後的意思不言而喻，就是想借皇子妃娘家的勢力壯大二皇子的聲譽，將來好有資本爭奪皇位罷了。

只可惜楊淑妃那個蠢婦，哪裡有諸葛敏華這麼聰明，竟這麼擺明了心思要娶個高門兒媳！

想到這兒，太后抬眼，神色凝重地看著諸葛敏華。「那妳說，該怎麼給二皇子挑人啊？」

「臣妾這怎麼好開口呢？」諸葛敏華忙推託著。「楊淑妃喜歡什麼樣的媳婦兒就選什麼樣的媳婦兒，倒還不就是一句話的事兒。」

太后聽明白了諸葛敏華的話。「嗯，就算是二皇子喜歡的人，也要看合適不合適才行的。妳放心，若是替二皇子挑人，那等書香門第的小家碧玉合適，高門大戶的千金小姐就不太合適了。哀家這點還是能把握好的，妳放心吧。」

見諸葛敏華鬆了口氣，太后又問：「對了，聽說妳對一個花家班的戲伶很是看重。是準備留給太子的，還是留給皇上的？」

「不不不，太后您別誤會。」諸葛敏華眼皮一跳，哪裡敢在花子好身上打這些心思，忙道：「子好姑娘確實是個難得的好姑娘，聰明靈秀，識大體，明事理，比一般的千金小姐都有分寸、有氣度，臣妾只是單純的喜歡她，喜歡和她說些戲文上的事兒才留了下來小住，絕不是要給皇上和太子挑人的。」

「宮制戲班裡出來的姑娘，才情肯定是有的，規矩肯定也是不錯的。出身雖然不如頂尖的千金小姐，可做個太子的良娣孺子什麼的應該沒什麼問題吧？」

「您又不是不知道太子那德行。」諸葛敏華趕忙否認。「他那東宮裡頭都有十一、二個人了，將來納了太子妃，還不都是要充作良娣孺子的，就別委屈人家子好姑娘了。」

太后一張老臉又漸漸放鬆了起來，吃著素齋，又道：「既然妳喜歡人家，就過問過問她自己的意思吧。」

親自給太后斟了一杯紅棗蜜水，諸葛敏華巴不得她這樣一說，笑道：「那姑娘著實討喜，今日中午臣妾叫了那兩個孩子過來見見太后您老人家，應該等會兒就到了。」

踏著草地上星星點點的光斑，花子妤和諸葛暮雲款款走近了那方偌大黃桷樹下的漢白玉石桌。

兩人都身著秀女宮裳，還未來得及換下，此時並肩而行，都是高眺纖細的身段，遠遠看去，就好像雙生姊妹一般。

可待她們越走越近，兩人不同的氣質便顯露無疑。

諸葛暮雲生於世家大族，從小就潛移默化培養出來的優越感讓她總是略微揚著下巴，明亮的杏眼也總是極有神地看著周圍，渾身上下有種大氣端莊的美。

而花子妤則不一樣，帶著前世的記憶穿越而來，她有著和這個時代女子截然不同的思想和感悟。所以每當有人和她對視的時候，總會覺得有種發自內心的「平等」。這種讓人感覺「平等」的魅力並不簡單，有時候是她的一個淺笑，有時候是她一個顧盼，有時候甚至只是她隨意地一抬眼、一皺眉，就會令人忘記所謂的身分，忘記所謂的君臣……

這就是太后眼中的花子妤，好似一樹梨花扶掖而來，高潔如瑩瑩白玉，沈靜似點點月華，雖然是第一次見到她臺下的模樣，卻感覺十分親切。

「那個就是妳說的花子妤吧，果然是個看起來讓人很舒服的女子。」太后笑著指了指已經快要走近的兩人。

諸葛敏華小心觀察著太后對花子妤的態度。「上次臣妾壽辰上唱花木蘭的就是她了。」

「嗯，這哀家知道的。」太后點點頭，想起那個在舞臺上略有些緊張的女子，與眼前這個淡然恬靜的小姑娘相比較，頓時明白了幾分，這花子妤之所以讓人看起來很輕鬆，多半是因為她根本就不在乎所謂的選秀吧。

片刻間，花子妤和諸葛暮雲已經來到了樹下。

黃嬤嬤在進入林子時就發現今日諸葛敏華宴請的人竟是太后，立馬低聲交代了兩人。所以等走近了，花子妤和諸葛暮雲即雙雙恭敬地福禮請安。

「小女子諸葛暮雲。」

「小女子花子妤。」

「見過太后，祝太后萬福金安。」

看著一對水樣玲瓏的美人，太后笑咪咪地幾乎看不見眼，連連點頭。「好好好，快來陪著哀家吃茶說話，單是和敏華一起，也太悶了些。」

「太后！」諸葛敏華配合氣氛著撒嬌道：「人家陪了您這麼多年，您早看煩了是不？也好，以後有她們兩個給您解悶兒，臣妾這還輕鬆點兒呢，一個月單置辦席面少說就能省下百兩銀子呢。」

太后也不介意，反而樂呵呵地笑了起來，一手點了點諸葛敏華的額頭，十分親暱地說道：「哈哈哈，就知道妳不是誠心請哀家用膳，果真現在才說出來。」

看著眼前這一幕，諸葛暮雲倒沒什麼，子好卻覺得有些意外。

沒想到諸葛敏華在太后面前竟像個小女兒一樣能肆意撒嬌！這在普通百姓家，媳婦都不太可能如此和婆婆說話，更何況是在最重規矩的皇家！即便太后也是姓諸葛，但在宮裡，不能僅靠家族關係，人脈才是最為重要的。

難怪諸葛敏華能夠越過皇后成為後宮第一人，上有太后撐腰，下有太子傍身，就算不做皇后，又有誰能忽略她呢？

「快快坐下，妳們來得晚了，這午膳還沒吃呢，肯定肚子都餓了吧。」

太后示意兩人趕快入座，諸葛敏華也吩咐黃嬤嬤再添幾樣菜上來。「先把肚子填飽，然後再陪咱們吃茶說話。」說著，一手輕拉了諸葛暮雲在身邊落坐。

雖然和太后同席有些不敬，但花子好看得出太后並非是那種拘小節的，道了聲「謝太后賜座」後，便也依言大方地坐下了。

「很好，兩個都是爽快的好姑娘。」太后滿意地點頭，目光又落在了花子好身上。

不算極白皙的肌膚，卻散發著健康的紅潤色澤，這花子好不似那等風一吹就會倒的嬌弱小姐，看起來有種極為明朗的美，心下又有了幾分喜歡，便問：「子好，你們花家班的女孩子是不是都這麼水靈？從金盞兒到塞雁兒，還有妳，個個都討人喜歡得很呢。」

子好有些不好意思，畢竟太后所說的都是戲班裡一等一最了得的女子，於是含笑道：「小女子怎敢和金盞兒師姊及塞雁兒師姊相比呢？」

「塞雁兒倒是有些日子沒進宮了，哀家還有些想念她的小曲兒呢。」太后說起塞雁兒，耳朵就有些癢癢了。「也不知她最近學了新曲兒沒有？」

對於這個老太太子好很有幾分好感，知道她素來喜歡聽塞雁兒唱小調兒，便自告奮勇地起身來。「太后若是喜歡，子好給太后唱一段吧。」

「妳也能唱小曲兒？」太后倒是有些驚喜。「好好好，若是唱得合哀家的意，一定重重有賞。」

「賞倒不必了，太后若是聽著喜歡，將來等小女子登臺的時候多給喝彩喝彩就是。」子好乘機給自己攬了「好處」。

「這丫頭，真是會討價還價呢。」太后哪裡不知道花子好的意思，自己是一國太后，能捧她的場，無形中就能給她添上更大的名聲。「只要妳有真本事，哀家自然會給妳捧場喝彩的。快唱吧！」

腦子裡飛快地想著自己熟悉的小曲兒，花子好一下就有了主意，於是笑道：「太后，這夏日裡最美的景就是各色盛放的花朵。不如小女子就來一曲〈對花歌〉吧。」

「〈對花歌〉？」太后想了想。「可是新曲兒？哀家怎麼沒聽過這個名字？」

「嗯，的確是新曲兒。」子妤點頭，這才清了清嗓，先是朝太后鞠身福了福，便開口用著本色的清音唱了起來。「清早起來什麼鏡子照？梳一個油頭什麼花兒香？臉上搽的是什麼花兒粉？口點的胭脂是什麼花兒紅？」輕鬆活潑的調兒，配上花子妤靈巧輕躍的表演，像極了一個剛剛才起床的女孩子在梳妝打扮。

席間三人都目不轉睛地看著花子妤的表演，好奇這一串問句後的答案到底是什麼。

子妤唱著，一邊用手在頭上、臉上比劃著。「清早起來蓮花鏡子照，梳一個油頭桂花香，臉上搽的桃花粉，口點的胭脂杏花紅！」

唱到這兒，子妤頓了頓，雙手掐了個蓮花指，復又唱道：「什麼花兒姐？什麼花兒郎？什麼花兒的帳子？什麼花兒的床？什麼花兒的枕頭床上放？什麼花兒的褥子鋪滿床……」

太后哪裡曾聽過新派京劇改編的這小調兒，開始是覺著新鮮，後來看著花子妤的邊唱邊跳邊表演，已經完全被牢牢給吸引住了。

原地一個錯腳轉身，子妤一手後背，一手向前指點，用著略顯羞澀的嗓音又繼續唱道：「紅花姐，綠花郎，乾枝梅的帳子，象牙花的床，鴛鴦花的枕頭床上放，木樨花的褥子鋪滿床！」

唱到這兒，子妤雙手攤開往前一分開，用一個鋪床的動作收了尾，頭微揚，眨著眼那種靈動的模樣，惹得三人都忘了喝彩，一時並未回過神來。

諸葛暮雲是沒想到花子妤竟如此放得開，將一個閨中女子的跳脫樣演得活靈活現。諸葛敏華是看著花子妤，腦子裡不由自主地又想到了花無鳶。太后則是還在回味花子妤剛才的表演，見她收了勢，愣了一下，忙問：「就完了？哀家還沒聽夠呢！」

子妤盈盈笑著立在那兒，朝著三人都福了福。「這首唱完了，下次見面再給太后唱其他的好了。」

太后樂呵呵地指了指花子妤。「妳這妮子，真是會盤算。好，哀家喜歡妳這曲兒，下次一定下帖子請妳來唱，好不好啊？」

子妤甜笑著朝太后拱手鞠了一躬。「多謝太后！」

趁這個時候，黃嬤嬤上前去小聲地在諸葛敏華的耳朵邊將先前在敏秀宮的事情說了。

聽完，諸葛敏華眉頭一皺，立即就道：「暮雲、子妤，如今離得福成大婚已經不到幾天的時間了，本宮這裡的事兒都已經堆著了。這幾日，妳們就別回去了，好好留在雲華殿幫本宮吧。」

子妤當然看得出黃嬤嬤是在報告先前自己和李文琦起衝突的事，卻沒想到諸葛敏華會這樣維護自己。本不願再破壞規矩，可避一避風頭再回去勢必要好些，於是有些猶豫了。

黃嬤嬤忙幫腔：「姑娘不用擔心，娘娘是以正當理由留了妳和暮雲小姐的，宏嬤嬤不會說什麼的。」

子妤點頭，看諸葛暮雲也沒說什麼，便不再拒絕了。「能幫娘娘分憂，是子妤的榮幸。」

章一百八十九　何人所作

託諸葛敏華的福，不用每天上午早起去敏秀宮學規矩，花子妤這幾日在雲華殿的日子過得極為輕鬆逍遙。

諸葛敏華安置了她和自己的侄孫女兒在琅嬛居。

公主大婚之期將臨，子妤這幾日趁著得閒，便仔細琢磨起到時候在主婚宴上要唱的戲。【洛神】已經被子妤改得差不多了，只有些細節之處需要潤色修飾，還有就是得提前和唐虞知會一聲，免得到時候穿了幫。

想到唐虞，子妤就不免憶起那晚飲宴時諸葛敏華的話。她說要請了唐虞入宮為皇子們講課，子妤高興之餘也有些擔心，唐虞不喜拘束，宮中的環境太過複雜，以他的性格，恐怕不會樂意答應。

但諸葛敏華說要稟過皇帝，到時候皇命難違，他也不得不就範。這樣倒是挺合子妤的意，想著兩人能在宮裡見面，唇角便翹了起來，但笑容剛剛上臉，子妤不由得又發了愁。

又是喜又是憂的，思緒也飄遠了，子妤推開窗，見大中午的竟然太陽被一團濃雲給漸漸遮蔽，不一會兒更淅淅瀝瀝地下起了小雨，不由得起了心思，想要撐著傘去紫竹林中散步，順便能安安靜靜地琢磨一下演出的細節。

想到就去做，子妤拿了把繪著雨後初荷的油紙傘，讓宮女去報給黃嬷嬷自己的去處，這便挽了裙角，往竹林小榭的方向而去。

雨勢漸大，像是連綿不絕的絲線穿在一起，淅淅瀝瀝的籠罩在這片紫竹林上。那暑氣被滴落的雨水給打散，變作團團白霧，蒸騰而上，氤氳在眼前，輕輕一嗅，似乎有種夏天的味道被包裹在這霧氣當中。

子妤撐著傘來到林中的一方涼亭，剛踏腳進去，就有一個宮女遠遠而來，也撐著傘。「姑娘，您這時候過來，小心涼著了，奴婢給您送些熱茶來吧，溫溫的，喝了不會覺得熱，卻能暖著身子不被這雨水的寒氣所襲。」

「那就多勞了。」子妤點點頭，自不會拒絕這宮女的好意，再說，品著茶欣賞著竹林雨景，豈不也別有一番風味。

那宮女見子妤點頭，福了福就趕忙轉身又往回跑去，不一會兒就和兩個內侍一起抬了紅泥小爐還有一應茶具過來了。

現場起火燃爐，燒水烹茶，等溫度差不多了，那宮女才捧到子妤的面前。「姑娘請用，看看適口不？奴婢這便去再取幾樣小點和果子過來，讓姑娘就著茶吃。」

「不用那麼麻煩了，我就喝茶。」子妤婉拒了這宮女的殷勤。

宮女們最是會察言觀色，此時看著花子妤明顯是想一個人待著，她便屈膝福了福禮。「那奴婢就先退下了，姑娘若是有什麼吩咐，奴婢就在林子外緣的廊上候著，姑娘喚一聲奴婢就能聽見過來伺候。」

子妤點頭，含笑看著她。「好的。多謝了。」說著舉舉手中的杯盞向她致意。

「姑娘可別這樣，真是折殺奴婢了。姑娘是娘娘的貴客，奴婢們應該盡心服侍的。」宮女惶恐地鞠身，趕緊又福了福禮，這才默默地退下了。

看著那宮女退了十步之外才轉身背對自己離開，子妤不由得有些疑惑，自從上次夜宴之後，這雲華殿裡的下人似乎就對自己越來越客氣；視若主子不說，言談舉止之間恭敬得不得了，好像生怕得罪自己似的。

雖然不太明白緣由，但子妤對宮廷裡的事還是有些耳聞的。

後宮之中，以皇帝的寵幸為尊，哪怕妳是皇后，若是失寵，這些宮女、內侍們都會見風使舵地陽奉陰違。僅僅靠著自己秀女的身分，就算是被諸葛敏華奉為賓客，宮人們也不至於會對自己如此小心伺候著。看她們如今的態度，好像生怕怠慢了自己會受罰一樣。

蹙著眉，子妤心想，難道是諸葛敏華知道了自己和皇帝之間的關係？

畢竟之前諸葛敏華雖然欣賞自己，但言談舉止之間還是並未將自己放在眼裡。直到前日裡皇帝的到來，之後，似乎她才對自己特別照顧起來，時常噓寒問暖不說，這幾天還流水似地往琅嬛居送來衣裳首飾，雖然諸葛暮雲也有，但總是讓子妤覺得有些說不出的不對勁。

呼出一口濁氣，看到一小團白霧隱隱一現又和水蒸氣相融合了，子妤抬手理了理沾上幾絲雨水的鬢角。

管她到底知道不知道自己的身世，既然對方待自己如貴賓，那就心安理得地好生享受便是，反正有皇帝去煩惱這些事，自己又何必多想呢？

趁著下雨時竹林裡四下無人，子妤深吸了口氣，想著乾脆來練練自己揣摩了許久的【洛神】。

既然已經是新詞了，子妤想著不如就用曲牌去套著唱，畢竟這詞已經是驚為天人了，若是再配上自己從前世記憶裡搜尋來的曲子，豈不是太過顯眼?!

想到這兒，子妤想先試試從引子開始，到過曲，再到集曲和尾聲，得搭配不同的曲牌，另外還得想好用什麼器樂來伴奏。

一般戲曲的主樂器是笛，還有笙、簫、三弦、琵琶等，這樣顯得熱鬧些，能鎮得住場子。但子妤尋思著自己這齣【洛神】乃是獨戲，一個人站在臺上演出要想抓住所有賓客的注意力，光是熱鬧的伴奏是不夠的。

想到這兒，子妤挑了個【點絳唇】的曲牌，忍不住就開始哼唱了起來。「披羅衣之璀粲兮，珥瑤碧之華琚。戴金翠之首飾，綴明珠以耀軀。踐遠遊之文履，曳霧綃之輕裾。微幽蘭之芳藹兮，步踟躕於山隅……」

唱著，子妤還是想不出該用全樂器來伴奏還是只挑一樣，才能顯得清爽而又突顯出自己的嗓音和表演，不由得一嘆。「哎，若是這時候唐師父在就好了，他一定能幫我想到最好的法子。」

「唐師父不日就要入宮了，子妤姑娘有什麼疑問到時候讓做師父的他來解答便是。」一個男聲從背後響起，子妤忙收起了思緒，轉身看過去，竟是入宮後半個多月來未曾見面過的太子！他旁邊還有一人，比他年紀稍長，玉樹臨風，倒是一副溫文敦厚的模樣。

「見過太子。」子妤趕緊行禮，看向一旁的陌生男子，卻不知該如何開口。

「這是我二哥。」太子隨意指了指，便和男子一起坐下了。

「妳就是子妤姑娘吧，太子常提起妳，今日一見，果然是朵蕙質蘭心的解語花。」這二皇子顯得彬彬有禮，態度和藹。

子妤雖然不喜太子，可見了這兩人也只得硬著頭皮應酬。「太子厚愛，小女子擔當不起。」

「妳剛剛哼唱的那一段曲子可真好聽！」太子才坐下就一副興趣濃厚的樣子。「披羅衣之璀粲兮，珥瑤碧之華琚。戴金翠之首飾，綴明珠以耀軀。踐遠遊之文履，曳霧綃之輕裾。微幽蘭之芳藹兮，步踟躕於山隅……」頓了頓，似乎是在感慨著，連連搖頭。「本太子實在不知這世上可真有如此美貌的女子堪得這樣的詞語來形容啊。」

「這詞非小女子所作。」子妤看得出太子眼中閃爍的亮光，趕緊解釋。「這詞是小女子的師父唐虞通過翻閱舊人典籍，歸納整理才寫出來的。」

「唐師父果然是個妙人。」太子用著極為感慨的聲音道：「如此才情，屈居戲班實在有些委屈，以唐師父大才，本太子一定求父皇讓他做我的老師！」

「唐師父也是歸納整理得來的，雖然費了很多心血，但也不能全攬了功去。」子妤說著心裡頭有些發虛，畢竟到現在為止，唐虞還不知道自己把這曲〈洛神賦〉歸在了他的頭上。

「就算是歸納整理，將前人的智慧融會貫通也是一件非常了不起的事。」二皇子也贊同地點點頭。「請問子妤姑娘，唐師父多大年紀？」

「唐師父今年二十三了。」子妤答道。

「才二十多歲？」

這下輪到太子出聲嚷著。「很意外吧？若不是曾在相府見過，本太子也會以為是個老頭呢！」

「真沒想到，唐師父這麼年輕就如此才華橫溢。」二皇子也隨即感慨起來。「真是羨慕太子您，可以拜如此年輕有為的人為師。像咱們，每日都只得面對著皇子所的幾個老夫子，真是一聽他們講課就要打瞌睡，實在難熬得很。」

「太子不要覺著唐師父年輕就怠慢了他。」子妤見太子嘴角一撇，似乎有些不以為意，語氣柔和卻不容置疑地說道：「唐師父雖然年紀不大，可見識閱歷比許多經年的老人還要豐富。雖然他現在只是個戲班的師父，但他不過是因為喜歡戲曲之道才主動留下來的。不然，以他的大才，封侯拜相也絕非難事。」

「我相信子妤姑娘所說。」二皇子附和著點點頭。「先前聽她所唱新戲，辭藻華麗，驚豔才絕，竟是唐師父所作。我看就算是讓新科狀元來，文采上恐怕也大大不及唐師父的。」

「是妳要在福成婚宴上獻唱的新戲？」太子本身就喜歡舞文弄墨多過那些繁複的國家大事，聽得二皇子如此稱讚唐虞所作的新戲唱詞，頓時有了興趣。「子妤，妳能在此給咱們先唱兩段聽個新鮮嗎？」

「別為難子妤姑娘了。」二皇子知道花子妤有所顧忌，忙出言幫她解圍道：「這新戲尚未成熟，咱們聽了也並非是最後的版本，不如將這個驚喜留待福成公主婚宴上再揭開，也好多些期待。」

朝二皇子報以一個感激的微笑，子妤對這個溫文敦厚的皇子倒真多了兩分好感。覺得對方就算是裝，也裝得足夠好了，至少讓自己感覺到了尊重，而不是像他母親楊淑妃那樣，骨子裡對她的戲伶身分帶著些輕慢和不屑。

太子見子妤對二皇子這樣客氣，憋著心裡頭一口氣，悶聲道：「窈窕淑女，君子好逑。像子妤姑娘如此難得的聰慧佳人，難道二哥你不動心嗎？」

面對太子的調侃，二皇子反倒越發顯得沈穩起來，只見他笑著擺擺手，先是對子妤拱手道歉：「子妤姑娘千萬別放在心裡，太子只是開個玩笑罷了。」

子妤蹙了蹙眉，想要說些什麼，終究還是忍住了。

或許是看出了花子妤的不悅，太子悶哼一聲。「本太子不過說句玩笑話，子妤姑娘不會這麼小氣吧？」

「什麼小氣不小氣的啊？」

一聲帶著幾分威嚴和詢問的聲音響起，眾人紛紛望去，竟是諸葛敏華陪同皇帝來到了林子邊緣。

因為雨已經差不多停歇，林子裡又極為安靜，所以即便是站得有些遠，皇帝和身邊的諸葛敏華也將太子在亭中說的話聽了個大概。

心裡頭怦怦地跳著，諸葛敏華暗暗埋怨自己這個兒子沒腦筋，明明已經給他打過招呼，讓他千萬不要唐突了花子妤，這下可好，竟當著皇帝的面說出這樣沒名堂的話。無奈之餘，她只好挽住皇帝的手，趕忙打著圓場。「太子這是關心子妤姑娘的終身大事罷了，皇上，太子沒有其他意思的。」

一拂袖，皇帝低聲唸了句：「妳寵出來的好兒子！」就不再理會還欲再辯解的諸葛敏華，快步踏入了亭內。

「參見父皇！」太子和二皇子臉色各異地起身福禮。太子有些後悔自己先前說話不經過腦子，此時面對皇帝的嚴肅神態，心裡頭忐忑得很。二皇子則是悠然自得又充滿了恭敬地福禮，半埋著的頭，誰也看不見唇邊一絲微微的上翹。

「參見皇上！」子妤則是語氣恭敬，神情淡然，顯然還在介意太子剛才的唐突之言。

「父皇，先前兒臣只是一時隨興而口不擇言了些，並未有意唐突子妤姑娘……」

太子的解釋才說了兩句，就被皇帝冷哼一聲打斷。「你向朕解釋什麼？連你二哥都知道先給子妤道歉，難道你這個說錯話的還不知道該怎麼辦？」皇帝的厲色極有效果，幾乎嚇得太子腿軟。

只見他趕忙轉而面向花子妤，很沒骨氣地半鞠著身子。「子妤姑娘，先前冒昧唐突之言，還請千萬不要放在心上。」

「小女子算什麼，哪裡值得太子如此相待。」子妤看了看皇帝，發覺對方的臉色有些明顯的晦暗和尷尬，只淡然一笑道：「既然皇上和貴妃娘娘到了，小女子還是先告辭吧！還有三天就是福成公主大婚，獻演的事兒還得再仔細琢磨著，就不在此逗留了。」

說完，子妤又恭敬地朝著皇帝和諸葛貴妃福了一禮，這才轉身提起裙角緩步而去。

二皇子一直在仔細觀察皇帝和花子妤之間的對話，還有諸葛敏華和太子的反應，心裡總覺得有些怪怪的說不出來。

要說這花子妤雖然是個好姑娘，聰慧又機敏，還很沈靜大器，頗有大家閨秀的氣質，但畢竟只是一個戲伶罷了，同時又是待選的秀女。她到底有什麼值得諸葛敏華這個貴妃看上眼的？又到底為何讓皇帝一副很在意她的樣子，甚至為此責備太子？

還有太子，這個太子生性隨意慣了，之前做出的荒唐事兒也不少，可皇帝歷來都是斥責一番便罷，總不會像今日這樣當眾拂了他的面子，還僅僅只是為了一個普通女子而已！

可仔細看，皇帝對花子妤並非有那種男女之情，反倒讓人感覺有種護犢之情的感覺。想到這兒，二皇子默默甩了甩頭。

只因為生母身分不同，這個原本是三弟的傢伙竟被封了太子，二皇子承認太子比自己聰明，會討父皇的歡心，可作為儲君，他的輕浮卻是不容忽視的；父皇總讓他沈穩些，可為什麼看不到身邊另有個沈穩的兒子呢？想到這兒，二皇子眼底閃過一絲猙獰，好像一頭隱忍發怒的野獸。

卻說花子妤獨自回到了琅嬛居，正好遇見諸葛暮雲在等她。

「子妤，妳可回來了。」諸葛暮雲臉上有著淡淡的紅暈，神情也帶著幾分興奮。

子妤見狀，忙迎了上去，挽住諸葛暮雲。「妳臉色怎麼紅紅的，可是生病了？」

「我沒有。」諸葛暮雲露出少見的羞怯模樣，左右看了看，確定無人才拉了子妤進到屋裡，順手將門給關上。

有些興奮，又有些患得患失，諸葛暮雲自顧自喝了杯暖暖的茶水，一雙杏眼這才直直看著花子妤，小聲地道：「今日皇上頒旨，直接召花家班唐虞入宮為皇子師！」

這下就連花子妤也耐不住了，又驚又喜的樣子很是意外。「怎麼這麼快？剛剛在紫竹林裡還未聽得皇上和娘娘提起呢。」

「妳剛剛在林子裡遇見皇上了？」諸葛暮雲一聽見「皇上」二字，頓時洩了氣，原本飛揚的神采也隱沒了。

子妤不想提先前的事，轉而道：「不知內務府會怎麼安排唐師父，我真想見他一面，有好多新戲獻演的事兒想要和他商量。」

「回頭和娘娘討個牌子，說不定娘娘能放妳去皇子所和唐師父見上一面吧。」諸葛暮雲提了這個建議，卻有些欲言又止。

沒有注意到諸葛暮雲的神色，子妤輕咬了下手指，似乎下定了決心。「晚膳過後我就去求娘娘，相信她不會阻攔的。」

「子妤，妳能幫我捎帶個東西給唐師父嗎？」諸葛暮雲還是忍不住開了口。「前兩日我琢磨著唐師父有可能要入宮，所以漣夜做了這個東西……」說著，走到床邊從枕頭下取出個香囊。

打開香囊，諸葛暮雲取了一塊羊脂玉在手上，這塊玉看起來極為溫潤，核桃大小，雕琢成一朵祥雲的樣子，被她握在手中像要融化的感覺，一看就是一塊被人經常把玩的玉。

子妤見她含羞怯笑的樣子，不忍拒絕。「為妳捎帶東西可以，但唐師父收還是不收，卻非我所能掌控的了。」

「此物是我周歲生日那年，奶奶專程讓人雕刻了去寺裡開光後給戴在身上的，這麼多年，我戴著從未取下來過。」諸葛暮雲說著，手指輕輕地撚了撚這塊祥雲軟玉。「其實妳也知道我的，心裡雖然有些念頭，但終究是不敢去做的。」

「妳的癡心，若是用在了對的地方該多好……」子妤始終不忍，接過了她遞來的香囊。

帶著諸葛暮雲的囑託，子妤也同樣按捺住心中的焦急，一直等到晚膳過後，才請了琅嬛居的管事嬤嬤去通稟求見諸葛敏華。

章一百九十 誰人知心

夏日的傍晚總是會讓人心生旖旎的。

當暑氣漸漸消褪，取而代之的是陣陣含著清新氣味的夜風，拂過臉龐，總會讓人不由自主地感到放鬆。

可此時花子妤的心情卻是有些緊張的，一方面驚喜於唐虞會這麼快就被宣召進宮，另一方面又怕諸葛敏華會不同意自己去皇子所見唐虞……

子妤含著有些忐忑的情緒，此時隨著黃嬤嬤走近了正殿旁邊的這座小花園。

此時夜幕尚未完全落下，天際邊一朵紅雲仍舊奮力掙扎地釋放出金黃色的暖光來照亮大地，當然也照亮著這方植滿了時令鮮花和各色藤蔓的小花園。

交錯的藤枝或許是天然，也或許是人工，竟構成了一座涼亭，藤枝上盛放的紫紅色花朵點綴在綠意之間，再配上亭中那個一身淡黃薄衣的女子，如此便勾勒出一幅濃墨重彩的仕女圖。

亭中四周擺了薰爐驅趕蚊蟲，周圍連一個伺候的宮女都沒有，諸葛敏華只一個人靜靜地斜倚在亭中的涼榻上，手裡捏了一柄繪金雀銜枝的美人團扇，正緩緩地搖著。

聽見動靜，知是花子妤來了，諸葛敏華抬眼，含笑揮著團扇招招手。「子好，快過來坐。黃嬤嬤，準備些解渴的瓜果，還有冰鎮的綠豆糖水，都一併拿些來。」

提步進入涼亭，子妤先是恭敬地福了一禮，這才依言坐下，放眼環顧了這四周，嘆道：「真是巧奪天工，如此美妙的景致，不知花費了建造者多少心思呢。」

「說來妳應該認識，這方小花園正是福成的駙馬，薄侯世子替本宮建的。」諸葛敏華從涼榻上坐起身來，含笑看著花子妤，一邊搖著扇子，一邊道：「這個薄觴倒是個有才的，可惜性子太花。」

知道花子妤不會輕易來找自己，諸葛敏華收起了對福成的憂心，轉而含笑道：「妳趁夜來求見本宮，不知有何急事兒？」

「小女子想求娘娘一件事。」子妤坐起身來，神色認真地道：「今日在琅嬛居聽得暮雲小姐提及唐師父已經入宮，小女子想見唐師父一面，好向他請教為公主獻演新戲的事兒。」

微蹙了蹙眉，諸葛敏華略想了想。「子妤，唐師父雖然進宮了，可只能待在皇子所，皇子所離內宮雖然極近，但畢竟是外宮的範圍，妳要去見他的話……」

以為諸葛敏華很為難，子妤臉上雖然掩住了失望的表情，可嘴上卻道：「既然不方便，娘娘也不必為難了，子妤只是希望見一面唐師父而已，若是見不著，也不強求。」

雖然面露難色，但諸葛敏華卻輕然一笑。「其實，若妳真的很想和唐師父見上一面，本宮倒有個主意。」

「什麼主意？」子妤原本晦暗的眼眸突然閃出了晶亮的光彩。

諸葛敏華也不賣關子，臉上掛著柔和的笑意。「三天之後便是福成大婚，屆時，本宮會召了唐師父幫忙負責現場各宮制戲班演出的事宜。到時候，妳不是自然就能與他見面了！」

「多謝娘娘恩典！」子妤按捺不住心頭的歡喜，臉上掛著極為燦爛的笑意，朝著諸葛敏華福了福禮。「如此，就不打擾娘娘了。」

「妳得了好處就走，豈不太讓本宮傷心了嗎？」打趣似地用團扇在胸口繞了繞，諸葛敏華親自起身來，一手將花子妤拉了坐下。「好姑娘，這涼夜似水，不如和本宮說說話再回去。就當是替本宮解解悶也好。」

委身又坐下，子妤心裡還沈浸在能和唐虞見面的喜悅中，抬眼朝諸葛敏華恬然一笑。「娘娘若悶，不如子妤給您唱首曲子可好？」

「好啊！」

諸葛敏華不住點頭，面露驚喜。「上次聽妳一曲〈對花歌〉，至今還讓本宮久久未曾忘懷呢。今日不知妳又會唱什麼呢？」

眼前的諸葛敏華，就像一朵在夜中悠然盛放、幽香緲然的黃色牡丹。腦子裡尋思了一遍，子妤想起白居易的那首〈牡丹賦〉，便用了這詞賦為唱詞，配上曲牌，粉唇開啟，唱了起來。「絕代只西子，眾芳惟牡丹。月中虛有桂，天上漫誇蘭。夜濯金波滿，朝傾玉露殘……」

這一首〈牡丹賦〉足足有三百字，子妤輕而婉轉地吟唱而出，幾乎是第一時間就抓住了諸葛敏華的注意力。

沒有想到花子妤會將自己比作花中之王牡丹，諸葛敏華被她這一句句的歌詞唱得心裡頭泛起無限澎湃的激情來。

想自己入這深宮多年，其間的酸甜苦辣，悲歡情仇，豈是簡單能概括的。雖然現在自己是一人之下的後宮寵妃，卻始終離最為尊貴的那個位置差了一步之遙。可是在花子妤的歌裡，諸葛敏華聽見了一種屬於自己的驕傲——絕代只西子，眾芳惟牡丹。

是啊，自己不就是那花中之王，牡丹國色嗎?!既然已經擁有了無限的芳華，又何須在意表面的稱謂呢？

只聽得花子妤一句「若將桃李並，更覺效顰難……」諸葛敏華知道她已經唱畢，立即便放下手中團扇，雙手擊掌喝起了彩來。「真是妙音、妙音啊！」

算是討好也罷，真誠的讚揚也好，看著諸葛敏華眼神中閃爍的情緒波動，子妤知道她一定是聽懂了自己的意思，收聲清了清嗓，這才頷首謝道：「娘娘喜歡就好。」

「『絕代只西子，眾芳惟牡丹。』如此絕妙的好詞，也是出自唐師父之手嗎？」

早已料到諸葛敏華會問這〈牡丹賦〉的出處，子妤笑著回答道：「也不算全是，這詞是唐師父從一本山野隱士的詞集上抄錄下來的，又重新整理潤色了一番。」

「如此大才之人，本宮真是後悔現在才知道。」諸葛敏華伸手拿了一盅冰鎮的綠豆蜜水一邊飲著，一邊道：「其實看妳就知道，唐師父一定是個極好的師父。若能讓他早些做太子的師父，太子也不至於會輕浮至此了。」

花子妤沒料到她會突然提及太子，心下暗想，莫非諸葛敏華是想替太子解釋什麼嗎？可自己算什麼，一介秀女罷了，為什麼她竟會這麼看重？

看著花子妤一臉警惕的樣子，諸葛敏華不由得嘆了嘆，吐氣如蘭，神色有些惘然地望向了遠方。「本宮知道妳還介懷太子先前的無禮，可本宮卻不得不替太子解釋一二，希望妳能原諒他。」

子妤蹙著眉，搖了搖頭。「娘娘何必這樣說，子妤不過一介戲伶，就算太子無禮，也沒有資格介懷什麼的。」

諸葛敏華卻很執著，眼神中透露出一抹真誠的意味來，不管花子妤所言，只道：「因為他是本宮唯一的兒子，所以格外寵愛。從小他就表現出了過人的天賦，琴棋書畫詩詞歌賦一點就通，絲竹音樂也是一學就會、一會就精。越長大，他的樣子就和皇上越相像了，皇上也非常寵他，所以才不過九歲就封了他為太子。」

看著諸葛敏華，子妤知道她不過是想傾訴一下罷了，便也沒有插嘴，只默默地聽著。

「一開始封了太子，從本宮到皇上，就用了跟以前完全不一樣的期望去要求他。」頓了頓，諸葛敏華看了一眼已經露出一彎牙兒的月亮。「才九歲，每日就要學習怎麼看奏章，學習治國之策，不能再和其他皇子一樣騎馬、看戲、聽書、玩樂。」

子妤其實是有些理解的。才九歲的男孩，正是愛玩愛鬧的年紀，卻早早被架上了儲君的位置，去學習枯燥的治國之策，完全放棄了屬於幼年的玩樂。被如此教育出來的太子，性子上有偏頗也是可以理解的。

見子妤微微點了點頭，諸葛敏華知道自己的話起了些作用。「所以從十二、三歲起，他終於找到了可以讓本宮和皇上動氣的方法，那就是不斷地收攏身邊的宮女為侍妾。」

心中暗寒了一下，子妤想著十歲出頭的太子不過還是個孩子而已，就開始收宮女為侍妾。如今他十三、四歲，都不知道已經糟蹋過多少女子了。

或許是看出了子妤的反感，諸葛敏華解釋道：「這些宮女都是自願的，太子並未用強。」

子妤能理解一些太子的心情，不由道：「娘娘，或許太子只是想用這樣的方法讓你們注意到他罷了。」

心中的擔憂無時無刻不提醒著自己，諸葛敏華嘆道：「可他輕浮無度的性子也就這樣養成了。說實話，本宮真的不知道以後他還能不能繼續坐穩太子的位置……」

沒有想到諸葛敏華會把心中的擔憂說給自己聽，子妤有些意外，卻不知該怎麼說，只好勸道：「其實，太子今年才十三、四歲而已，皇上又正值壯年，娘娘還有很多時間好好教太子的。」

「時間能等人嗎？」諸葛敏華搖搖頭。「就算時間能等，其他人卻不能等的……」

諸葛敏華的話裡涉及了儲君之爭，以自己的身分，子妤實在不好再接話下去，只得抿著唇，半垂目看著眼前的青花瓷盅。

意識到自己的失言，諸葛敏華有些勉強地笑了笑，便轉移了話題。「子妤，如今妳是秀女，一個月後也要參選的，妳有沒有什麼打算，不如說來給本宮聽聽，到時候也好幫幫妳。」

「小女子說過，不願留宮，只願回到戲班繼續唱戲。」子妤直言不諱，再次表明了心跡。「所以到時候還請娘娘幫子妤一把。」

「落選也叫幫嗎？」諸葛敏華笑出了聲。「妳既然無心留宮，那本宮替妳挑一個好夫君嫁了，妳難道也不想？」

有些嚇到了，子妤忙道：「小女子對於嫁人之事已有打算，娘娘不用費心。」

「瞧妳，可是有心上人了？」諸葛敏華打趣道。

忍不住想起唐虞，子妤耳畔有些微熱的低喊了聲：「娘娘！」

諸葛敏華卻認真了起來。「女大當嫁，雖然戲伶二十五、六歲才成婚的不少，可那畢竟還要等很久。如不是現在就開始籌劃，等妳真到二十五、六了，哪裡還能找到合適的男子嫁人呢？不如現在就告訴本宮，本宮給妳留意著，先訂了親，以後妳再嫁過去也不遲啊！」

「多謝娘娘好意，只是子妤對宗室子弟並無高攀之心。」淡淡一笑，子妤仍舊是拒絕了。

「那妳能不能告訴本宮，妳屬意哪種男子呢？」諸葛敏華好奇地探問。

子好也不隱瞞，腦中想著唐虞的樣子，便隨口將自己心中所想說了出來。「有才卻不傲物，性格柔和卻不怯懦無知，要懂我，更要寵我，這樣的男子，才是小女子心所繫之人。」

甩頭笑笑，諸葛敏華飲下一口涼涼的蜜水，頓覺心頭舒暢。「這樣的男子，世間可不好找呢。還是……妳已經找到了，所以才照著他的性情說出來的？」

驚訝於諸葛敏華的觀察力，子妤也沒有再否認。「這樣的男子雖然不易找，卻還是能找到的。」

「那本宮就等著看妳最後能找到自己的幸福。」諸葛敏華有些羨慕地看著眼前的花子妤。

她芳齡十六，正是充滿了幻想和無限可能的年紀，她可以執著地追求自己的夢想，勾畫自己將來夫君的模樣性情……而這些，都是諸葛敏華自己不曾幻想過的。

「娘娘，其實妳現在的幸福，才是全天下女人最羨慕的。」子妤當然看得出諸葛敏華目光中偶爾露出的悵惘，和諸葛暮雲幾乎是一模一樣。

「我的幸福……」諸葛敏華沒有自稱「本宮」，淡淡的笑了笑。「若榮華富貴就是幸福，那我算是幸福的吧。可一個女人，只有榮華富貴並不夠。」

子妤見諸葛敏華神色黯淡，似乎瞬間就變得老了些，忍不住勸道：「娘娘不是還有皇上的寵愛嗎？」

「寵愛……」諸葛敏華笑得有些牽強。「相比於寵愛，其實，本宮更希望得到皇上的信任。」

子好有些不明白。「皇上將整個後宮都交給了娘娘，也將娘娘唯一的兒子立為太子，難道不是信任嗎？」

「真正的信任，是建立在感情之上的。」諸葛敏華一嘆。「也不知道，這樣的信任能維持多久呢？」

「娘娘，您又何必多想呢？好好幫助皇上治理後宮，好好教導太子如何成為一個好的儲君那就夠了。」花子好看著眼前的諸葛敏華，發覺她並非是表面那樣豁達的人，心裡也有各式各樣的顧慮。

「怎麼，妳們倆躲在這裡一起說朕壞話嗎？」

冷不防皇帝那略帶威儀的聲音響起，著實嚇了諸葛敏華和花子好一跳。

因為夜幕剛剛降臨，宮人還未來得及一一掌燈，只有各宮樓門前掛起了燈燭，所以這小花園裡除了薰爐裡偶爾燃起的一點兒火星子，就是天上一輪半月所發出的微弱光芒了。再加上兩人正說著敏感的話題，沒有發現皇帝的靠近也屬正常。

「見過皇上——」

「參見皇上——」

兩人先後給皇帝請了安，皇帝也不多說，直接進入了涼亭，一雙深邃的眼眸裡閃過一絲光彩。

沒想到諸葛敏華會與花子妤如此投契，言談間似乎有了交心的感覺，這讓皇帝覺得很是意外。他原本覺得諸葛敏華這些年已經變了，變得只在乎兒子，只在乎未來能不能坐穩太后的位置了。可今天偶然間聽她所言，似乎，她心裡最在意的還是自己。

而且她能放下身段，對只是戲伶身分的花子妤如此和氣有禮，這讓皇帝心裡頭一股暖意驟然升起。「敏華，這些年辛苦妳了。」

「臣妾哪裡會辛苦了呢，皇上真是愛開玩笑。」雖然嘴裡否認，可諸葛敏華眼睛裡隱隱閃爍著的淚光卻騙不了人。

看著眼前一幕你儂我儂的戲碼，子妤突然覺得有些反感。

雖然她不確定諸葛敏華為什麼要對自己說那些話，但皇帝的突然出現，讓子妤覺得總有一種被利用的感覺。

皇帝看向花子妤，語氣略帶感激。「多謝妳替朕陪在貴妃身邊說話。」

對於這個「生父」，子妤總也沒法生起好感來，只勉強地笑了笑。「能為娘娘分憂，是小女子的榮幸，當不起皇上的道謝。」

知道自己這個「女兒」總也不可能輕易接受自己，皇帝嘆了口氣。「朕的謝意，妳自是當得起的。」

不想和皇帝糾纏，子妤福了福禮。「既然皇上是來看望貴妃娘娘的，那小女子就先告辭了。」

說完，子妤轉身就退下了，也不顧皇帝眼神裡的一絲遺憾。

「子妤真是個好姑娘。」諸葛敏華看著花子妤的背影，有意往皇帝身邊靠了靠。「她這樣好的姑娘，二皇子看上她也是再正常不過的了。」

「什麼?!」皇帝身子一僵，脫口便問：「妳說什麼？老二看上了子妤？」

眼看著皇帝表情中掩不住的錯愕和隱隱的憤怒，諸葛敏華知道自己這一步棋是走對了。仔細觀察著皇帝的情緒變化，諸葛敏華趁熱打鐵，用著極其不經意的語氣繼續說著：「臣妾對子妤和二皇子兩人也是樂見其成的，畢竟子妤的身分雖不至於做皇子正妃，但作為宮制戲伶，做側妃還是足夠資格的了……」

「夠了！」皇帝一揮手，臉色在月光下顯得鐵青一片。「子妤住在妳的雲華殿，妳要好好看著她。還有，妳記著，不管是太子也好，其他皇子也好，都給朕打消了這心思。子妤都說了，她無意宗室皇親，只想回到戲班繼續唱戲，朕也已經答應了她的請求，豈能食言?!」

「這是當然了。」皇帝的這番厲色言辭正好合了諸葛敏華的意。

皇帝皺著眉覺得還不能放心，又道：「妳馬上把秀女名冊找來，還有不到一個月的時間，到時候朕直接給他指婚，難道他還敢違抗聖命不成！」

「那皇上覺得哪家的姑娘合適呢？」諸葛敏華心下一定，馬上故作擔心地接了話。「要家世人品都配得上二皇子的，還不是那麼好找呢，臣妾也只有留心一下。」

「找個四、五品文官的女兒就行了，家世要清白，世家大族的不要考慮，具體誰合適，妳挑好了給朕看。」皇帝揮揮手。「就這樣，不用再說他了。」

唇角翹起，諸葛敏華斜斜的福了個禮，順勢將纖指搭在了皇帝的肩頭。「皇上，您可有一段時間沒留在雲華殿陪臣妾賞月了，您看，如今月色正好，不如臣妾讓人再備些酒菜，皇上留下來好好鬆乏鬆乏。」

「不用了，朕答應李昭儀過去用宵夜的。」皇帝搖頭拒絕了。

「這樣嗎……那皇上專程過來，只是為了看臣妾一眼？」諸葛敏華雖然已屆中年，可那眼尾微微流露出的風情媚態仍能讓人心動。

看得出諸葛敏華有些失望，皇帝略顯有些遲疑。「可朕早就答應了李昭儀……」

「皇上可千萬別為難。」諸葛敏華很懂男人的心思，一抹柔和如春水流波的笑容在月色下顯得越發楚楚動人。「李昭儀既然在等著皇上，臣妾豈能攔著。只是想起以前和皇上把酒賞月的日子，好像已經離得很遠很遠了一樣，免不了有些懷念。」

輕輕捏起諸葛敏華的柔腕，皇帝看著她眼中所含的脈脈深情，也放輕了聲音。「敏華，這些年朕真的是忽略了妳，這樣吧，明晚，朕一定專程過來陪妳用晚膳，然後咱們吃酒賞月，好好說說話吧。」

「那臣妾就備好皇上最喜歡的金華酒，還有您最喜歡吃的幾樣菜餚，明晚，不見不散了！」眨眨眼，諸葛敏華露出一抹俏皮的笑容。

攬了諸葛敏華入懷，皇帝在她側臉落下一個吻。「好，朕一定準時赴約。」

「皇上！」嬌羞的呼聲從唇中逸了出來，諸葛敏華推了推皇帝。「李昭儀還等著您呢，快些去吧。」

「好，那朕就先走了。」皇帝心裡頭被諸葛敏華撩撥得癢癢的，懷中嬌軀那柔若無骨的感覺還猶然未褪，反手又將諸葛敏華拉近，湊在她耳邊道：「好好等著朕……」

說完，皇帝一放手，這才撩開前身的衣袍跨步而去。

看著夜色中皇帝的背影，諸葛敏華咬了咬唇，對那個佔據寵愛的李昭儀很有些懷恨在心。「妳不是正當寵嗎？那本宮就留下妳的堂妹，再好生調教了送到皇上的身邊。到時候，看是妳這個姊姊能守住寵愛，還是妳那個妹妹能奪了寵愛。」

此時身在敏秀宮正苦惱無比的李文琦並不知道，自己剛剛對著老天爺許下的願望，一轉眼即將被諸葛敏華給實現了。

章一百九十一　與君重逢

花子好跟著諸葛敏華，在福成公主大婚的前一天，直接住進了公主府內。

踏入公主府，入目皆是一片耀眼的紅。

大紅的地毯、大紅的門簾和窗紗，還有從各房廊垂下來的大紅綢花……而此時，還未穿上大紅嫁衣的福成公主正在茗心堂大廳裡排練明天的大婚儀式。

「貴妃娘娘，就算皇后嫂嫂不能來，妳也沒資格接受我行『別禮』，更別說主持女眷的宴請了！」福成公主看著諸葛敏華一身華衣站在自己面前，眼底閃過一絲輕蔑。「本公主出嫁，豈能由一個妾侍主持?!越俎代庖登堂入室，這不是讓人笑掉大牙嗎？」

諸葛敏華好脾氣地聽完了福成公主的奚落，面不改色地柔柔一笑。「福成公主若是不滿意，可向太后娘娘稟報，由她老人家親自來為您主持也行。」

「妳！」福成公主氣不打一處來，憋屈地朝諸葛敏華吼了回去。「太后並非我的生母，自然不會把我大婚的事放在眼裡。可皇后是我的親嫂嫂，為什麼她不願意來？」

「皇后娘娘禮佛多年，早已不問紅塵世事。」諸葛敏華略揚了揚臉，用著睨視的目光看向福成公主。「公主不是自問和皇后關係匪淺嗎？本宮倒是覺得奇怪了，為何您沒能請得動皇后出面為您捧場呢？」

「這次就算了，明日我會親自和五哥好生聊聊的！」福成公主恨得咬牙切齒，卻偏偏不能拿諸葛敏華怎麼樣，只得妥協，畢竟明日就是自己大婚，這個時候去找皇后也沒辦法再改變什麼，總不能到時候沒人主持，這臉可就丟大了。

見福成公主氣燄稍弱了，諸葛敏華這才滿意的點點頭。「那明日吉時，本宮就在茗心堂恭候公主了。」

花子妤從頭到尾將兩人之間的交鋒看在眼裡，只默默地垂目立在一旁，連眼睛都沒有抬一下，一逕眼觀鼻、鼻觀心。

本以為兩人說完話，自己可以跟著諸葛敏華退下了，沒想到福成公主和諸葛敏華打了舌仗之後竟注意到了她，張口道：「咦，果然是子妤姑娘，沒穿秀女服，本公主還差點沒認出妳來呢。」

「見過福成公主！」子妤恭敬地福了一禮。「剛剛不敢打擾公主和貴妃娘娘說話，所以未曾行禮，還請公主見諒。」

「本公主可不是拘泥那些俗禮的人。」福成公主無所謂地擺擺手，眼眸一轉。「對了，子妤姑娘，聽說貴妃娘娘很是器重妳呢，還邀請妳入住了雲華殿。明日婚宴本公主可等著呢，若是妳唱得不好，到時候不光是內務府要擔責任，貴妃娘娘一樣跑不了舉薦之責的。」

子妤張口正想解釋，卻被諸葛敏華攔下。「福成公主，本宮相信子妤的實力才同意讓她登臺獻演。到時候絕不會讓公主失望的。」

「子好姑娘，妳雖只是五等戲伶，但本公主既然答應讓妳單獨登臺，就一定會履行諾言。」福成公主的臉色有些不悅，她其實並不想找花子妤的麻煩，只是聽說花子妤在宮裡很得諸葛敏華的青眼，心裡頭有些不舒服罷了。又憶起是自己答應了人家，語氣便緩和了些。「本公主不奢望妳能幫著將婚宴烘托得多麼熱鬧非凡，只求不冷場就行了。」

「公主請放心，子妤定不負您的期望。」子妤鄭而重之地道：「明日若不能給公主婚宴添光彩，子妤便自請退戲，永不再登臺！」

諸葛敏華沒想到花子妤竟會撂出這樣的重話，不由得喊了一聲：「子妤?!」

感到諸葛敏華對自己的愛護，子妤轉頭朝她柔和一笑。「娘娘放心，就算不為自己，不為花家班的顏面，子妤也要為娘娘的保薦用心演出的。」

諸葛敏華對花子妤的一番話很是受用，乾脆道：「好，若是明日能得半數以上喝彩，本宮讓內務府直接為妳記名三等戲伶。」

一旁的福成公主悶哼了一聲。「是因本公主看重，才答應讓子妤在婚宴上獻演的，到時候若唱得好，自會請皇帝哥哥為子妤升等。您貴人事忙，這等小事就不勞煩貴妃娘娘。」

「多謝娘娘抬愛，多謝公主賞識，子妤一定會好好表現的。」

子妤對著兩人各自福了一禮，態度誠懇，不卑不亢，如此坦然的樣子，倒是讓爭鋒相對的福成公主和諸葛敏華都同時點了點頭，似乎一時間達成了共識。

「子妤，妳先回去準備吧，順便見見唐師父，他今日也提前入住了公主府，一起幫忙整準備明日各家戲班獻演的事。本宮還有些明日大婚儀式的事要和公主敲定，就不留妳了。」

諸葛敏華這樣一說，花子妤心裡頭就像是打翻了蜜罐子一般，立馬就甜到了臉上，只見她眉眼彎彎地猛點了點頭。「那小女子就先退下了！」說完，按捺著興奮，轉身便出了茗心堂的大門。

子妤先找到一個內侍，仔細打聽了唐虞所住的位置，也不等回去梳洗換衣裳，直接就往文心閣而去。

那兒是明日婚宴上臨時調派管事們所居的地方，離得茗心堂有些遠，子妤一路問著，幾乎是小跑步的，只花了半盞茶不到的時間就來到了目的地。

透過虛掩的木門，子妤往裡瞧了瞧，一眼便看到了兩株極為挺拔的綠樹下那抹熟悉的身影。

月白的衫子，隨意攏起的黑髮，雖然只是個背影，卻仍然讓子妤心裡頭一震，不由得羞紅了半張臉。

躲在門後調整了一下有些急促的呼吸，子妤這才伸手，「吱嘎」一聲地推開了門。

「唐……」

「唐師父」三個字還未喊出口，子妤卻看到唐虞往裡頭走了兩步，院子裡另一側竟走過來一個容貌姣好、身形豐潤的女子。

那女子約莫十七、八歲的年紀，一身清水芙蕖的裙衫顯得很是嬌嫩，看她對唐虞一副笑容燦爛的樣子，似乎兩人很熟稔，不由得讓子妤一頓，愣在了那裡。

「見過昭陽公主！」唐虞明朗而又略帶清冷的嗓音響起，禮數周全的朝那女子福了一禮。

那女子卻趕緊上前，順勢將唐虞的手臂一扶。「唐師父，都說過讓您直接喚我昭陽就好了。」

唐虞卻仍舊用著淡淡的語氣道：「公主乃是人中之鳳，唐某怎敢直呼其名。」

這昭陽公主絲毫沒有被唐虞冷淡的態度給嚇退，反而笑容越發的明媚。「唐師父是皇子所的老師，雖然昭陽並非您的學生，但這點尊敬還是應該有的。」

唐虞不著痕跡地一個側身，躲開了昭陽公主的扶持。「公主禮遇唐某，唐某卻不可妄自輕狂。」

聽著兩人的對話，子妤才知道這個女子竟是諸葛敏華的女兒昭陽公主，聽說十八歲了還未定親，就是因為皇帝對她十分喜愛，根本捨不得嫁出去，便留到現在。不過皇帝的女兒不愁嫁，估計就算留到二十歲，以昭陽如此容貌、性情，也有大把的人排隊等著的！

可看著兩人說話的樣子，這昭陽公主對唐虞似頗有幾分親近的樣子，但唐虞卻謹守著禮數，並未因為對方的態度親近就有所改變，這讓花子妤放了心，也才邁開步子，往兩人那邊走去。

面對著花子妤的昭陽公主首先發現了她，眼神從唐虞的肩膀上掠過，朝她開口問道：「咦，這位姑娘，妳找誰？」

聽到昭陽突然這樣說，唐虞也隨之轉身，一抬眼，只看到一個纖細高眺的身影步步而近，一襲水色衣裙被風吹拂而過，略微揚起，顯得來人步履輕柔。

「子妤！」嗓音中固有的淡漠冷然被一絲驚喜和一絲激動所取代，唐虞有些不敢相信自己的眼睛，只直直看著逐漸走近的花子妤，眼神中流露出了難以掩飾的情動。

和唐虞一樣，子妤並未理會那位昭陽公主，只和唐虞眼神相碰，絲絲柔情蔓延開來，只啟唇喊了聲：「唐師父……」

「咦，這位姑娘是來找唐師父的嗎？」昭陽公主不合時宜的聲音又在身旁響起，直接打破了花子妤和唐虞重逢的那份驚喜和柔情。

「原來妳就是花子妤，唐師父這幾日總提起妳呢。」

昭陽公主收起了和唐虞說話時的隨意，用著略帶審視的目光仔細看著眼前比一般女子高出半個頭的花子妤。

極為修長的身形，被一身湖水色的柔軟裙衫包裹著，卻並不讓人覺得瘦弱，反而顯得更加柔曼多姿。白皙的臉蛋上不施一點兒粉黛，卻有著別樣清爽的眉目和俐落大方的笑容，讓人看著就覺著很親切舒服。

只覺得眼前一亮，昭陽公主不由地嘆道：「聽唐師父說起妳在戲班裡是個極上進、極受歡迎的新晉戲伶，本公主還以為妳是個多麼豔麗奪目的女子，沒想到竟是如此清雅嫻靜呢。」

「見過昭陽公主！」花子妤屈膝福禮，心裡頭暗自腹誹了一下：什麼唐師父這幾日總提起我，好像你們兩人有多熟稔似的。

「公主若無事，在下要和子妤商量一下明日獻演的事宜，就不招呼公主了。」唐虞按捺住初見子妤的悸動，輕輕擋在了她的前頭護著，朝昭陽公主下了逐客令。

「有了弟子就不要我了嗎？」昭陽公主嬌嗔著，臉上仍舊掛著沒心機的爽朗笑容，這讓唐虞又蹙起了眉，好像有些拿她沒轍。十八歲的昭陽公主噘噘嘴，露出與其年紀頗不相符的幼稚表情。「算了算了，本公主還得去找福成姑姑說體己話呢，也沒這個閒情！」

說完，朝著唐虞「哼」了一聲，似乎是在撒嬌，這才跺著腳轉身走出文心閣的院子。

眼看著昭陽公主的身影消失在院門外，唐虞這才回頭，伸手握住了花子妤的柔腕。「其他負責大婚事宜的管事們等一下就會陸續從前頭回來了，咱們進屋說話吧。」

只含羞地點點頭，表面鎮靜的花子妤任由唐虞將自己帶進屋，可耳畔漸漸暈染出的緋紅顏色，卻顯示了心中難以平靜的情緒。

隨手將門帶上，唐虞還是沒有放開子妤的手腕，轉身，就著窗戶外透過的陽光，開始仔仔細細地打量起她來。

熟悉的眉眼，一顰一笑間透著一股靈動和屬於自己的溫柔，不盈一握的腰身似乎更加纖細了幾分，讓人心疼，讓人忍不住想要用臂彎去丈量……

知道唐虞正在盯著自己看，子妤只半垂著額首，輕咬住唇瓣，暗自調整著依然有些不順暢的呼吸。

「妳在宮裡這一個月，受了不少委屈吧。」半晌，唐虞只緩緩吐出這一句話，語氣裡有著難以言喻的心疼和憐惜。

聞言抬眼，子妤的水眸中閃著一抹清澈無比的情動，她沒有回答，只反手鬆開了被唐虞握住的腕，直接往他的懷中撲了過去。

一瞬間的愣住之後，唐虞回神過來，感到子妤雙手將自己的腰環得緊緊的，不由唇角揚起，也放心地伸手攬住了她纖弱無骨的香肩。「怎麼，都委屈到要撒嬌的地步了嗎？」

感覺空虛了許久的心正在被一點點的填滿，子妤還是一言不發，只深深地呼吸著，想要把屬於唐虞的味道從鼻息一直灌入心間，好像這樣才能夠滿足似的。

能夠體會到子妤現在的心情，唐虞只輕輕地用手攬住她的肩頭，也不再多說一句話、一個字……

半晌，子妤才依依不捨地從唐虞懷中抬起小臉，水眸含著無限的情思，就這樣看著他。

「你好像憔悴了，連鬍渣都露出來了呢。」

被子妤有些微涼的手指撫摸著下頜與脖頸，唐虞心頭一悸，伸手將她的手整個給握住。

「我還擔心妳的性子在宮裡會受委屈，不過從剛剛妳對昭陽公主的態度看來，應是適應這宮裡的遊戲規則。」

「我的性子？」子妤眨眨眼，薄唇輕輕地抿了抿。「難道你還不知道我這樣的性子，在哪裡都是吃不了虧的嗎？」

唐虞埋頭，用額頭輕輕抵住了子妤的，語氣中帶著幾分寵溺、幾分玩笑意味。「也對，妳從小就機靈內斂得像個大人，是我白白擔心了。」

子妤忍不住笑，空出的一隻手握成粉拳敲打著唐虞的胸前。「你還沒和我解釋呢，那昭陽公主為什麼看起來和你極熟稔的樣子？」

「熟稔嗎？」唐虞苦笑著搖搖頭。「我從住進皇子所一共才不到五天時間，那昭陽公主也只是每日去聽我的課而已，根本算不上熟稔。」

「可為什麼她要纏著你？還一副十分親暱的樣子？」子妤用著有些酸酸的口吻問著唐虞，嘴角卻忍不住微微翹起，洩漏了心裡的促狹。

「看來宮裡頭讓妳學會的不只是人情世故，還有耍滑呢。」唐虞看出了子妤是在和自己開玩笑，揚眉一笑，原本就無比俊朗的臉上更多了幾分溫柔。

子妤見他笑意朗然，不由得感嘆了起來。「看不出來，我的唐師父竟也會笑得如此開懷。」

收起了過於明朗的笑容，唐虞清冷的眉目間又恢復了只有對著子妤才會有的柔和。「私下無人時，妳就直接喚我子沐吧。」

「子沐……」這是花子妤第一次沒有用「唐師父」來喚他，心裡頭並不感覺異樣，反而有種極為踏實的感覺，不由得再次啟唇喊了出來：「子沐、子沐、子沐……」

唐虞被子妤孩子氣的舉動逗得一樂。「瞧妳，我在妳面前呢，用得著如此叫喚嗎？」

「我喜歡這樣叫你。」子妤笑得眉眼彎彎，心裡頭甜甜的，說話的嗓音也不由變得軟糯如蜜起來。「你不喜歡嗎？」

被子妤的「喜歡」二字說得心中微暖，唐虞的聲音也越發地柔和如和煦春風。「嗯，喜歡……」

兩人就這樣相依偎地說了一會兒情侶間的親密話，見外頭有人聲響起時才分開來，坐到了茶桌前一邊吃茶一邊說話。

「子妤，先把妳這一個月所經歷的事情簡單告訴我一下吧。」

唐虞關心的是子妤在宮中到底過得好不好，而且他聽聞諸葛敏華將花子妤召入了雲華殿，那裡既能見到皇帝，又能見到太子，的確是個讓人無法放心的地方。

「我見到了皇帝。」子妤自然明白唐虞所擔心的是什麼，直言道：「看得出，他並不是想與我們姊弟相認，不過是試探一下，確認我們是不是花無鳶的孩子罷了。」

「那諸葛貴妃可知道內情？」唐虞聽子妤這樣說，不知為何心裡竟輕鬆了下來。

搖搖頭，子妤道：「依我的觀察，她應該是不知情的，因皇帝並未在她面前露出任何破綻來。可後來，她對我有些好得不太正常，或許，她也猜到了些什麼；畢竟當年花無鳶入宮的時間不算短，諸葛敏華很有可能知道些事情也說不定。」

「其實不管她是否知道，於妳都是無礙的。」唐虞點頭，看得出子妤眼中一閃即逝的失望。「皇帝既然沒有想要認回你們姊弟，那妳打算如何？」

子妤的語氣有著些許的悵惘。「我已經向皇帝明言只想回到戲班繼續唱戲，有一天若能問鼎大青衣，那也就足夠了。」

不忍看子妤如此，唐虞勸道：「其實你們姊弟相依為命了十六年，有沒有那個皇帝父親，也一樣會繼續生活下去的。」

子妤搖頭，自嘲地笑了笑。「我何嘗不知道這個道理，而且入宮前，也未曾真的將他當作父親來看待。可是一旦接觸了，總覺得有著些不甘心，想要質問他，為何棄母親不顧，棄我們姊弟不顧？」

「骨血相連，妳有這些想法也是正常的。」唐虞只覺得心疼無比，伸手將子妤捏在杯盞上的纖指給捂住。

感受到唐虞對自己的關心，子妤釋然道：「他是皇帝，是九五之尊，後宮三千佳麗，身邊有著數之不盡的女人，母親雖然紅顏國色，卻仍舊只是他後宮的滄海一粟罷了。而我和子紓，沒有他一樣活了十六年，一樣活得很好……」說著，子妤抬眼，笑容綻放出一抹難言的柔情。「更何況，若非他棄了我們，我又怎會入花家班，又怎會和你相遇呢？」

「傻丫頭！」唐虞嘆了口氣。「妳本該是公主之尊，享盡天下榮華富貴而長大，想要嫁什麼樣的男子不行？我不過是一介平民，既無錢財萬貫，更無權勢滔天，讓妳和我在一起，真的是委屈妳了。」

章一百九十二　開誠佈公

文心閣裡陸陸續續回來了些幫忙大婚事宜的管事，原本清靜的院落也變得嘈雜起來。

不過外間的紛擾並未打攪到屋內的兩人，花子妤和唐虞湊在圓桌旁吃茶說話，氣氛異常的柔和舒服。

說起與皇帝相認之事，子妤想起昭陽公主像隻哈巴狗一般圍著唐虞搖尾巴，唐虞卻一副拒人於千里之外的樣子，不由得會心一笑。「我若是公主，你還會喜歡我嗎？恐怕你除了嫌棄我驕縱刁蠻之外，根本不會正眼看我一下呢！」

聽了子妤的打趣，唐虞突然神色鄭重起來，語氣中透著堅毅。「無論是公主也好，孤女也罷，我只知道妳是我的子妤，這一點永遠也不會改變。」

「子沐……」被唐虞突如而來的表白所感染，子妤伸過手去，輕輕和他的手握在一起，心中被這一句承諾浸潤得異常溫暖。「嗯，我相信你。」

唐虞的唇角揚起一個愉悅的弧度。「我知道妳信我。」

被唐虞的舉動逗得一笑，子妤嬌嗔道：「你就這麼自信？」

點頭，唐虞清俊的容顏上掛著無比溫柔的笑容。「當然。」

兩人眼神交視，自又是一番濃情密意，好片刻才又開始敘話起來。

「對了，我還沒來得及問妳，我不知道皇上到底看中我什麼，讓內務府的馮管事親自到戲班和花夷說借用我到皇子所任職。妳這些日子常待在諸葛貴妃身邊，知道原因嗎？」

替子妤添了水，唐虞又接著說道：「皇子所的其他師父說是因為妳，所以諸葛貴妃才將我力薦給皇上，入皇子所做老師的。」

子妤一時語塞，想起自己和唐虞見面後還沒能主動交代【洛神】的事兒，於是頓了頓，這才小心翼翼地道：「此事的起因的確與我有些關係。」

唐虞蹙起眉，神色間有些擔憂。「妳為何要這麼做？難道妳不知道，我在戲班過得很好，並不想做什麼皇子之師。」

子妤知道唐虞骨子裡是個極為清高的人，他蟄伏在戲班，卻並不代表他只是個普通的戲班師父，便趕忙解釋：「起因其實是福成公主，我在敏秀宮的時候，因為在女紅課上得了頭名，所以被派來協助福成公主做喜嫁的女紅，因為我幫公主解決了嫁衣的麻煩，所以她允了我一個機會。」

唐虞聽說事關福成公主，忙問：「什麼機會？」

拍了拍唐虞的手，子妤示意他別著急，又自顧自說了下去。「我請福成公主讓我在她大婚喜宴上單獨登臺獻演！」

「果真?!」唐虞意外地幾乎從凳子上直起身來。「她真的給了妳這樣一個機會？」

就知道唐虞會驚訝，子妤笑著點點頭。「事實就是如此，而且明日我就要登臺獻演了，到時候你便知是真是假。」

「可這和我被引薦進入皇子所做老師有何關係？」唐虞的確替子好高興，但想到自己的事，卻有些想不通。

「讓我慢慢說給你聽吧。」子好在腦子裡想了一遍到底該如何解釋才能讓唐虞容易接受些，頓了頓，這才又繼續道：「既然有單獨獻演的機會，我就一定不會讓它白白浪費掉，所以，我構思了一齣新戲。」

「新戲？」唐虞挑了挑眉。「妳自己琢磨的新戲？」

問出這句，唐虞又立即甩頭笑了笑。「妳從小就愛鑽研那些詞曲歌賦什麼的，能自己琢磨出新戲並非難事。」

「這齣新戲，名叫【洛神】。」子好見唐虞並不似十分吃驚，便又道：「是我從一本古詞集上看到的，詞句寫得異常唯美動人。雖然從來沒有對其他人唸誦過，但當時我心裡的確是一下子就想到了這一首驚豔絕妙的詞賦，只想著若是能搭配戲曲的曲牌把它唱出來，該是多麼奪人心魂的一齣獨戲啊！」

這下唐虞倒沒有插話，只用著十分感興趣的眼神仔細看著子好，那笑容，似乎是在鼓勵子好唱出來聽。

領會到唐虞眼神裡的意思，子好點點頭，從圓桌邊站起身來，挺直背脊，理了理身上的裙衫，復又清了清嗓子，這才當著唐虞的面，將已經編排好的【洛神】從頭到尾唸唱了一遍。

從初時的意外驚豔，到聽著聽著心神的沈溺而無法自拔……唐虞看著眼前素衣清然的子好，已然被她這一齣【洛神】給牢牢地吸去了所有的注意力。

優美陌生的唱詞，自然柔和的表演，隨著子好的一唸一唱、一個動作、一個微笑，唐虞好像看到一個自洛水而出的仙子，讓人無法挪開眼，無法不去接近她。

終於將最後一段詞唱完，略微喘了幾口氣讓自己平復下來，子好看出了唐虞表情中的不可思議，也不說話，只想看看他的第一反應是什麼。

「如此妙詞，竟是我今生未聞。」半晌，唐虞還是感嘆不斷。

「我一介孤女，哪裡能懂那麼多。」子好見時機到了，乘勢又道：「所以當諸葛貴妃問我這【洛神】出自誰之手的時候，我說了你的名字。」

唐虞一愣，半晌才回神過來，苦笑著搖搖頭。「也難怪，皇上視我為隱於鬧市的大才之人，竟是因為妳的緣故。」

子好見他如此，又忙道：「對不起，我實在沒有辦法提前與你聯繫，只將這新戲的出處歸到了你的身上。不過我並未說是你親自所作，也只解釋是你在古籍上看到的一片舊文改作而來，所以你也不要太過擔心。」

唐虞見子好一臉的擔心和小心翼翼，揚起柔和的笑容，反過來勸道：「我倒是好解釋，畢竟江南唐家也是書香傳家，有些閒野雜記詞文歌賦的古籍也算正常。」

看到唐虞溫柔的笑意，子好這下才放了心，實話實說道：「而且，你本就有驚世才華，只是未曾顯露罷了。我將這【洛神】托生於你，也算不辜負了這一闋詞作。」

輕輕點了點子好光潔如玉的額頭，唐虞被她的話說得心中一暖。「只有妳才會這樣看我。」

「你又不是沒有那個能力，只是不願顯露才識罷了。」子好環住唐虞的腰際，將臉靜靜地貼在他的胸口處。「不過，這次你入了皇子所，恐怕也要露兩分本事才行，免得讓其他人小看了你。」

「放心，教那些皇子，這點本事我還是有的。」唐虞說得極為輕鬆。

回味起剛才子好的表演，唐虞覺得已經非常完美無可挑剔了，但他還是想到了關鍵的一點。「妳的唱詞和曲牌已經沒什麼要改的，只是先前是清唱，不知妳準備用何種樂器來伴奏？」

「我就是有些著急，想聽你的意見呢。」子好被唐虞說中所想，連連點頭。「若用全樂器來伴奏，未免顯得有些吵鬧，與獨戲的效果會有衝突。可明日乃是公主喜宴，賓客眾多，且全是京中貴人，若不用全樂器，恐怕無法達到鎮住場子的效果。」

「妳多慮了。」唐虞將子好放開，認真地道：「以妳先前的表演，根本無須任何花稍的東西來幫忙鎮場。」

「真的嗎？」子好眼中閃爍著一絲無比的欣喜。「若是只用絲竹，你覺得可好？」

唐虞被子妤的笑容所感染，說出剛才一聽她唱起這一齣【洛神】就想到的一點。「明日有我，就讓我親自替妳伴奏吧。」

章一百九十三　碧藍如洗

第二日天未亮，子妤就被黃嬤嬤給叫醒了，說是諸葛貴妃讓她跟在身邊，見識一下公主大婚的陣仗。

子妤本想拒絕，可黃嬤嬤說得堅決，再加上自己到晚上婚宴才登臺，此時正好空閒，便允諾著跟了過去。再說，唐虞也是負責這次婚宴戲班的管事之一，子妤想或許能提前和他再見面也是好的。

來到諸葛敏華暫居的明春苑，子妤發現已經有不少人進進出出了，於是和黃嬤嬤趕緊加快了腳步。

正屋裡，諸葛敏華一身玫瑰紫的華服，雲髻高綰，貴氣十足，跟前稀稀落落站了十來個從內務府跟來的管事，正一一報給她今日的各種儀式流程。

「稟娘娘，駙馬家已經將準備好的『九九禮』抬至午門恭納。禮品為鞍馬十八匹、甲胄十八副、馬二十一匹、駝六匹、宴桌九十席、羊八十一隻、乳酒和黃酒各四十五罈……」一個四十多歲的內侍唸著從薄侯別院抬出來的「九九禮」禮單，聲音抑揚頓挫，在這個時候讓人聽著有些昏昏欲睡。

黃嬤嬤示意子妤在門邊稍等，先行過去稟報了諸葛敏華。

諸葛敏華點點頭，示意黃嬤嬤讓花子妤進來。

提步進入正堂，子妤隨意掃了一眼，果然看到一身青灰色管事常服立在人群的唐虞，雖然和其他十來個管事都是一樣的服色，可任誰都會一眼就看到他，畢竟那張俊逸的臉實在沒有幾個男子能與之媲美的。

唐虞似乎也感應到了子妤的目光，轉過頭來，一抹柔和的笑容在唇邊輕輕綻放，卻只是對著自己心愛的那個女人而已，其他人並未發覺。

子妤還發現裡面有幾個熟面孔，特別是站在離自己較遠處的蘇嬤嬤。於是知禮地向蘇嬤嬤頷首打招呼，卻發現對方不經意地癟了癟嘴角，雖然一張麻子臉上仍舊是和氣的表情。

「子妤，妳來得正好，先去換身衣裳。」諸葛敏華見花子妤進來了，伸手一招，轉而又低聲吩咐了身旁隨侍的宮女。

宮女領了吩咐，連忙迎了過去。「姑娘請跟奴婢來這邊更衣。」

低首看了看自己的衣裳，淡淡的藕色，半舊不新，或許在這樣的場合確是有些不太合禮數，子妤也沒多想，朝諸葛敏華福了福禮，也不理會那蘇嬤嬤，這就跟著那宮女轉過側門的屏風，往內堂走去。

出了正屋，宮女帶著子妤來到一間離得不遠的抱廈。這裡焚著驅蚊的薰香，當中的茶桌上還用冰水鎮著一碗蜜水綠豆湯，另有兩個年紀極小的宮女各自拿了把羽毛扇守在一個黃花梨的貴妃榻前，此處顯然是給在正屋處理事宜的諸葛敏華小憩之用。

「姑娘，奴婢按娘娘吩咐為您準備了三套衣裙，您擇一換上即可。」說著，引了子好來到一旁的矮几，將三套衣裙捧到她的面前。

一套秋香色的、一套紫羅蘭色的，還有一套是泥棗金的，一眼看去就知是價值不菲的上好衣料所製，而且三套衣裳都看得出是嶄新的，並非諸葛敏華穿過的。

「姑娘挑一套，讓奴婢伺候您換上吧。」這宮女趁這個時候快速打量了一番花子好，見她臉色中並未有半分欣喜和驚奇，心下暗自佩服了一下。要知道這三套衣裳俱是宮裡御製，用的料子也是江南那邊進貢的上好絲綢和緞紗，尋常女子見了都會愛不釋手才是。

「就這套吧。」子好想了想，這秋香色的衣裙看起來端莊又大方，也不失喜慶，正好適合這樣的場合穿著，既不會失了面子，也不至於搶了鋒頭。

「姑娘不如穿這套紫羅蘭的，喜慶又高貴呢。」有些意外花子好選了最不起眼的一套，這宮女好心建議道。

微微一笑，子好擺擺手。「妳忘了嗎？娘娘穿的可是玫瑰紫，若我穿了這紫羅蘭色的，站在娘娘身邊豈不是失禮嗎？」

宮女這才反應過來，連連道：「還是姑娘細心，奴婢差些害了姑娘。」

說著，兩人已經繞到屏風後的淨室，子好換下身上藕荷色的裙衫，在宮女的幫忙下將這套秋香色的衣裳穿上身。

「姑娘腰身好，又高䠷，穿了這身衣裳著實好看得緊呢。」宮女一邊幫花子好整理領子和袖口，一邊真心實意地讚了起來。

子好看著半人高銅鏡中的自己，隨口道：「其實這秋香色若穿不好會顯得沈悶，可這套衣裙用的是漸染法，從米粒黃到秋香濃，極有層次，所以會更顯得身量纖長。」

「這可是娘娘專程讓蘇嬤嬤那邊按照您的身形做的，果然穿著極合適呢。」宮女見花子好差不多穿好了，忙又道：「姑娘請過去那邊梳妝檯，讓奴婢重新為您綰個髮吧。」

頭上原本極簡單的髮髻確實和這身衣裳有些不配，子妤點頭，隨即出了淨室來到外間的梳妝檯前坐下，透過光亮的鏡面向身後的宮女微笑道：「還請梳個大方些的就行，萬萬莫要太過繁複了。」

「奴婢知曉。」宮女笑著屈了屈膝，表示明白了吩咐。

不一會兒，一個俐落大方的斜雲髻就梳好了，宮女拿了面鏡子放在子妤腦後讓她看。

「姑娘，您看可好？」

子妤見這斜雲髻簡單大方，那宮女只別了一對南珠蝴蝶釵在兩側，其餘並無半點釵環裝飾，只突出了蝶舞雲間的意境，便滿意地點頭。「嗯，多謝了，很好看。」

宮女見子妤滿意，提著的一顆心也放了下來，想起之前黃嬤嬤囑咐自己一定要好好伺候這位花子妤姑娘，務必要讓她覺得高興時，心裡頭還七上八下，怕遇到個不好相與的。可自從先前換衣服開始到現在，對方態度柔和，絲毫不擺架子，竟是極好說話的，這宮女倒也歡喜了幾分。「對了，娘娘說等會兒姑娘走之前一定記得要看看這件衣裳。」

說著，那宮女從雕花衣櫥裡又取出個棗紅木的托盤，上面蓋了一層紅布，看不出裡頭是什麼。

「這是？」子好伸手將紅布揭開，露出了一件碧空如洗的藍色衣裙來。

柔軟如髮絲，輕薄如鴻羽，最難得的是這件衣裳的顏色，是那種雨過天青色的藍，既明亮，又不刺眼，讓子好一見便被深深地吸引了。「這件衣裳是？」

「這件衣裳是娘娘專程吩咐送給姑娘夜裡婚宴上演出時穿的。」宮女點頭，見花子好終於露出了驚訝意外的表情，不由得笑了。「姑娘總算識貨了呢。」

那宮女說著，將衣裙抖開，只見一片柔和眩目的藍在眼前熠然而來，竟是整件裙身都綴滿了薄如蟬翼、指甲大小的銀光片，襯著那純粹的藍，層層光華的流動，讓人幾乎有種不敢逼視的感覺。

半晌說不出話來，子好深吸了口氣，這才將衣裙捧在手上，感受著這份無比貴重的心意，誠懇地道：「娘娘竟肯為子好如此著想，子好一定會好好演出，不給娘娘丟臉的。」

卻說子好換好衣裳來到正屋，諸葛敏華還在一件件理著今日大婚的諸般事宜。

見花子好回來，諸葛敏華上下打量了她一身衣裙，目露驚豔，揮手讓回報的管事暫停，對著她道：「都說人靠衣裝，子好，妳這身衣裳穿出來，真是讓人眼前一亮。」

「多謝娘娘厚賜，子好感激不盡。」態度誠懇地福禮下去，子好又道：「有了那件藍裙，子妤相信今晚的獻演一定不會讓娘娘失望的。」

「妳喜歡就好。」諸葛敏華見她真誠地感謝自己，也點點頭。「好了，在後面站著吧，仔細學著，對妳將來只有好處的。」

福了福禮，子妤也不多言，便來到後面和諸葛暮雲還有楊淑妃身邊並排站著，也不管她們兩人各自心裡頭在想什麼，只仔細聽著諸葛敏華吩咐管事們的話，當真學習起來。

章一百九十四　深謀遠略

差不多安排了近半個時辰，諸葛敏華好不容易將「九九禮」、大婚吉服、婚宴盤盞、婚宴擺設、婚宴廚房、送親儀仗等等事宜都安排好，這才有空叫了唐虞上前，問他戲班的安排。

「其餘管事都各司其職去吧，唐虞先生留下，和本宮再商量一下戲班子的事兒。」諸葛敏華打發了其他人，獨留下唐虞。

有些人看向唐虞的眼神明顯帶著幾分嫉妒和羨慕，畢竟能和諸葛貴妃單獨回報事情，確實是極榮耀的。

不過唐虞的態度始終都保持著平靜淡然，聽了諸葛敏華的吩咐後便緩步來到屋中，先行了禮，這才開口道：「京中三大戲班都報了戲單子，余家班是小桃梨唱【玉簪記】，陳家班是鳳仙兒和陳五郎唱【西廂記】，至於花家班……」

花子好在諸葛敏華的身後，仔細地聽著唐虞說起其他兩家戲班的戲單子，發現只是尋常的舊戲，即便有改動，也不會新穎到哪兒去，於是心下也多了幾分把握。

「花家班怎麼了？」諸葛敏華接過宮女遞上的杯盞，飲了一口溫茶。「花家班可是重頭，不能出任何差錯。」語氣不慍不火，可那種不容置疑的意味卻相當明顯。

唐虞看出諸葛敏華的提醒，卻仍舊表情如常，語氣鎮靜。「是這樣的，花家班原本出的戲單子是金盞兒和步蟾的一齣【西廂記】，可因為和陳家班撞戲，兩家之一必須得改。京中都知道陳家班的一等戲伶如今就只剩了鳳仙兒和陳五郎，他們能搭在一起唱的戲只有【西廂記】和幾齣老戲，不太好改。所以在下就讓內務府的人通知了花班主，讓他們改。因為事出緊急，所以在下作主讓花班主午後再上報。」

「午後？」諸葛敏華蹙著眉。「來得及嗎？」

「娘娘放心，花班主說午後報上就一定做到，絕不會延遲。」唐虞站直了身子，目光平和，此話一出口，就有種讓人信服的感覺。

「既然你打了包票，那本宮就暫且不論了。」諸葛敏華看著唐虞一臉淡然的樣子，倒也點點頭，隨即又道：「對了，子妤的登臺，你安排在何時？」

抬眼看了看立在諸葛敏華身後的花子好，唐虞這才回話道：「稟娘娘，在下準備讓子好唱暖場。」

「暖場?!」

諸葛敏華有些意外，她知道唐虞是花子好的師父，還想他或許會安排給子好一個壓軸前的好時機去獻演，卻沒想他竟然讓子好去唱暖場！

而子好也是一下子就愣住了，用著不解的眼神看向唐虞。

諸葛敏華直接問道：「暖場是在賓客未到齊的時候登臺，根本算不上正式的演出，你難道對自己的徒弟沒有信心？」

預料到了諸葛敏華和子妤的反應，唐虞隨即道：「子妤並非一等戲伶，能參加這次大婚晚宴的獻演已是破例。在下既然專司演出的事宜，就不能讓人背後非議子妤，所以才安排了她做暖場的演出。」

「你這樣倒是大公無私了，可對子妤來說，如此安排，豈不是太過委屈？」諸葛敏華朝後轉了轉頭，抬眼看了一下花子妤。「子妤，妳說呢，可願意接受唐師父這樣的安排？」

雖然心裡頭還是有些難以理解，可出於對唐虞的信任，子妤還是點點頭。「唐師父既然如此安排，自有他的一番道理，子妤並無異議。」

「那好吧！」諸葛敏華嘆了口氣，雖然有些不理解，可既然唐虞和花子妤都意見一致了，自己也不宜再多說什麼了，只是心裡覺著有些可惜了那件碧藍如洗的衣裙。

唐虞見諸葛敏華似乎為子妤感到可惜，暗暗點了點頭，便又道：「娘娘，在下還有一事要稟報。」

「何事？說吧。」諸葛敏華此時也有些累了，可唐虞還在，又不能直接倚在這羅漢榻上，只得又直了直身子。「早些說完，本宮也好偷點兒時間休息休息。」

「在下準備親自為子妤伴奏，還請娘娘准許在下午後和子妤碰頭練習一下。」唐虞不慌不忙地說出了自己的請求。

「哦？」諸葛敏華挑了挑眉眼。「本宮還道你是真的大公無私呢，可見還是有些護短的。」好事做到底，只略微想了想，便點頭。「也好，你們師徒已經有一段時間未曾見面了，敘舊也好，排練也好，本宮就給你們一個下午的時間好了。」

子好聽見諸葛敏華答應得如此爽快，趕緊繞到前方來，屈膝福了一禮。「多謝娘娘體諒。」

「好了，大婚的事宜已經安排妥當，這會兒該用午膳了，你們就各自退下吧。」諸葛敏華微笑著點點頭，虛扶了一下子好。「好好練，別辜負了本宮對妳的期許厚望。」

花子好鄭而重之地用力點了點頭。「子好一定努力，不會讓娘娘失望的。」

「好，就算是暖場，本宮也會提前過來觀看的，算是為妳捧場。」諸葛敏華臉上露出了慈愛的笑容，看著花子好竟覺得越來越發自內心的喜歡了起來。

唐虞見狀，也拱手福禮道：「那在下也一併退下了。」

諸葛敏華天未亮就起來安排這些雜七雜八卻又繁複重要的大婚事宜，這會兒是真的累了，便揮揮手。「去吧。」

子好也隨即福福禮，轉身跟著唐虞一起退了出去。

「子好姑娘！」諸葛敏華身邊那宮女卻突然開口叫住了她。「姑娘是直接去唐師父那邊嗎？那奴婢等會兒把衣裳送哪裡好呢？」

「對對對，還忘了這事兒。妳這妮子，有了師父就什麼都忘了。」諸葛敏華也想起來了，笑著打趣已經跟著唐虞走到屋門口的花子好。

有些不好意思地轉身，子妤朝那宮女笑了笑。「我這就跟妳去取了再走。」說著，又看向了唐虞。「唐師父，稍等我一下。」

已經走到明春苑門口的唐虞聽了子妤的話，點點頭。「那我在外面候著。」

不一會兒，子妤便捧著木托盤走了出來，紅布蓋得嚴實，唐虞倒也看不出裡面放的是什麼衣裳。

「走吧，回去你屋子再看。」子妤小心翼翼的將托盤捧在自己的胸前，十分神秘的樣子。

唐虞笑了笑，真想伸手去揉揉她的頭，可這是大庭廣眾，如此親暱的舉動的確有些不太合適，便道：「瞧妳，像是捧了個寶貝兒似的，看來貴妃娘娘對妳是真的不錯。」

子妤有感而發道：「若非娘娘，或許這次獻演就只是個口頭上的玩笑話，福成公主也不知道得報上內務府來作安排的。」

「對了，」子妤和唐虞走著走著，想起先前唐虞的安排，還是憋不住開口問道：「為何將我安排在暖場的時候登場？雖然我並不在意，也相信你肯定有理由，可為什麼偏偏是暖場？」

「那妳覺得什麼時候合適？」唐虞並未回答，反問子妤。

想了想，子妤搖頭。「三家戲班都要登臺，按慣例每一場要隔一刻鐘的時間，這中間顯然是插不進去的。可若是和三家戲班一起排，放前頭肯定不能讓我唱開場，中間的話，太過突兀，壓軸更是不太合適……看來，就只有暖場合適些。」

「其實要把妳放在中間和陳家班一起也未嘗不可。」唐虞見子妤認真分析，便也認真地道：「可妳想想，大家在看了這麼多熱鬧的戲、這麼多熟悉的戲伶獻唱之後，有誰會認真地聽妳唱獨戲？」

「也對。」子妤並不否認。

順著子妤的贊同，唐虞細細分析起來：「【洛神】是一齣講究意境的戲，婚宴場合，未免嘈雜熱鬧，可若是暖場之時，賓客不算太多，卻也已經陸陸續續地來了，酒宴也未正式開席，正是大家無聊的時候，此時妳若登場，一定會抓住所有人的注意力，反而比正場的時候要有利得多！」

聽著唐虞的詳解，子妤一邊點頭一邊附和：「的確，本朝對戲伶極為尊敬，雖然有要求賓客安靜聆聽，可婚宴那樣的場合，未免嘈雜了些，而三家戲班排的都是多人的群戲，才能鎮住場子。」

「還有最重要的，」唐虞微笑著看向前方，語氣裡帶著幾分志在必得。「以【洛神】的水準，妳在暖場時演出一定會牢牢吸引住在場賓客的目光。他們在宴席開始後會念念不忘、口耳相傳；而沒有能夠在暖場時看到妳登臺獻藝的賓客，在聽到關於妳的議論之後也肯定會有遺憾的想法。要成為名伶，不僅需要機會，更需要名聲，這場婚宴之後，妳能獲得的，遠比正場時更多。」

章一百九十五　公主出嫁

福成公主大婚吉時是在申時正，離得午時還有足足一個時辰的時間。

花子妤和唐虞利用午膳後的空檔簡單磨合了一下，因為兩人多年默契，倒也順順當當，並無不妥之處。之後，諸葛敏華就派人過來請花子妤去公主府的正堂，說是大婚儀式要開始了，讓她也過去觀禮。

難得能目睹公主大婚的整個過程，子妤自然也有幾分好奇和新鮮感。

她到達後不久，皇帝也到了，殿中眾人立刻噤聲，齊齊跪拜了下去，花子妤也和著眾人一齊道：「恭迎皇上聖駕——」

身穿金紫相間的錦繡龍袍，頭戴銜珠紫金龍冠，皇帝面含微笑，大踏步地走進正堂，逕自登上了首座，在身邊諸葛敏華的伺候下端坐在雕花檀木椅上。

「眾卿家都免禮吧。」皇帝的聲音威儀中帶著幾分輕鬆和愉悅。

「謝皇上——」一眾人等齊齊答了，這才敢依次起身。

「吉時已到，請皇上宣佈大婚儀式開始吧。」一旁的諸葛敏華也在眾人羨豔的目光中挨著皇帝落了坐，可仔細看她的臉上，並無半分驕橫和自大，只一如既往柔柔的笑著，讓人生不出半分嫉妒之心，不禁感嘆她比真正的國母還要具有大家風範。

接到來自諸葛敏華的提醒，皇帝點頭，朗聲道：「天賜良緣，神仙眷屬，請新人一對入堂行禮——」

隨著皇帝的話音落下，隱在正堂兩邊的樂師開始奏樂，而早已經候在外面的福成公主和駙馬也在樂曲聲中，沿著猩紅的絨毯步步而進。

看著被大紅蓋頭遮住臉的福成公主越走越近，花子妤不禁想起了前世裡曾經記得的一首關於公主出嫁的詩作——

雲安公主貴，出嫁五侯家。天母親調粉，日兄憐賜花。催鋪百子帳，待障七香車。借問妝成未，東方欲曉霞。

那一張被蓋頭遮住的臉上應該是充滿了甜蜜和嬌羞的吧！能嫁給自己執著喜歡的男子，福成公主這一刻絕對是世上最幸福的女人。

再看一身大紅錦服的薄觴，身姿挺拔，面若冠玉，即便是眼梢流露出的一絲輕佻，此時此刻也化為了在場賓客眼中濃濃的羨慕。

接下來，便是一系列繁瑣卻莊重的大婚儀式，和民間不同的是，新人不拜天地，而是跪拜歷代皇室祖宗；夫妻也不是對拜，而是駙馬向公主行禮，公主將象徵金枝玉葉身分的玉如意交給駙馬，示意薄觴是尚公主，而非娶了公主回家。

這一系列的儀式過後，總算是禮畢，禮部官員將蓋有薄觴私印和拇指印的文書交到皇帝手中，由皇帝親自將婚書再唸誦一遍，以示證婚，這大婚禮儀才算周全了。

子妤隨著大家一起跪下，口中說著「恭送皇上，恭送貴妃娘娘——」，卻並沒有發覺皇帝走到自己面前竟停住了腳步。

走在皇帝身邊的諸葛敏華自然能領悟皇帝的意圖，便笑著過去將花子妤扶了起來。「子妤，本宮和皇上這就去宴席處等待晚宴開始，妳隨著一起走吧，順便給皇上講講等會兒妳要獻演的曲目。」

眾目睽睽之下，子妤只好依言起身，臉上揚起沈靜如許的微笑。「小女子遵命。」這便跟在了諸葛敏華的身側。

或許想著單點了花子妤太過突兀，諸葛敏華又將昭陽公主、諸葛暮雲都召來了，一行人隨著皇帝一起魚貫而出。

跪送了皇帝走出正堂，堂中的賓客們這才趕緊起身來，大家齊齊往婚宴所在的蓮花池邊而去。

跟著皇帝一行人來到了蓮花池邊的婚宴所在地，子妤眼看著上百桌的喜宴竟是圍繞著不算大的蓮花池一字層層排開，不禁為這大陣仗感到吃驚。

而池子當中那方高高搭起的平臺，不正是戲伶演出的地方嗎?!

雖然之前唐虞曾經給她說起過舞臺是在水中央，可子妤卻未曾想到這舞臺四面都是空的，賓客們圍著蓮池而坐，無論哪個方向看過來都是清清楚楚毫無遮蔽的。

這樣的戲臺，必須讓四面的客人都感到自己是正面對著舞臺才行。如此一來，考驗的可不僅僅是戲伶的駕馭能力，還有唱功實力！

若沒有綿長的氣息支撐，即便隔著並不算寬闊的蓮池，要想讓四面的賓客都聽得一清二楚，也絕對不是件容易的事。

第一百九十六章 重逢之喜

夕陽西下，暮色微沈，不經意間，一輪淺淺的彎月已經掛上了樹梢頭，隨即，沿著蓮花池邊的立柱上也掌了燈，搖曳間一片旖旎多姿的虹彩映在水波中，粼粼生輝，絕美異常。

按吉時，大婚晚宴要戌時中刻才正式開始，此時離得正式開宴還有好一段時間，蓮花池邊只有觀禮的宗室親眷等貴客入了席座。

反正閒來無事，皇帝頗有興致地早早來到蓮池邊的首座賓席，和幾位皇子、公主說說話，再吹吹微涼的夜風，等著吉時到來。

花子妤隨行在側，雖然惦記著等會兒的演出，但皇帝和諸葛敏華沒開口，自己也不能說走就走，可眼看著皇帝和諸位兒女一副其樂融融的樣子，不知為何，總覺有些不是滋味。

幾個公主、皇子陪著皇帝說了會兒話，覺得無趣，便相約一起在蓮池邊逛逛，等吉時到了再回來，皇帝惦念著要和子妤說說話，自然就放了他們出去。

於是子妤依照諸葛敏華的吩咐，將今晚自己要演出的【洛神】簡單講了講。皇帝聽得十分仔細，又問起這新戲是否出自唐虞之手。

子妤一一答了，兩人交談間不覺摒棄了先前相處的那份緊張，氣氛竟也頗為輕鬆，讓隨侍在側的宮人們都覺得有些詫異。

不過今日乃是福成公主大婚，大家想著皇帝心情好也不奇怪，不然，怎麼可能對一個戲伶出身的小秀女如此和顏悅色、頗為關心呢！

眼看時間不多了，子妤主動提及自己要在暖場的時候登場，得先下去準備。皇帝雖然覺得有些可惜不能再和子妤多說說話，但這個場合明顯不太適合繼續聊下去，這才點頭，又囑咐了幾句，這才讓她告退。

諸葛敏華見子妤要走了，也說了些鼓勵的話，讓她不要有負擔，只管好好唱就行了。

有感於長輩般的關懷，子妤深深地看了皇帝一眼，又向諸葛敏華告辭，這才在兩人有意無意流露出的關切目光之下，鞠身退了出來。

一出那間專為皇帝和諸葛敏華，還有一眾公主、皇子所準備的首座賓席，子妤就鬆了口氣。在那樣的場合應答皇帝的問話，需得禮數周全，半分鬆懈不得。中間還不能讓別人看出任何端倪，實在太累了。

深呼吸了口氣，子妤出來便問了席間伺候的宮女，知道戲伶候場的地方正對著首席賓座要繞著蓮花池到反方向去，乾脆放緩了腳步，一邊走，一邊吹吹涼風，以調整心情。

沿著蓮池走去，子妤看得出賓客只到了三成左右，相熟的人三三兩兩坐在一起，吃著茶果，先閒聊著，只等吉時到婚宴才能開始。

算起來，正式開宴時差不多已經天黑盡了，子妤估計著唐虞給自己安排的暖場時間正好在戍時中刻三分，離吉時不過兩刻鐘的時間。

因為公主婚宴賓客太多，內務府嚴格控制了各家戲班帶入公主府的人數，所以之前唐虞就說過子紓可能來不了，但子妤仍抱著一點希望，想著或許子紓最後可以跟著花家班來見世面，兩人便能敘敘話，想到這不由得加快了步子，趕緊往專為戲伶候場所準備的圍間而去。

圍間一共四個，三家宮制戲班各用一個，另一個給暖場的藝人共用。從這裡看過去，此處正好在中央戲臺後側，離得池邊賓席有一段距離。從池邊有一條特別窄的木棧道沿著水面直直延伸而去，花子妤估計戲伶應該就是從那裡登臺。

按照圍間上掛的木牌，子妤來到屬於花家班的圍間，撩開簾子，一眼就看到了正在和花夷說話的唐虞，還有立在一旁聆聽的青歌兒和止卿。卻沒看到子紓在裡面，子妤心裡頭期待落空，很是失望。

不過看到止卿能來，子妤還是很高興，朝他招招手，柔柔綻開一個笑容。

只是止卿身側的青歌兒看到花子妤的出現，原本正和止卿笑著說話的表情突然一變，略有些尷尬。

子妤當然也看到青歌兒表情的變化，卻並未理會她，只逕自走了進去。

之前因為和唐虞重逢的時間太短，他只寥寥將戲班這個月來的情況說了一下。除了子妤最關心的子紓和止卿，其中就談及青歌兒性情大變的事。說是她每日勤苦練功，接了前頭的演出牌子一晚上能連唱三場。這一個月的磨練下來，不但音色越發圓潤動聽，也在看客和同門中積累了極好的名聲。而六月的小比，她又重奪魁首，卻不驕不躁，仍舊每日埋頭苦練，幾乎讓人忘記了五月小比時那醜陋的嘴臉。如今，她越發得了花夷的喜歡，但凡有重要的堂會，每每都點了她代替已有隱退之勢的金盞兒去唱青衣。

雖然子妤和唐虞都不相信青歌兒會徹底改過，但至少她沒有再做出任何不利於他人的事，也就只有先暫且不去管了。

「子妤。」唐虞面對圍間門口，見子妤來了，忙道：「子紓和朝元在外面對練，等會兒就能見著了。」

子妤驚訝地合不攏嘴，連忙走了過來。「不是說他這次來不了嗎？他來幹什麼？為什麼要和朝元師兄對練？」

花夷看到子妤，臉上頓時露出了笑容，伸手輕輕拍了拍她的肩。「對，這次婚宴的演出是由妳弟弟搭檔朝元上臺！」

子妤沒想到今日真能見到子紓，更沒預料到子紓竟能在如此重要的場合與朝元搭檔上臺演出，高興得眼中幾乎閃起了淚花。「多謝班主厚愛，子妤代弟弟給班主磕頭！」說著，便毫無徵兆地直接跪了下去，前額碰在冰冷的青石上，發出「咚」的一聲響。

沒來得及反應的花夷和唐虞等人回過神來，忙齊伸出手將子妤扶了起來，一旁的止卿也踏出了一腳，臉上流露出了心疼。

「妳這個姊姊真是沒話說，為了弟弟，什麼也不顧了。」花夷見子妤如此，忙示意唐虞將她扶去座椅坐下，又道：「具體的情形，還是讓妳師父告訴妳好了，我先去見見馮管事。」

「對了，止卿和青歌兒這次也是來觀摩學習的，唐虞，你記得照顧他們兩個一下。」花夷走之前撂下這句話，這才掀開簾子走了出去。

等花夷離開，一旁的止卿這才踏步上前，也不說話，只掏出袖兜裡的絹帕，伸手替子妤輕輕擦拭額前沾染的一抹泥灰。

子妤對著止卿柔柔一笑，輕輕拂開他的手。「沒關係，等會兒我還要上妝，洗洗就行了。」

看著止卿和子妤之間毫不做作的親密舉動，唐虞並沒有半分的嫉妒，只覺得很羨慕，至少止卿能無所顧忌地流露出對子妤的關心，而自己，卻還得謹守住人前的一點師徒禮儀。

「子妤妹妹，聽唐師父說妳今晚要唱暖場？」

說著話，青歌兒也湊攏了過來，但她的目光明顯是從止卿身上轉向花子妤的，眼中還殘留著一抹難言的情意綿綿。

對於青歌兒，子妤並不痛恨，只覺得她是個可憐的人罷了，點點頭，態度淡漠地道：「對，等會兒就要登臺了。」

面對子妤冷淡的態度，青歌兒卻沒有了以往假面具似的柔和笑容，只勉強笑了笑。「那師姊在這兒祝妳演出成功了。」

並未再說什麼，子妤期盼地望向了簾邊，唐虞明白她心中所想的。「朝元和子紓是唱壓軸，妳不如先準備登臺的事宜，等會兒演完了再過來候著，準能見到他。」

耽誤了這些時候，子妤看離得自己登場時間不多了，只好依了唐虞所言，點點頭。「那我先過去上妝，準備登場。」

「去哪裡？」唐虞下意識地伸手拉住她的手腕。「朝元和子紓暫時還用不上，妳不如就在這兒化妝更衣，還清靜些。」

子妤看了看唐虞，有些猶豫，畢竟這裡是花家班的候場，自己雖說也是花家班的戲伶，但唱的是暖場，按理應該和雜藝伶人共用一處候場的。

看出子妤的顧忌，唐虞直言道：「內務府是直接從諸葛貴妃那裡接到命令的，讓妳在公主的婚宴上登臺獻演，只是我安排了妳唱暖場而已，並不表示妳就和那些雜藝伶人一樣，得去那邊候場。而且咱們戲班的化妝師父一應俱全，怎麼也比外面的強，連戲服我都派了專人給妳看著的。」

說著，唐虞還掃了一眼在旁邊立著的青歌兒，似是想起了上次子妤獻演時甲冑脫落的事，算是給青歌兒一個警告。

而青歌兒似乎並沒有什麼反應，只瞅了一眼唐虞拉住花子妤手腕的地方，心裡不知在盤算什麼。

子妤並未發現自己和唐虞的動作有些親密了，只想著唐虞是督辦這次婚宴演出事宜的管事，既然他都這樣說了，便不再顧忌什麼，說道：「那也好，我就在這裡作準備吧。」

章一百九十七 月色作美

還有不到兩刻鐘的時間就要上臺，子妤的確也沒時間去猶豫到底該在哪裡候場的細節，見唐虞堅持，便也答應了。

一旁候著的小廝見狀，趕忙捧了棗紅木托盤上前來，屈膝福了福。「姑娘，您的戲服在這兒，請先驗一驗吧。」

子妤上前去，撩開紅布，往裡頭看了一眼，發現的確是諸葛敏華所賞賜的那件裙衫，便點點頭。「有勞了，給我吧。」

就在撩開紅布的一瞬間，站在不遠處的青歌兒也看出了那件碧藍色的衣裙有多麼的珍貴難得，不由得心下更加難受了幾分，卻只別過頭去。

同樣在一旁看到那件衣裳的止卿回過頭，似乎也看出了青歌兒的表情變化，蹙著眉低聲警告她：「妳可別動子妤戲服的歪腦筋，上次她獻演時甲冑脫落，雖然沒有證據，但我們都知道是妳在暗地裡搞的鬼。這次有我在旁邊看著，妳最好收斂些，別讓我抓個正著。」

欲言又止地看著止卿，青歌兒眼神中閃過一絲疲憊，只搖搖頭道：「你放心，我早就沒有心思和子妤爭了。我和她，已經距離越來越大，也沒法趕上了。」說完，別過眼，竟沒有再理會止卿，獨自掀開簾子出去了。

已經進入隔間去化妝的花子妤自然沒有聽到止卿和青歌兒之間的對話。在此重要時刻，她也必須調整心思，將全副注意力都放在即將登臺的事情上。

聽了子妤的講解，化妝師父想了想，只給子妤化了個淡淡的妝容，沒有誇張的眉眼，只染了眉、點了唇，雙腮之上半點胭脂也沒落，保留了子妤自然清新的模樣。

化好妝，子妤這才去了另一個隔間換衣裳。

因為是夏日輕薄的裙衫，子妤極為輕巧地便將這件碧藍如洗的衣裳換上了身。讓子妤覺得意外的是，這衣裳竟極為貼合自己的身形，纖穠合度的腰身，長短也剛剛好，彷彿量身訂做一般，可見這的確是諸葛敏華吩咐下去專程為自己訂製的。

雖然不明白諸葛敏華為何要對自己如此厚愛，但子妤心中還是略微有些感動。

披上一件月白的薄綢披風將衣裳蓋住，子妤從隔間裡出來，唐虞便迎了上去。「嗯，既然準備好了，咱們就過去吧，時間差不多了。」

子妤點點頭，先是對止卿笑著頷首別過，這才和唐虞一起出了園間往蓮池中央的舞臺而去。

一出園間，子妤才發覺天色已經完全黑了，原先低低掛在蓮池邊柳樹梢頭的上弦月竟然已經撥開濃雲，露出了皎潔無瑕如玉盤的滿月，將一泓池水照耀得格外清冷閃耀，也讓蓮池邊盞盞華燈都失了光彩，自慚形穢。

「連老天爺都在幫妳。」唐虞看著天空，不由得嘆出聲。

「你的意思是？」子妤似乎能明白唐虞所指，但又不確定。「你讓我唱暖場，原本沒想到天色會黑得這麼快？」

「在看到妳那件戲服之前，我並未想到這麼多。」唐虞露出一抹微笑，眼神從倒映在蓮池中的月色回到了子妤的臉上。「可見了妳身上這件絕美的裙衫之後，我才覺得好像連老天爺都主動在幫妳似的。」

周圍的賓客已經來了差不多八成，子妤攏了攏肩頭的繫帶，儘量不讓裙襬露出來，點點頭道：「這件裙衫的確極為適合在夜裡登臺。我想當時貴妃娘娘並沒想到你會安排我唱暖場，你也沒想到貴妃娘娘會替我準備這樣一件戲服吧？結果，我穿著它，在最能展現它的美的時候登臺獻演，這就叫做無巧不成書吧。」

「好好演，莫要辜負了這份來之不易的幸運。」唐虞柔和地笑著，將腰間的竹笛取下在手。「我已極少吹笛，可這次妳的演出的確不適合用洞簫來伴奏，否則會將這齣戲渲染得太過淒涼。而竹笛，其音純正無瑕，空靈飄遠，倒與這齣戲的意境頗為相稱。」

心中對唐虞的感激無法言表，子妤抬起眼，眸子中溢滿綿綿情意。「謝謝你，子沐。」

唇角隨即揚起，唐虞被子妤這樣一喚，只覺得一種從未有過的溫暖包圍著自己，只回望著她，笑著沒有再說話。

就算唐虞一個字也沒回覆，子妤也能從他深邃的眼眸中看到絲絲情動，心下也倍覺溫暖甜蜜，卻怕周圍人看出什麼，趕緊羞赧地收回了目光，半頷著頷首，不敢再看他。

唐虞卻環顧了四周，發現離得賓客席還有一小段路，正好也無人注意他們這邊，便藉著寬袖遮掩，一把拉了子妤的手，緊緊握住。

被唐虞大膽的舉動給嚇了一跳，子妤忙抬起頭，先是下意識地左右望了望，發現除了不遠處有兩個宮女正提著水壺給各席座加水之外，其餘並無人注意他們，便任由唐虞牽著手，兩人並肩繼續向前走去。

只是沈醉在郎情妾意中的兩人都沒有發現，離得他們極近的一棵大樹下，有一截裙襬露了出來。

那青蓮滿荷塘的裙衫，正是青歌兒所穿的！

沿著窄窄的池上棧道，唐虞大方地牽著子妤往中央的戲臺而去。

在別人眼中，只覺得唐虞是出於保護自己的弟子才如此，並不覺得有什麼不妥。可一路悄然尾隨他們而來，看著他們背影發愣的青歌兒卻露出了複雜的表情。

從前在戲班的時候，她就隱約地感覺出了什麼，有時候看唐師父那樣嚴厲冷漠的一個人，竟會對著花子妤露出一抹從未見過的溫柔表情，這在青歌兒看來，有些超乎了師徒之間的情誼。

今日看來，兩人之間的親密舉動，也絕非是師徒關係那麼的簡單。

本已經打消了和花子妤一爭高下的心思，青歌兒此時眼中又燃起了幾分希望。

師徒相戀，這在戲班來說絕對是禁忌；不僅是戲班，就是世俗也絕容不下他們的。

師父師父，如師如父，唐虞既是花子妤的師父，也是花子妤的長輩，若他們之間滋生出了男女之情，那就是絕對的亂倫！

一抹冰冷中帶著幾分狠戾的笑容在青歌兒柔和的臉上蔓開，讓她好像是變了一個人似的，顯得有些猙獰和可怖。

唐虞牽著子妤，兩人享受著能在人前有親密舉動的難得機會。

可再長的距離終究還是會走到盡頭，待來到戲臺後的候場平臺時，唐虞這才放開了子妤的柔腕，朝她點點頭。「走吧，等會兒上去之後妳稍等一下，我問問負責此處的小廝妳該何時登場。」

甜甜地回了唐虞一個微笑，子妤提起裙角，小心的不讓裡面的衣裙露出來，踏過最後這段棧道，終於登上了搭建的戲臺。

前頭的戲臺幾乎有兩人高，再加上有白布圍起，所以蓮池周圍席座的人是看不到候場的情況的。

等子妤進入候場之後，才發現好幾個雜耍藝人正在收拾東西，明顯是已經演出完畢了。

「子妤，此時離得吉時不過一炷香的時間，妳差不多該上場了。」唐虞已經問好了子妤應該上場的時間，趕忙過來將她帶到臺階邊。「妳先喝一口蜜水，調整一下氣息，我上去親自為妳報戲單。」

早有心理準備，子妤聽完唐虞所言，卻是有些不解。「為何要你親自去報戲？」

「等會兒妳就知道了。」唐虞投給子妤一個「相信我」的微笑，這才轉身登上了臺階往戲臺而去。

對於唐虞，子妤從來都是毫無質疑的。見他已經上臺，自己也趕緊來到臺階邊的矮桌前，拿起一碗早就為登場戲伶準備好的蜜水一飲而盡，又對著桌上的銅鏡理了理鬢角和頭上的釵環，這才伸手將繫帶解開，露出了穿在裡面的衣裙。

剛剛從臺上下來的幾個藝人見花子妤這一身行頭，紛紛投來目光，隨即便低首竊竊私語起來。估計他們也沒想到，竟還有人要作暖場的演出。

深吸了口氣，子妤踏著臺階緩緩向上，只等唐虞「報戲」之後，立馬就能登場亮相。

此時已經身在戲臺之上的唐虞清了清嗓子，正面對著首席，朗聲道：「稟皇上，還有一刻鐘便是吉時，此時月色正濃，在下提議，不如暫熄燈燭，只賞明月。」

見唐虞登場，便知是子妤獻演的時刻到了，而聽唐虞話中似乎暗藏玄機，知是刻意安排，皇帝哪有不同意的，點頭，也朗聲道：「就依卿家所言，熄燈吧！」

皇帝話一出口，守在席間各處的小廝們立刻齊齊爬上高杆，紛紛吹熄了燃著的燈燭。頓時，整個蓮花池突然間全暗了下來，取而代之的是一輪清朗無比、皎潔無暇的明月在空中靜靜地散發出光華。

這燈燭一熄，大家的注意力自然都放在了蓮池當中的戲臺上，因為那一輪明月正好照在了戲臺中央，四周粼粼水波也映著月光散發出了淡淡的光暈。

唐虞見目的達到，便又朗聲道：「只如此冷清地賞月未免無趣，就由在下請上來自花家班的戲伶花子妤，讓她為大家獻上一齣【洛神】，聊以助興。」

章一百九十八　有女洛神

盛夏的傍晚，暑意還未褪盡，而突然熄滅的燈燭，似乎將蓮池邊席間人們的浮躁不安也給一併熄滅了，大家的心境更是隨著那一輪清冷皎潔的明月，變得安靜柔和起來。

池邊的昏暗，使得薄如銀紗而瀉的月色越發明亮皎潔，也更加襯托出蓮池中央那一方高高的戲臺，使得所有目光均不由自主地集中在了那一個款款移步而來的身影上。

婀娜，卻不造作；柔媚，卻不乏堅韌……當花子妤一身銀藍裙衫來到戲臺中央的時候，蓮池邊的賓客們都恍然有種錯覺，似乎那月光一直追隨著她，而她，竟像是由月色而生的仙子一般。

這時候，大家才憶起先前唐虞所言的【洛神】是何意，眼前那一身披著銀色月光的美妙身影，不正是一個洛水而出的女神嗎?!

此時，身在戲臺上的花子妤根本看不清楚下面的任何情形，只覺得有一簇柔和的月光自始至終都溫柔地包覆著自己。抬眼和唐虞默契地對視了一下，子妤腦子也越發清明起來，一種從未有過的靜謐感油然而生，點點頭，給了唐虞一個暗示，這便啟唇唸唱了起來。

「古人有言，斯水之神，名曰宓妃。今有人論，洛水之神，名曰幾何？」

輕柔而不加任何修飾的嗓音響起，子妤的一句唸白之後，唐虞的竹笛聲恰到好處地響起了。

伴著恍然似柔風拂面的笛音，子妤蓮步輕移，忽地將兩袖甩開，好似一尾從湖底跳躍而上的魚兒，一個轉身，卻又好像躍入湖底的青鳥……纖細高眺的身影在月色的籠罩下，似乎真的讓人看到一個洛水而出的女神。

一陣讓人眩目的曼妙舞動之後，子妤收起了外放的情緒，用著無比輕緩柔軟的嗓音，悠然唱道：「其形也，翩若驚鴻，婉若游龍，榮曜秋菊，華茂春松。髣髴兮若輕雲之蔽月，飄颻兮若流風之回雪。遠而望之，皎若太陽升朝霞；迫而察之，灼若芙蕖出淥波。」

而一旁吹奏的唐虞也隨即將笛音加快了少許節拍，好似飛鳥掠波，撩動人心。

「披羅衣之璀粲兮，珥瑤碧之華琚。戴金翠之首飾，綴明珠以耀軀。」

唱到這一句的時候，子妤忽然笑了起來，明媚如月光仙子的笑容取代了先前悠遠靜謐的表情，且唱且演，生動而靈秀的樣子，讓先前幾乎屏住了呼吸仔細觀看的賓客們一下子就又感到了無比的放鬆。

以手遮面，迴旋轉身，子妤又繼續唱道：「踐遠遊之文履，曳霧綃之輕裾。微幽蘭之芳藹兮，步踟躕於山隅。於是忽焉縱體，以遨以嬉。左倚采旄，右蔭桂旗。攘皓腕於神滸兮，采湍瀨之玄芝……」

子妤尾音拖長，漸漸而歇，唐虞也配合著將笛音突然中止，使得整個蓮池突然由動到靜，連池邊草叢中蛐蛐細微的叫聲也變得響亮了起來。

正當大家以為這一齣【洛神】已然完結，正要起身喝彩的時候，花子好和唐虞極快地交換了一個眼神，默契地又各自開始動了起來。

「若論最美，不過洛神。其形如何，且聽我表。」子好唸白了這一段，緊接著唐虞也吹起了柔緩的笛音，恰到好處的配合，就好像是渾然天成一般，任誰也無法想像他們直到前一天才開始合練。

沒有讓席間賓客喘息的機會，子好緊接著便唱開來：「論身形，她穠纖得衷，修短合度。肩若削成，腰如約素。論肌膚，她延頸秀項，皓質呈露，芳澤無加，鉛華弗禦。論容貌，她雲髻峨峨，修眉聯娟，丹唇外朗，皓齒內鮮。論姿態，她柔情綽約，媚於語言。奇服曠世，骨像應圖！」

合著子好這一段快節奏的唱段，唐虞的笛音也快馬加鞭地層層疊進，卻在那樣讓人幾乎無法呼吸的氣氛中，偏生帶出了一絲難得悠遠暢快的感覺。

有了子好時而婉約如女神，時而靈動如少女的獻演，又有了唐虞綿長不絕，妙音如仙的伴奏，席間賓客只覺得這場戲看下來看酣暢淋漓，欲罷不能。

子好唱到此處，只覺得好像自己就是那洛神，洛神也就是自己，於是目色高遠地望向前方邈邈的夜幕之中，略抬起了下巴，將靈動輕快轉成了低吟淺唱。「遺情想像，顧望懷愁。冀靈體之複形，禦輕舟而上溯。浮長川而忘返，思綿綿而增慕。夜耿耿而不寐，沾繁霜而至曙。命僕夫而就駕，吾將歸乎東路。攬騑轡以抗策，悵盤桓而不能去也！」

伴隨花子妤一個乾淨俐落的收尾之音，唐虞的笛音也恰到好處地戛然而止！

原本妙若仙音的吟唱如今已然結束，席間賓客似乎完全沒有反應過來，還癡癡地看著戲臺之上那一襲如銀瀉玉的藍裙女神，腦中回味著、回味著……連喝彩，也幾乎給忘記了。

「子妤，妳直接下臺，不用謝場。」唐虞在一邊小聲地提醒了一句，子妤回頭給了他一個「我明白」的微笑，復又轉身，深深地看了看正前方的位置，這才半屈膝福了福禮，便轉身移步下了戲臺。

見蓮池中央的戲伶退場，賓客們才紛紛回神過來，連綿不絕的喝彩聲如驟雷般突然響起，直到子妤的身影完全沒入了戲臺之後，竟還久久不絕……

首座賓席內的皇帝卻還是一直默默地盯著已然無人的戲臺，不知在想些什麼，眼神中透出了無比複雜的情緒。

身邊的諸葛敏華驚訝於子妤在臺上好像完全變了一個人，那樣的靈動敏秀，讓人看著挪不開眼。

或許是發現了身邊人的異樣，諸葛敏華屏退左右，為皇帝斟了一杯淡淡的香茶，略溫帶涼的口感，讓皇帝喝下之後終於有了反應，半晌竟吐出一句話：「朕這輩子，從未這樣後悔過……」

諸葛敏華沒有答話，只靜靜地在一旁，取了一支美人團扇，輕輕為皇帝驅蚊送涼。

「敏華愛妃，妳是否已經猜到了？」

冷不防，皇帝突然又說出了這句話，讓原本冷靜默然的諸葛敏華一驚，手中團扇都幾乎掉落在地上。「皇上何出此言？臣妾猜到了什麼？」

臉上帶著一抹倦意，皇帝冷冷一笑。「妳對子妤如此青睞，甚至將朕賜給妳的銀絲紗綢這等稀世罕見的珍貴衣料都當作禮物給了她，難道僅僅因為她是個微不足道的戲伶或者秀女嗎？」

「皇上……」

諸葛敏華話剛出口，又被皇帝打斷。「又或者，妳認為朕年紀大了，看不出妳有意在朕面前將老二說得好像有意於子妤？」

「臣妾不敢！」

不敢再辯解什麼，諸葛敏華一下子就跪在了皇帝的面前，那種惶恐、敬畏，絲毫不見人前貴妃娘娘的氣勢。

「妳有什麼不敢的？當年就連朕，妳也敢猜度、敢算計。」皇帝冷冷地看了一眼諸葛敏華，眼角的皺紋不自覺地就深刻了幾分。

諸葛敏華眼眶紅紅的，使勁兒搖著頭。「臣妾不過是猜出了子妤的身分，皇上又何須翻出當年的事兒來怪罪臣妾。」

擺擺手，皇帝不想再聽諸葛敏華的哭訴。「罷了，當年是朕沒能給妳許諾的皇后之位，也算是朕對不起妳。可子妤，她並非皇后所出，只不過是朕當年的一個紅顏知己遺留世間的女兒。朕知道妳已經調查得清清楚楚，那就告誡妳一句，若妳還想讓妳的兒子繼續穩坐儲君之位，就代替朕好好照顧子妤吧，是出自真心的照顧，而非帶著任何利益、任何目的。妳可願意？」

沒想到皇帝竟會說出這樣有些服軟的話，諸葛敏華一愣，驕傲的自尊心似乎被皇帝給捧了起來，滿心的委屈都化為了感動。「皇上放心，臣妾早已將子妤看成晚輩在照顧，撇開她的身世，也是真心喜歡這個單純練達的乾淨女子。以後，臣妾會通過內務府好好照拂她的。至少，會幫她圓了『大青衣』這個夢的。」

表白完決心，諸葛敏華當即就被皇帝攙扶了起來，畢竟兩人多年枕邊人的默契並非一朝一夕，先前的對話也讓兩人一直橫在心中的隔閡瞬間釋懷了。

「來人！」諸葛敏華朝皇帝點點頭，這才轉而大聲地喊道：「傳本宮的話，賜花子妤二百兩賞銀，並賜宮緞十匹、妝花六對、東珠三顆。」

接了諸葛敏華的吩咐，外面候著的小廝按照慣例朗聲唱和了起來：「貴妃娘娘賞花子妤銀二百兩、宮緞十匹、妝花六對、東珠三顆……」

有了諸葛敏華的帶頭，在場賓客紛紛慷慨解囊，賞銀如流水般地往戲臺上送去，不一會兒就像小山似地堆滿了花家班候場的圍間裡頭。

喧鬧過後，吉時已到，皇帝親自主持了婚宴的開宴儀式。

一時間，大家在席間所談論的焦點都集中在先前暖場時上臺獻演的花子妤，幾乎所有驚豔的辭彙都被眾人用在了她的身上。

有些沒看到的賓客則無比遺憾，有些趕來看到半場的更是意猶未盡，而有幸看完整場演出的賓客，則津津樂道，不遺餘力地為其他人講述著其中的細節。

好像大家都忘了，今日的主角是大婚的福成公主，而非那個在公主婚宴上暖場獻演的小小戲伶——花子妤。

章一百九十九　她是何人

福成公主盛大的婚禮結束了，但市井街巷間卻圍繞著婚宴當晚那一場驚豔絕倫的演出而繼續談論著。

「花子好」的名字被人不斷的提及，關於她的一切都成為了大家所好奇的。一時間，花家班的生意更是好得不得了，不僅一樓廳堂內每晚都被擠得水洩不通，二樓、三樓的各個包廂更是京中貴人們排著隊提前預訂的，幾乎沒有空檔。

花夷倒是樂於見到這樣的情形，可客人們每次來都問同樣的問題，無非是什麼時候能請花子好和唐師父合演一齣【洛神】之類的……負責的人回答同樣的問題說到嘴皮子都磨破了，花夷自己也被相熟的貴客們問得煩不勝煩。

偏偏兩個始作俑者卻都待在宮裡，一個在皇子所悠閒地做老師，一個在後宮學規矩，等選秀大典。花夷眼看著能乘勢直接擊垮另外兩家戲班的機會就這樣白白錯過了，卻又沒辦法，只盤算著花子好很快就能有結果，便日日向老天爺祈禱一定得讓花子好落選回戲班，不然，可就虧大了！

卻說唐虞和花子好兩人結束了在公主府的諸般事宜，之後又尋了機會見了一面，各自說了不少貼心話，約定之後再見面，便也就此分開了。

好事也能傳千里，有了在福成公主婚宴上獻演的經歷，花子妤在秀女中贏得了不少豔羨的目光，大家隱隱以其為尊。一時間，敏秀宮裡包括茗月等人在內的花家班戲伶都成了紅人，周圍總是圍繞著不少的大家閨秀打聽戲班的事兒。

只是這裡面有一個人卻顯得極其彆扭，那就是諸葛暮雲。

諸葛暮雲身為諸葛家的嫡長孫女，福成公主大婚那日也是受邀參加了婚宴的。眼睜睜看著唐虞竟願意為花子妤登臺伴奏，她心裡頭的震驚和不解怎麼也難消散。

她對唐虞說不上瞭解，可是卻通過下人打聽了不少關於他的脾性和習慣，比如他除了幾年前一次緊急救場之外，這些年來從未登臺過；不是他不能，而是他不喜，他寧願安安靜靜地斟酌戲文，教習學生，也懶得在人前展露自己，以免惹來不必要的麻煩。

可為了這個半路徒弟的首場獨演，他竟執笛為其伴奏，並出現在了戲臺上，襯托出花子妤的演出，讓全場驚豔。

若單單是師徒情分，哪裡可能讓他打破自己所定下的規矩，做出如此違反常態之舉？

而腦中想起那一夜的情形，諸葛暮雲總覺兩人的默契絕非一朝一夕能培養出來的，還有兩人在戲臺上偶爾不經意的眼神相遇，是那樣自然而然、毫不做作。

咬住唇瓣，諸葛暮雲將手中已經握了許久的茶一飲而盡，卻沒發現入口的茶水竟已經徹底地沒有了溫度，涼涼的，從口到心，竟讓這暑氣裡平白生出一絲寒意。

在敏秀宮下了課，子妤找到諸葛暮雲一同回去雲華殿，諸葛暮雲只說另有事兒，讓子妤先行離去。饒是花子妤再細心，也沒能看出諸葛暮雲的不妥，便單獨往雲華殿而去。

一路上，子妤遇見了不少的後宮妃嬪，她們見了她，無不露出好奇的目光，似乎在努力將她的樣子和描述中那個洛水而出的女神扮相聯繫在一起。

對於大家對她的議論和好奇，子妤心態平和至極，身為戲伶，總是要被人不斷提起的，關注越多，表示名聲越顯。雖然子妤只想好好唱戲，不願和人應酬，可只有讓大家都關注她，將來才有機會成為名伶。

回到琅嬛居，子妤換下秀女宮裳，換上一身柔軟清爽的舊衣裙，提了繡籃子在手，點燃一個薰爐驅蚊，便坐在門邊的廊上開始動手做衣裳。

上次蒙諸葛敏華所賜，子妤挑了一匹宮緞，準備給唐虞做一身衣裳。畢竟他現在是皇子所的老師了，若穿得太過寒酸，勢必會被其他的老師瞧不起。正好有了諸葛敏華賞賜的十匹宮緞，子妤借花獻佛，也順帶用來打發時間。

「子妤姑娘，您這是在給何人做衣裳啊？」伺候琅嬛居的蘭嬤嬤見狀，便湊了過來。

「是做給唐師父的。」子妤也不避諱，至少身為弟子，給師父親手做衣服也不算是什麼大事兒。

蘭嬤嬤見這錦嵐宮緞的料子密實不說，觸手還如水般順滑，連連讚嘆：「奴婢以為娘娘只是隨手賞姑娘十匹宮緞，卻沒想到，連錦嵐緞這樣進貢而來的好東西都捨得拿出來呢。」

子妤並不清楚這宮緞的價值，隨口問道：「這宮緞叫錦嵐緞嗎？」

蘭嬤嬤點點頭。「這錦嵐緞是一個叫做錦嵐坊的鋪子製造的，那鋪子每年只能製出一百匹這樣上好的錦緞，所以才以鋪子名來命名。不論是京中貴婦，還是地方富戶的女眷，無不以擁有這錦嵐緞做的衣裳而驕傲呢。」

「這錦緞竟如此貴重……」子好愣住了，這下才知道手中這錦嵐緞的珍貴，不由得思索了起來。

看來諸葛敏華如此厚待自己，應該是心裡已經有了答案吧。

暑意漸濃，宮裡迎來了兩年一次的選秀大典。

待到殿選那日，天未亮，宏嬤嬤就讓宮女將秀女們全叫了起來，為的就是沐浴淨身。因為秀女身上不得帶香，更不許塗脂抹粉，只能以素顏示君。

臨近殿選，更是要求秀女們身上一丁點兒味道都不能有，否則就是冒犯天顏。上百人忙著沐浴更衣下來，待大家都整理好了，太陽也終於露出了頭。

不過辰時初，上百位秀女就齊齊聚在了乾聖殿，等待殿選的到來。

其實殿選很簡單，宏嬤嬤之前也反覆講解了過程和要注意的事項。

秀女入殿不得正視龍座，須頷首埋頭，噤聲不語，雙手交握在前，露出手掌。由內侍逐個叫喚秀女的名字，聽見自己的名字便上前一步，行禮請安。

請安之後若皇上或貴妃娘娘均無人提問，則立即退下，不得主動出聲或抬頭。

秀女們十人一組，被分為十組按順序入殿面聖接受挑選。花子妤的號牌是五十九位，與同住一個院落的茗月、劉惜惜，還有李文琦等人正好組成了十人的一組。

隨著隊伍緩緩向乾聖殿移動，子妤估摸著依這個速度要輪到自己，至少是半個時辰之後的事了，這才理解為什麼要辰時初就開始進行殿選，若是晚了，恐怕這些嬌嬌弱弱的千金小姐們都要被太陽給烤融了，哪裡還有精力應對皇帝和後宮諸妃的審視呢？

因為不許等候的秀女交頭接耳，子妤只好眼觀鼻、鼻觀心，盯著面前的雕花青石發呆，腦中卻不由自主地想到了唐虞。

又是許久沒見，子妤為唐虞親手做的衣裳早就送了過去，只可惜未能當面交給他，也不知合不合身。

皇帝已經下令，讓唐虞在翰林院領了職，但礙於他乃是前朝貴臣的後裔，所以僅給了個虛職，並無品級。只是唐虞必須得住在皇子所，每月僅有三天時間沐休，將來要見面也是有些難的。

子妤想著今日選秀過後便能回到戲班，和弟弟還有止卿等人見面，心裡頭對唐虞的思念便沖淡了些。

想起終於能離開，於是枯燥無味的等待似乎也變得輕鬆了起來，子妤唇角微翹，乾脆默誦起《詩經》來，打算回到戲班後把自己所能記得的都寫下來，交給唐虞改編成新戲……

就這樣在「窈窕淑女君子好逑」、「之子于歸宜其室家」等等的詩經句子中，花子妤終於踏入了乾聖殿中。

雖然一直埋著頭跟著內侍走，但花子好還是能感受到乾聖殿所瀰漫的氣氛——安靜、肅穆、威儀……還有些許的憋悶。

待十人站好，負責唱名的內侍已經開始用著有些尖細的嗓子朗聲道：「李文琦，二品侍郎之嫡女，上前覲見——」

皇帝自這一組秀女進入大殿後就一直將目光鎖定在花子好的身上。見她神色沈靜，眉目微垂，絲毫沒有先前那些待選秀女的緊張和焦慮，心中默默地嘆了嘆，只覺得不曾有這樣的女兒在身邊長大，實在可惜。

此時聽見這個名喚李文琦的秀女上前見禮，皇帝收回了目光，只見得穿著粉色秀女宮裳的李文琦上前跨出一步，半頷著首，露出一抹尖尖如夏荷般的下巴。只聽她用著軟軟的聲音道：「小女子李文琦，見過皇上。」

身姿如柳卻細若無骨，這是皇帝對李文琦的第一印象。而那張半頷著的臉上明顯露出幾分蒼白，讓皇帝有了些許的好奇，不由得開口問道：「李文琦……侍郎之女……莫非妳是李昭儀的堂妹？」

李文琦聽見皇帝竟詢問起自己來，不由得精神一振，略微將頭抬起了些，但目光還是不敢直視聖顏。「回皇上，小女子正是李昭儀的堂妹。」

「抬起頭來。」皇帝這兩年最寵李昭儀，今日見到她的堂妹，不免有些關注。

依言緩緩抬頭，李文琦克制住自己既緊張又興奮的情緒，綻出了一個自認為最自然、最完美的笑容。

「嗯，果真有幾分相似，只是李昭儀要圓潤些，妳實在有些瘦弱。」皇帝看了李文琦，只覺得姿色上似乎和李昭儀差不了多少，但這個李文琦臉色過於蒼白，便沒了什麼心思。

而一旁端坐的諸葛貴妃卻眼波一轉，開口道：「皇上，臣妾看這個柔弱的李文琦倒是需要憐惜的，不如收了她，也好給李昭儀作個伴。」

被諸葛敏華一提醒，皇帝倒覺得這個主意不錯，畢竟李昭儀入宮兩年還未曾生育，自己又不能時時相陪，若能留下堂妹李文琦，平日也能為她解解悶。

想到此，皇帝點點頭，算是同意了諸葛貴妃的建議。

「李文琦，留牌——」負責唱名的內侍適時地高聲報了起來，順帶將屬於李文琦的牌子從綠色的托盤中挪到了紅色的托盤中，再在名冊上用朱墨將她的閨名畫了個圈，算是完成了留牌子的手續。

因為之前惹得諸葛貴妃不悅，早就已經絕望的李文琦完全沒有想到此時她會幫自己說話，驚訝之下再聽見自己被留牌，頓時柳眉微揚，抑制住心裡的狂喜，緩緩又屈膝福了福禮，這才退下去。

對於諸葛貴妃主動提議留下李文琦，子妤聽在耳裡，幾乎立刻就明白了對方的用意，不由得暗暗嘆了口氣，覺得這後宮爭鬥果然一如史書上所記載，的確複雜得很。

很明顯的，諸葛貴妃是想讓李文琦留下來和那個李昭儀爭寵罷了。可惜李文琦身為炮灰卻不自知，真是可憐……

花子妤排在這十人裡頭的後段，還輪不著她。李文琦之後，又有四人依次出列接受點選，可惜因為無過人的美貌，也無李文琦那樣和後宮的牽連，便無一人被留牌。

「茗月，花家班五等戲伶——」

聽到自己的名字被唸出來，茗月驚了一下，趕緊邁了一步上前。「小……女子茗月，見過皇上。」

茗月姿色平常，身段也不出挑，所以待了三息時間沒有聽到皇上或任何貴人的垂詢，便自顧自地鬆了口氣，乖乖地主動退下了。

「劉惜惜，花家班五等戲伶——」

茗月過後，便是劉惜惜了。

聽見劉惜惜的名字被唸出來，子妤不自覺地眼皮一跳，總覺得有什麼不妥。

章二百　事不由人

乾聖殿的龍椅上，皇帝端坐著，目光沈靜地一一審視著今屆的秀女，看得多了，未免有些疲憊，剛一抬手揉眼，身邊的諸葛敏華就會適時地親手遞上一杯溫茶，換來皇帝難得柔和的微笑。

一直在斜下首坐著的諸葛敏華比皇帝更累，不但要伺候著皇帝，還得仔細地察言觀色，發現皇帝眼神稍微停留的，便主動讓禮官留了牌子。從大清早到現在，已經有四十多個秀女結束殿選，可被留牌的不過四人。

同樣受邀來參加殿選的還有大皇子的生母宸妃、二皇子的生母淑妃，另外幾家有未娶妻的宗親王府也來了幾位王妃，準備在皇帝和幾位妃子挑剩下的人裡頭尋個合適的兒孫媳婦人選。

待輪到花子妤這一組十人，打頭的李文琦就被留了牌子。還好茗月容貌姿色均屬平常，並未惹得任何貴人注意，算是安穩過關了。

輪到劉惜惜，花子妤自然是知道她心中所想的，也幫她側面給諸葛敏華求了情。雖然諸葛敏華滿口答應幫忙，可不知道為何，見劉惜惜一站出來，一股有些不祥的預感就這樣在心裡頭蔓延開來。

「小女子劉惜惜見過皇上——」

身著粉色秀女常服的劉惜惜面容端秀、體態勻稱，多年的旦角練習使得她一舉一動都帶著柔軟的感覺。

心中的緊張溢於言表，劉惜惜有些忐忑地將頭埋得更深，只盼著諸葛貴妃能記得當初約定，將自己留下來賜做女官。

諸葛敏華一看到劉惜惜就想起她曾經的請求，主動道：「皇上，臣妾看這個劉惜惜倒是乾淨大方，尚宮局老是抱怨人手不夠，所以臣妾這次得留心幫她們多選幾個合適的人。眼看後面也沒多少選擇，不如把這個劉惜惜先留下，賜到尚宮局去做事兒吧。」

「尚宮局？」皇帝看了諸葛敏華一眼，發現對方表情自然，並無半分徇私的感覺，便對著劉惜惜道：「妳若願意，倒也未嘗不可。」

「小女子願意。」劉惜惜哪裡肯錯過這個機會，趕忙表明心跡。「小女子願聽從貴妃娘娘的一切安排。」

「本宮看得出妳是個踏實的，好好做事兒，將來榮放出宮，也能覓得一個好郎君的。」

諸葛敏華話裡的意思已經十分明顯，就等皇帝點頭，劉惜惜做女官的事就板上釘釘了。

或許是沒想到事情能如此順利，劉惜惜略一放鬆，不經意間唇邊就綻放出了一抹若春風拂柳、桃花初綻的微笑，雖然是半埋著頭的，可那側臉露出的淡淡笑容，就已經足夠讓人驚豔沈醉了。

坐在上首的皇帝和諸葛敏華因為高高在上，自然發覺不了，可坐在下首兩邊的幾個妃嬪還有皇子們卻看得一清二楚。

「皇上，這樣一位嬌滴滴的美人兒若被送去尚宮局豈不可惜了。不如留給大皇子做個側室，倒是挺合適的。」從頭到尾默默不語的宸妃竟搶在了皇帝答應之前主動開口要起了人來。不為其他，只因身邊同坐的兒子伸手在自己胳膊上掐了掐，催著自己去討人。

見諸葛敏華盯著自己，宸妃笑笑說：「貴妃娘娘，惜惜姑娘的名字光聽就讓人有種想要捧在手心裡疼的感覺呢。賜去尚宮局做女官，未免委屈了人家。」

諸葛敏華看了一眼宸妃。「妹妹的意思是？」

「剛剛我不是提了嗎，想收了惜惜姑娘來照顧大皇子。」宸妃雖然有些畏懼諸葛貴妃，但為了兒子的喜好，此時不爭，之後難免會被兒子所埋怨。而且她認為劉惜惜不過是戲班的戲伶罷了，也不是留給皇上的人，諸葛敏華應該不會和自己起衝突才對。

可諸葛敏華覺得這是面子問題，況且她也答應了花子妤要幫劉惜惜如願，豈能反悔，當即便道：「剛剛妹妹也聽見惜惜姑娘的話了，她願意去尚宮局做女官，若是賜了大皇子為側室，恐怕不太妥當。」

「女官有什麼好做的，又辛苦，還得待到二十五歲才能出宮嫁人，一點兒前途也沒有。」宸妃看得出諸葛貴妃有些不悅，忙解釋道：「若跟了大皇子，雖然是側室，但榮華富貴也能享之不盡，豈不比做個女官強？」

「強扭的瓜可不甜。」諸葛貴妃勾起唇角，只笑道：「這樣吧，不如還是問問惜惜姑娘的意見，看她如何選擇。」

下首立在那兒的劉惜惜將嘴唇咬得死死的，她完全沒想到自己原本已經板上釘釘的命運會發生轉折，只能硬著頭皮道：「小女子別無所求，只願為女官。」

「哼！真是沒長腦筋！」宸妃腹誹了兩句，但也知道強要了她過去給自己的兒子只會被皇帝看不起，又被諸葛貴妃恥笑罷了，便不再作聲。

「好了，帶她直接去尚宮局報到吧。」諸葛貴妃揮了揮手，這個意外算是告一段落了。

禮官見劉惜惜還愣在那兒一動也不動，忙上前催道：「劉惜惜姑娘，請這邊走。」

「小女子謝過皇上。」依照先前所教的禮儀，若被留中，要向皇帝伏地鞠躬行禮，劉惜惜雖然語氣有些許的激動，但還是恭敬地行了禮。

花子妤方才直為劉惜惜捏了一把汗，見諸葛貴妃態度強硬地助她完成心願，終於也鬆了口氣。

有意思的是，陳芳和胡杏兒竟雙雙被兩位皇室宗親的太夫人看上，求皇帝賜給自己的庶孫做側室。

其實這也並不奇怪，花家班是宮制戲班，戲娘從小接受的培養就和世家裡的千金小姐們不同。除了能唱戲，還見過更多世面並具備與人打交道的能力，這樣的女子娶回家，做庶出子弟的身邊人是最合適不過的；既沒有娘家人給撐腰，也懂得進退之禮。

且在皇室宗親和世家大族裡，庶出子弟的地位是有些尷尬的，大家閨秀若是嫡出，自不會配個庶出的夫君，而小門小戶家的小姐對於皇室宗親們來說又有些上不了檯面，所以宮制戲班的戲娘確實是滿合適的選擇。

子妤知道，這對於陳芳和胡杏兒來說，的確也是最好的歸宿了，心裡也默默替她們感到高興。

就這樣又過了兩人，終於殿中就只剩下花子妤一個人了。

「花子妤，花家班五等戲伶——」

聽見自己的名字被喊出來，子妤輕輕上前了一步，端端正正地福了一禮。「小女子花子妤見過皇上。」

合身的秀女宮裳襯出纖細高䠷的優美身形，花子妤甫一開口，圓潤中帶著幾分靈動清脆的聲音便響了起來。

一見她的人，再聽她開口說話，頓時殿中肅穆安靜的氣氛被打破了。

「花子妤」這三個字可是近來京中貴人圈裡的熱門名字。特別是現場這幾位受邀來挑人的宗室貴夫人，幾乎都曾在福成公主的婚宴上看過花子妤的獻演，對她印象自然是極為深刻的。

此時能如此近距離地看到她，許多夫人都露出了極為感興趣的表情，相熟的更是忍不住低聲交頭接耳起來，議論著臺下的花了妤看起來和臺上區別並不大，的確有著一股淡然靈秀、一如仙子般的靜謐氣質。而先前挑了陳芳和胡杏兒的兩位貴夫人更是後悔不已，只怪自己眼拙，竟沒能看出來最後那個不起眼的女子就是「花子妤」。

位於上首的皇帝看到花子妤頷首立在自己的面前，也想起了那晚她絕美驚豔的演出，無論是唱功還是演出的意境，她和她的母親花無鳶都有很大的區別。花無鳶是一種豔麗到極致，讓人無法不被吸引的美；而花子妤，她的美淡然宛若這夏日裡的涼風，分明看不到一絲痕跡，可若是仔細去感受，卻會讓人有種拂面而來的舒服感覺。

就在皇帝暗自感慨的這一瞬間，不覺三息時間已經過去了。

看到皇帝並未開口詢問，可眼神卻牢牢鎖在了花子妤的身上，那些原本躍躍欲試的貴夫人們又有些猶豫了。

章二百零一　升為一等

花子好垂手而立，背脊卻挺得很直，讓人有種無法看輕她的感覺。

面對著自己十六年來不曾過問的女兒，皇帝腦中不斷閃過對花無薦記憶的片段，有些心痛，有些難捨，紛紛亂亂，最後都匯成了一道複雜的目光，聚在了花子好的身上。

花子好已經站立了遠遠超過三息時間，但禮官揣摩著皇帝的表情，哪裡敢讓她退下，只好求助似的往諸葛貴妃那邊看。

諸葛敏華看出了皇帝的失神，也看出了下首各位貴夫人們的疑惑，小聲提醒道：「皇上，子好姑娘還等著呢，若不留，便讓她退下吧。」

點點頭，皇帝表示自己知道了，可表情還是明顯地有些唏噓。

他知道子好志不在富貴榮華，只願意回到戲班繼續唱戲，就像她的母親一樣，執著於「大青衣」的封號，不惜耗盡一切……

諸葛敏華掃了一眼下首的幾位妃嬪和貴夫人們，發現她們已經看出了皇帝的不對勁兒，開始低首私議起來，便連忙又出聲提醒道：「子好姑娘在戲曲之道上可是難得的人才，不如就此讓她回戲班，繼續好好唱戲吧，其他人也不用再挑了。」

若非諸葛敏華提醒，皇帝已經忘了下頭還有人等著挑選秀女這回事，不由得神情嚴厲地掃了掃下首，果然發現她們都對花子妤有著濃厚的興趣，便道：「准貴妃請奏，花子妤直接發返花家班，並擢升為一等戲伶！」

「一等戲伶?!」

聽見皇帝下旨，不但花子妤愣住了，下首那些妃嬪和貴夫人們也有些沒回過神來。

本朝宮制戲班的戲伶就如後宮女官差不多，有著嚴格的等級制度。一般進入五等的戲伶都要由三家宮制戲班報送內務府進行登記，然後每年的升等均由各自的戲班來考核，內務府只負責將名冊重新整理便是。但各家戲班的一等戲伶人數，內務府都嚴格規定了人數，若沒有退下的，便不能進新的。

而一等戲伶的名額，從來只能是二十人。

之所以要規定人數，是因為戲伶到了一等便和普通戲伶有了區別，嚴格意義上算是後宮的人了。他們每個月都能領取一份內務府發下的俸祿。相對的，宮裡平日或特殊節慶的演出，都要從這些戲伶裡面來挑選人。

因為一等戲伶會經常出入後宮，所以內務府是逐個查了上三輩身家的，半點不容出錯，畢竟戲伶這區塊是最容易混進刺客以及外族的探子之類，必須管得嚴格些。

若是按照現在的人數，二十個名額早就被三家戲班均分完了，哪裡還有空缺給花子妤?!

這些規矩，花子妤清楚，皇帝清楚，各妃嬪貴夫人清楚，禮官清楚，諸葛敏華更清楚！因為內務府就是她直接管轄的。

不過既然皇帝下了旨，規矩就必須得改，諸葛敏華只好點頭道：「臣妾下來就讓內務府把子好姑娘記入一等戲伶名冊。」

大家的猜測被打破，沒想到皇帝竟然讓花子好回戲班，並升了她為一等戲伶，除了面面相覷，眾人也只好就此作罷，不敢再打花子好的主意。

帶著複雜的情緒從乾聖殿退下，花子好看著在側殿裡一個個垂頭喪氣被撂了牌子的秀女們，也沒什麼心思去和大家說話。只找到茗月，兩人尋了個僻靜的角落端坐著。

對面的茗月因為落選了，心裡頭一下失落一下又慶幸，自顧自的說著話，子好也心不在焉地聽著，同時想起先前皇帝的話。

其實花子好是不願意就這樣成為一等戲伶的，可皇帝既然都下了旨，就絕不可能再收回去。她知道皇帝是在暗地裡幫她，對於這份帶著親情關切的禮物，或許坦然接受才是最好的方法。

只是這樣一來，等自己回到花家班的時候必然會掀起一陣風浪，恐怕又是一番累人的周旋。

好歹這次入宮之行總算解了多年心結，自己也從裡頭得了些好處，花子好嘆了口氣，也就不再多想，只靜靜地坐著，等待宏嬤嬤來領了她們回去敏秀宮，然後第二天就能出宮了。

兩年一次的朝廷選秀終於落幕。本屆應選秀女上百人，最後僅六人留牌子，得以留在後宮伺候聖上。

不出所料，諸葛家嫡孫女、諸葛貴妃侄孫女的諸葛暮雲中選，得賜為昭儀。甫一入宮就成為九嬪之首，使得諸葛家再度成為朝中眾人議論的焦點。另外，李昭儀堂妹、兵部侍郎府千金李文琦也中選，得賜為美人，這也讓人紛紛猜測，李家或許會成為下一個諸葛家，畢竟姊妹二人都能隨侍在皇帝身邊，這份榮寵必然會為李家帶來更大的前途。

至於另外的四人，則分別是朝中各股肱重臣家的女兒，均一併被賜為寶林。

除此之外，秀女中有十三人被賜各宗親侯府，四人入尚宮局為女官，十人入內務府為宮女。

各界所矚目的選秀大典至此算是圓滿落幕，而喧騰熱鬧了多時的敏秀宮也恢復了往日的空寂清冷。

二百零二章　各歸各途

選秀大典結束後的第二天一大早，落選的秀女們就被叫起床，梳洗沐浴一番，將秀女宮裳歸還，換上來時所穿的普通衣裳，這才依序排隊登上了和來時一模一樣的半舊紅轎，搖搖晃晃地被各自送回了來處。

坐在搖擺不定的轎中，子妤閉著眼，此時心情放鬆，只盼著能早些回到戲班，回到自己的屋子裡好好睡上兩天的大覺。

可剛坐上轎子沒多久，子妤就感覺身子一頓，轎子竟毫無預警地停了下來。

撩開簾子，子妤正想問怎麼回事，卻發現一輛極為精美別致的輦車正停在不遠處，而所有抬著秀女的紅轎都一併停了下來，在宮門外形成了一條別樣扭曲的「紅龍」。

一個身穿高階太監服飾的公公走上前來，對著子妤拱手一拜。「請子妤姑娘下轎。」

花子妤揉了揉有些惺忪的睡眼，此時也顧不得猜測，忙回到轎子裡頭理了理衣裳，這才掀開轎簾，從轎中走了出來。

此時，其他轎子上的秀女們已經有好些悄悄撩開簾子往花子妤這邊看過來，大家都在好奇，都已經要離開了，為何花子妤卻被攔了下來。

見花子妤下轎來，那位公公伸手指向那座豪華繁複的輦車。「子妤姑娘，這邊請。」

看了看那座輦車，有金龍纏繞，異常繁複華美，子妤心裡頭暗道，莫非是皇帝想要親自來送自己一程？

正想著，花子妤已經隨著那位公公來到了輦車前。

「姑娘請上車。」公公說著，旁邊站立的一個小太監趕忙在輦車前蹲下來拱起後背，為花子妤做踏腳的「人凳」。

有些不習慣這些作踐人的規矩，子妤見輦車雖然高，卻還不至於上不了，便一腳踏在車輪前突出的一根橫欄上，再伸手抓住車架上頭的扶欄，藉著力道俐落輕巧地便登了上去。

見此情形，那位公公愣了愣，似乎還從未見過有女子會如此上車，嘴都直接張開了一半，露出白白的牙齒，暗自感嘆：果然是戲班出來的女子，與眾不同，身手不凡啊！

翻身上了輦車，花子妤被一個半跪在簾子前的太監伸手扶了扶。「姑娘，請入內。」太監說著，替花子妤撩開簾子的一角。

抬眼，子妤看到了端坐在裡面神色肅然的皇帝，臉上毫無意外的表情，也沒有耽擱，直接弓著身子進了這座外表和內裡都極為奢華精巧的輦車。

雪白的絨毯幾乎讓人感覺不到車板的硬度，花子妤面對皇帝，正要跪下福禮，卻被皇帝伸手扶住了。「坐下吧，這裡面只有朕和妳，不用再多禮了。」

看得出皇帝是真心話，子妤便收起了姿勢，就地盤腿坐下。「皇上專程在此攔下小女子的轎程，難道不怕被人議論嗎？」

淡淡的笑了笑，皇帝直直地看著子妤。「有時候，朕覺得妳真的和妳母親很像，可有時候，妳卻比妳母親多了小心翼翼，少了灑脫不羈，她從不害怕被人所關注議論，她生來就是會吸引人的注意力的。這點，妳應該向她學習學習。」

聽見皇帝用著如此平易近人的口氣和自己說話，子妤一時有些難以接受。「我生下來就沒有見過母親是什麼樣子，自然無從學起。」

「妳心裡，可曾有過怨恨？」皇帝並未因為子妤的態度而改變說話的語氣，反而愈加地柔緩下來。

子妤勾起唇角，淡淡道：「皇上何出此言？」

皇帝眼底閃過一絲刺痛，話音裡帶著幾分悵然。「妳那樣聰明，應該知道朕所言為何。」

「子妤不過一介戲伶，無父無母，無依無靠，若說不羨慕別家的和樂融融那是假的。可從小我就知道，有些東西是羨慕不來的，我已經有了一個弟弟能陪在身邊已是萬幸，又何苦去想那些虛無縹緲不切實際的東西呢。」

平靜地說出這些話，子妤略垂下了目光，又繼續道：「皇上說小女子聰明，其實，小女子只是明白一個道理。」

「什麼道理？」或許是沒有預料到花子妤會如此淡漠平靜，皇帝卻顯得有些急切地插了話。

抬眼，眸子中閃著一抹略帶傷感的情緒，子妤緩緩道：「皇上是天子，所肩負的職責是治理國家，為民分憂。女人，對於皇上來說或許是閒暇無聊時的點綴，或許是生兒育女、傳承皇嗣的工具，卻絕不會是佔據你內心的磐石。當年，母親選擇離開，應該也是想明白了這個道理吧。」

皇帝目光微聚了一下，似有許多話堵在胸口沒法說出來，半晌才道：「能不能告訴朕，妳母親是怎麼去世的？」

搖頭，子妤被皇帝這樣真情流露的神情給愣了一愣，片刻才回答道：「我和弟弟從小被古婆婆養大，她從未告訴過我們真相，我們也從未有過任何關於母親的記憶。」

雙手握拳，手背上幾乎看得到暴起的青筋血管，皇帝似乎在強忍住內心不斷湧起的悲意，喘氣聲也越來越大。

「皇上其實大可不必這樣。」子妤見他情緒有些激動，反而自己的內心逐漸放鬆下來。「雖然古婆婆沒說，但我知道，母親大概是生下我們姊弟之後便去了。她之所以會絕然離世，多半也是因為放不下一些東西。」

「放不下？」皇帝看著子妤，那眼神裡竟有些期待。

看著皇帝表情，子妤心想，或許當時他是愛過花無鳶的吧，否則，這麼多年過去了，就算是一道深深的傷口，也早該癒合了才對，便道：「她離開你，並不是因為不愛，而是太愛卻無法完全擁有，所以才選擇離開這個讓她失望的世界。所以，其實我心裡是恨她的。」

「別恨她。」皇帝有些激動地伸手一把握住了子妤的手臂。「別恨妳母親，是朕的錯，朕一直覺得無法看透她，無法掌握她，所以當她選擇離開的時候，並沒有用盡心思去挽留。所以，妳要恨，就恨我吧。」

「小女子不敢。」子妤輕輕拂開皇帝的手。對於眼前這個身穿龍袍的男子，子妤多多少少還是有一絲父親的感覺，可她心裡清楚明白得很，他是皇帝，是千萬子民的依託，卻絕對不是自己的「親人」。

略微調整了一下自己的情緒，皇帝的臉色隨即收斂了不少，只嘆了口氣，說道：「朕知道朕沒有任何資格去干涉妳什麼，可朕真的想要彌補你們姊弟。妳若有什麼要求，現在便提出來吧，大青衣或者田宅錢帛，任何要求朕都會滿足妳的。」

原本還有些感動的心突然就涼了下來，子妤冷笑著看向皇帝，淡淡道：「小女子有吃有穿，錢財上的確不需要任何的施捨。而『大青衣』的稱號，我也會靠自己的努力去爭取，實至名歸，以完成母親的遺願。如果皇上覺得愧疚，那就記住，這世上我們姊弟只是一對孤兒罷了，從來沒有什麼父親、母親就行了。」

「子妤……」被花子妤這番無情冷漠的話給刺痛了心頭，皇帝卻偏偏無言以對，只黯然地點了點頭。「朕尊重妳，尊重妳的選擇，也尊重妳的生活。今日一別，不知道下次還有沒有機會再說話。雖然妳不願意和朕有什麼牽連，朕還是要許妳一個承諾。將來，若是有任何難處，直接通過內務府的馮公公來見朕，朕什麼都答應妳。」

說著，皇帝從腰間取下一枚錦繡荷囊，一手拉起花子妤的手，一手將荷囊塞到她的手心。「裡面是朕的腰牌，紫玉飛龍，只要是內宮之人都認得的。記住，若有難處，一定持此腰牌入宮見朕，朕會護妳周全，不會讓妳再受任何委屈的。」

掙脫不得，子妤也難以再拒絕皇帝這一點點微薄的付出，終究還是沒能歸還荷囊，只得揣入了懷中。「多謝皇上掛記，不過小女子覺得，咱們以後還是不再見面得好。」

從絨毯上起身，子妤略頷了頷首，算是告別。「若無其他，小女子便退下了。」說著，半弓著身子退後，轉身撩開簾子出了輦車。

看著微微晃動的簾子，皇帝又是深深嘆氣，原本不過五十歲的年紀，眼角竟生出了許多的皺紋，彷彿刀刻般，一瞬之間變得無比清晰起來。

宮轎再次啟程，雖然皇帝自始至終都沒有露過臉，但好些秀女都已經猜出來花子妤肯定是被宮中某位貴人召見了。

不過就算其他人再怎麼猜測懷疑，這一切都和花子妤沒有關係。她此時正半瞇著眼，身子隨著宮轎輕輕搖晃著，手裡將皇帝所贈的荷囊捏得緊緊的。

本不想再和皇帝有任何牽連，但子妤想到了唐虞，想到了自己和他的未來，又想到了子紓……總覺得或許有一天，這個紫玉飛龍腰牌說不定真的可以派上用場。

「吱嘎——」

厚重的宮門被打開，子妤知道終於要出皇宮了，吐出一口濁氣，心裡這才真正的踏實了下來。

宮轎出了皇宮後就各自分別往不同的方向而去，每頂轎子除了兩個轎夫還跟了兩個侍衛，負責各秀女的安全。

子妤和茗月相偕而歸，兩人都抬眼看著隔了好一段時日未曾回來的戲班，內心莫名的湧起一種回家的感覺。

側門虛掩著，守門的小廝不知去哪裡躲懶了，子妤和茗月也不聲張，自顧自往後院走去。只是一大清早，前院戲班裡幾乎一個人也沒有，安安靜靜的，透出一股難得的閒適來。

章二百零三　早有預料

雖然是盛夏，但小竹林內還是一如既往的清涼舒爽。

就算唐虞被召入宮中為皇子師，這方仍是屬於他的林子，無論是戲班師父還是眾弟子，都不敢輕易前來。當然，除了花家姊弟和止卿例外。

和子紓還有止卿一起吃著窯雞，搭配果子酒，花子妤覺得自己好久未曾如此放鬆，不由得露出懶懶的笑容道：「還是回家的感覺最好。」

「家？」止卿正動作優雅地撕著一隻雞腿上的肉，準備全部撕成肉絲再慢慢享用。

「戲班雖然不是真正的家，但這裡有子紓、有你，就像一家人……」子妤瞇起了眼，只覺得連看著止卿吃雞腿都是一種享受。「有家人的地方，不就是家了嗎？」

「家人……」止卿微笑著，唇角揚起柔和的角度。「對，我們是家人。」

趁著子妤和止卿閒聊之際，子紓已經將大半隻窯雞給解決了，此時兩隻手都油膩膩的，嘴唇周圍也泛著一圈油光。「止卿哥，不如你娶了我姊，這樣大家就是真正的一家人了。」

「沒心沒肺的！只知道吃！」子妤氣得伸手習慣性地敲了一下弟弟的頭。「哪有像你這樣的弟弟，張口閉口要姊姊嫁人的。」

放下碗筷，止卿掏出一張絹帕仔細擦了嘴，笑道：「我倒是想娶呢，可你姊姊看不上我了，這有什麼辦法。」

「止卿！」子妤無奈地搖搖頭。「你可別跟著他胡鬧，要是讓外頭那些師姊、師妹們聽到隻言片語的，又要亂嚼舌根了！」抬眼看著止卿，又略有所思地問道：「怎麼我聽著你話中有話似的？」

有些尷尬地抬手摸摸鼻翼，止卿乾咳了兩聲，似乎在暗示子紓不要多嘴的樣子。

子紓不服氣地聳聳眉。「青歌兒那傢伙實在討厭，她竟然在班主面前搬弄是非，說我姊和唐師父有私情……」

明明是暑意正濃的盛夏之際，子妤只覺得頓時有股冰冷的水柱直接沖入了胸口，從頭到尾，身子無一處不向外冒著寒氣。「她說了什麼？」

「青歌兒的人品已經不可信，班主自然不會聽她的。」止卿見子妤的反應有些過於驚訝，不知為何，腦子裡總浮現出青歌兒那夜對自己所說的話來。

——花子妤和唐師父兩人並非表面那麼簡單，為什麼你看不清楚呢？你若一意孤行還繼續默默的守著她，最後受傷害的只會是你自己啊！為了你，我一定要把他們兩個的醜事給捅出來。

止卿見子妤仍舊情緒激動，伸手輕輕握住了她的柔腕。「青歌兒此人，外表柔弱，心如蛇蠍，我們都不會相信她的，妳不用如此困擾。」

子妤強迫自己儘快地冷靜下來，深吸了兩口氣，好不容易才將臉上的表情調整如常。

「所以，你們在前院守著我，是想提前把青歌兒對班主說的話告訴我，以免等會兒我去面見班主，被他質問？」

「妳別想那麼多。」子紓也伸出手來攬住姊姊的肩膀。「青歌兒她只是嫉妒妳罷了，這陣子妳在戲班裡的名聲已經是如日中天了。就算是真的吧，班主他護著妳還來不及呢，哪裡會責備妳半句？放心吧！」

止卿打斷了子紓的話，轉而又對子妤道：「青歌兒說她看到妳和唐師父在福成公主獻演的那一夜有親密的舉動，我想她多半是誤會了什麼，妳去給班主好生解釋一下，應該不會有什麼麻煩的。」

子妤搖頭，看著止卿澄澈清明的雙眸，有些話卻根本無法說出來欺騙他。

被子妤看得心中發窘，止卿蹙眉。「妳為什麼如此表情？」

抿了抿唇，子妤從桌邊站了起來。「我這就去見班主，你們收拾一下就回去吧，不用等我了。」

「姊……」子紓愣愣地喊了一聲，發現子妤也沒理會自己，不由撓著頭問止卿：「我姊不會是生氣了吧，她除了上次嚴厲警告我不得和薄鳶郡主再有任何牽連之外，還從未露出過那樣的表情呢。」

止卿並未回答子紓，只怔怔地看著子妤消失在林中的背影，只覺得先前她看著自己的表情，竟有著幾分愧疚；而止卿似乎已經能感知，那「愧疚」是從何而來……

無華樓。

花夷看著眼前已然長大成人的花子妤，心裡頭頗有幾分感慨。「妳在福成公主婚宴上的演出我看了，實在是太讓人驚訝了。妳可知道，這段時間以來京城的人全都在談論著妳，送至戲班邀請妳唱堂會的帖子也已經堆成了山。」

子妤見花夷似乎一點兒都沒有要提及青歌兒所言之事，不禁有些疑惑。

戴著翠玉扳指的手握著一個細白瓷杯盞，花夷見花子妤欲言又止，笑道：「原本說好晚點兒找妳和茗月過來的，妳這麼早就來了，莫非聽到了什麼風聲？」

躊躇了半晌，子妤才下定決心，開口道：「青歌兒她說她看到我和唐師父的親密舉動，不知班主可否透露一二，我也好解釋一下。」

放下杯盞，花夷隨口道：「妳不用解釋什麼。」

子妤有些急了，她自己無所謂，唐虞卻不能背上任何罪名，忙道：「她是看到唐師父在棧道上攙扶我嗎？棧道那麼窄，下面又是極深的池水，唐師父只是護著我罷了，並無其他用意……」

花夷看著平日穩重的花子妤在談及唐虞時變得慌亂無措，一抹笑意浮在臉上。「妳和唐虞之間到底有沒有私情，我並不在乎。若為了戲班好，我反而是樂於促成妳和唐虞成為一對璧人的。」

「班主，您這話是何意？」子妤有些不敢相信，又有些警戒地看著花夷，似乎想從他的臉一直看到他的心，看出他到底在想什麼。

為子妤也斟了一杯溫茶遞過去，花夷示意她坐下慢慢說話。「那齣【洛神】聽說也是出自唐虞的創作吧？」

子妤點頭，對外的說法，【洛神】這齣新戲的作者的確是唐虞，花夷知道了也並不奇怪。

悶哼了一聲，花夷甩甩頭。「這小子在戲班多年，直到遇見了妳，才接連寫出來【木蘭從軍】和【洛神】這兩齣新戲。一開始我還不明白他是怎麼開竅的，直到青歌兒來找我，說唐虞和妳舉止親密，絕非普通師徒關係，我才省悟，原來他需要的不過是一個能開啟他敏捷才思的女子罷了。對於戲班來說，這個女子是妳、是其他女弟子，甚至是男弟子，我都無所謂。重要的是，他在意的人是在花家班就行了。這樣，他才會繼續留在戲班，繼續寫新戲，讓花家班穩穩成為天下第一戲班……」

子妤順著花夷的話說了下去：「所以，班主並不介意唐師父是否與弟子有私情，甚至還希望是真的，因為如果那樣的話，唐師父便離不開花家班了，對嗎？」

「子妤，妳是個聰明的姑娘，有些道理妳也懂的。」花夷毫不掩飾自己的目的，坦然的樣子反而博得了子妤的一絲好感。

子妤起身來，將杯盞放下，心中的顧慮也跟著放下了。「無論您的目的如何，您能這樣坦誠地和我說那些話，已是不易。唐師父那邊，我知道您一定有通報消息的管道，麻煩您告訴他一聲，抽個空回戲班一趟，有些事兒，恐怕得好好處理，否則，不但唐師父不會再留在戲班，就連我也會一併離開的。」

花夷挑眉。「子好，妳沒有任何必要威脅我。我都已經表明了立場，妳若是能將唐虞拴住，最大的受益者便是花家班和我。」

「班主，還請您幫著止住傳言。」子好本想問一問花夷會如何處置青歌兒，可想到青歌兒如今在戲班的地位，便知道花夷並不會做什麼，最多只是不痛不癢的讓她住嘴罷了，便道：「有些事兒，我會自己解決的。」

「子好，青歌兒那邊我已經告誡了她不許亂說話，妳就放心吧，在戲班裡妳和唐虞還是師徒關係，無人能質疑你們什麼。」花夷見她有所保留，勸道：「至於你們什麼時候想要化暗為明，最好還是提前知會我一聲。畢竟師徒關係並非普通，你們要想在一起，還得好生斟酌斟酌才行。」

「子好明白。」花子好哪裡會不明白花夷這話其實是反過來威脅了自己。於是心裡更加放鬆了，至少對方是個精明的生意人，對於利益，看得比什麼都重。真小人，永遠比那些偽君子要更好打交道。

章二百零四　達成共識

接到花夷報信，唐虞沒有絲毫耽擱，在子妤回到戲班的第三天就趕回來了。

小竹林內仍舊不顯一絲暑意，微微的涼風從小池塘上吹拂而過，竹葉也隨之發出了「沙沙」的聲響。

唐虞的回來讓子妤心中踏實了不少，可她知道，不論青歌兒看到了什麼，自己和唐虞已經無法再自欺欺人，因為兩人只要維持親密的關係，遲早都會被發現的。

就像此時兩人單獨在小竹林裡見面，原本師父和徒弟單獨說話也並無不妥，可現在，子妤總覺得有種偷偷摸摸不敢見人的心虛。

這種心虛侵蝕著原本的冷靜和理智，讓子妤整個人都煩亂起來，無法再冷靜如常。

雖然接到花夷的報信唐虞並不意外，可面對著子妤略帶焦慮的表情，心中那股不安還是隨之湧上了心頭。「怎麼了，是不是剛回戲班有些不適應？」

子妤搖頭，看著一身翰林院常服的唐虞，那靛藍的顏色將他襯托得異常沈穩內斂，而那張俊美過頭的臉也好像收斂了不少，透出一股深邃難懂的氣質。

「青歌兒跟班主告密，說在福成公主婚宴那晚看到你我有過分親密的舉動。班主雖然把消息壓下去，但止卿和子紓都已經知道了，那就表示青歌兒很有可能私下散佈了一些關於你我之間的謠言。」

子好儘量讓自己說這些話的時候看起來表情如常，因為她實在不希望唐虞在宮裡應付那些複雜的人情世故時，還要擔心在戲班裡的自己。「不過班主已經把話說得極明白了，他不管你我之間到底是什麼關係，師徒也好，男女之情也好，他只要你和我都能留在戲班就行了；也就是說，他默認了你我在一起的事實。」

看到子好一副小心翼翼，卻又難掩內心的焦灼，唐虞只覺得心疼無比，伸出手輕輕覆住子好放在桌上的柔腕。「雖然我不知道青歌兒到底看見了什麼，但既然班主並沒有介意，妳也不用如此焦急。」

「可戲班裡的傳言怎麼辦？」子好還是忍不住著急起來。「這兩日，我明顯看得出有些同門的眼神裡帶著探究和鄙夷；我無所謂，可你是師父，現在又在皇子所任皇子師，你的名聲若是毀了，這一輩子就完了。」

唇角微揚，唐虞臉上竟然毫無在乎的神情。「妳認為我會視那些名聲遠勝過妳嗎？以往我留在花家班，是因為待在這裡讓我覺得很舒服，可以做自己想做的事：研讀戲文、創作新戲、教習弟子、琢磨醫術、操練器樂技藝，當然還有妳這個讓我無法割捨的弟子……現在我留在皇子所，並非我願意，而是皇命難違罷了。就算是讓我立馬離開，我也不會皺一下眉頭的。」

「我知道你不在乎，可一旦你我的事情被外界所知，到時候，你的聲譽……」子好見唐虞如此輕描淡寫的寬慰自己，心中擔心卻更甚了。「我不願意讓你受到那樣的指責和非議。如果真的要承受，我也只想自己承擔所有的一切。」

「傻瓜。」唐虞握緊子妤的手，只覺得心裡有種難言的甜蜜混合著心酸不斷湧上來。「妳有母親的遺命要去完成，名聲對於妳來說更甚於我。就算有什麼困擾，也應該由我一應承擔才對，這才是男人應該做的。妳放心，青歌兒的事我會好好處理，儘量不讓流言傳開。」

「子沐……」看著唐虞沈穩堅毅的眼神，子妤心裡不自覺地便踏實了許多。「『大青衣』對我來說並不那麼重要了，我已經知道了誰是我們姊弟的親生父親。」

「其實，妳心裡對『大青衣』的渴望，不僅僅來自於母親的遺命，對嗎？」唐虞微笑著，漆黑的眸子裡閃著溫柔無比的光芒。「妳對戲曲之道的執著，妳在戲曲之藝上的靈性，都是我畢生未見的。妳總是能努力去追求自己所想所願，將夢想變為目標，然後再將目標變為現實；『大青衣』對妳來說或許一開始是因為母親的遺命，可當妳真正當了戲伶之後，它已經成為妳為之努力奮鬥的最終結果。但凡是戲伶，都知道戲中青衣旦是無可取代的主角，而身為青衣旦，只有得到『大青衣』的稱號，才算是真正站上了戲伶之中的尖峰之端。我相信，妳的努力並不會白費，總有一天，妳能成就這個夢想，成為當之無愧的青衣第一人。」

這番話雖然是從唐虞口中說出來的，但子妤卻覺得一字一句好像都發自自己的內心，彷彿心聲一般，與自己所想是如此的契合。

前世，自己不過是一個卑微的啞女，今生，子妤只想要一個讓自己不再遺憾的結局。上天給了她一次重來的機會，而這個機會又是如此的精彩絕倫，她不能不去爭取，也不得不去堅持；就算是為了祭奠她短暫而又晦暗的前世，她也一定要讓自己在這一世活得足夠精彩！

可這些想法，都是在遇見唐虞之前的。

自從和唐虞相識相知、相依相戀後，子妤就已經不知不覺地忘記了前世帶來的種種不堪，卑微也好，淒慘也好，晦暗也罷……只要今生能和他在一起，對於子妤來說，其他的，都已經變得不重要了。

想到此，子妤臉上也浮出了釋然的笑容。「其實，和『大青衣』相比，能與你在一起，才是我所願所想的。如果成為『大青衣』需要付出的代價是以你為犧牲，我寧願放棄所有，只為換來和你的一生相守。」

以唐虞對子妤的瞭解，她會說出這樣一番話來並不太難，可面對著一切都變得有可能，面對著能真正成為近二十年來戲伶中唯一「大青衣」的她，自己卻不願意成為她的負累。

「答應我，堅持下去。我有時候雖然不明白，但我卻能理解妳對『大青衣』渴望的背後寄託了些什麼。成為『大青衣』並非是一個虛無的目標或者結果，而是對自己戲伶生涯的一個總結。對於戲曲，妳充滿了讓人無法想像的靈性，好像妳生來就是屬於那方舞臺的，只要妳站在臺上，一顰一笑，一唸一唱，都會讓人無法自拔地沈醉在妳所營造給看客的世界中；這是天賦，這是上天給予妳的禮物，妳若為了我而放棄，我是不會原諒自己的。」

唐虞說著，臉上露出了鼓勵的微笑。「讓我站在妳的身邊，看著妳去完成心願，好嗎？我們一起並肩，摘取屬於戲伶界最美的那朵花！之後，我們再尋一個世外桃源，過著安逸平靜的生活。」

知道他是為了自己才這樣說，子妤心裡柔軟得幾乎要融化了，除了點頭，此刻任何語言都沒有了意義。

兩人既然把話說開了，自然各自心中也就不再有一絲顧慮。唐虞讓子妤不要再理會其他，反正戲班裡有花夷坐鎮，就算有流言傳出來，也沒有人敢質疑花子妤。而出了戲班，唐虞現在是皇子所的皇子師，已經不再是子妤的師父，更不會有人去議論什麼。

不過青歌兒的事情始終需要解決，兩人商量一番，決定暫時不要見面較好。待流言冷卻下來，青歌兒也沒有任何證據能證明她的話是否屬實，自然就不會有人再提及這件事。

商量好每個月唐虞沐休的時候兩人去城外的馬場單獨見面，子妤又問了一些唐虞在皇子所的事，見天色差不多已晚，這才依依不捨地目送了唐虞離開。

雖然唐虞告誡自己離青歌兒遠一點，因為她說的話根本就沒有人能證明。可子妤前思後想，決定還是找上青歌兒，好好和她談一談。

剛走出小竹林，子妤就瞥見一抹熟悉的青綠衣裙隱在廊柱之後。蹙眉，想也沒想便開口喊道：「請問是青歌兒師姊在那兒嗎？」

說來也巧，青歌兒這幾日一直注意著花子妤有沒有被班主訓斥，沒想到她回來的第三天唐虞也從皇子所回來了，估算著今天分明不是他沐休的日子，再一推測，青歌兒就知道唐虞回來必定和自己告訴花夷的話有關，便大膽地悄悄躲在林子外，想偷聽兩人究竟會說些什麼。

無奈竹林稀疏無法掩住身形，青歌兒只能躲在外面的廊柱邊，結果隻字片語也沒辦法聽清楚。

見唐虞先行離開，青歌兒正打算也跟著離開，卻沒想被花子好發現了形跡。

挺直了身子，青歌兒柔柔轉身，臉上掛著和清秀容貌絲毫不相配的冷漠笑容。「怎麼了，被我撞見妳和唐師父私會，想求我不要張揚出去嗎？」

步步走近，子好臉上卻並不見絲毫的著急，或許和唐虞談話之前，她是有些擔心的。可自從兩人說開來，一切都已經變得不那麼重要；再說先前她和唐虞說話很小心，確定四周無人才敢吐露心聲，所以也不怕青歌兒會聽進去隻字片語。

章二百零五　心如死灰

小竹林離師父們所居的南院有一段距離，由抄手遊廊連接，平時極少會有人來往，所以當花子妤看到青歌兒鬼鬼祟祟的身影時，自然便想到她是專程跟蹤自己或者唐虞而來的。

「難道青歌兒師姊已經淪落到終日遊手好閒、無所事事的地步了嗎？」子妤粉唇微啟，看著比自己低了小半個頭的青歌兒，眼神中透出了一絲明顯的鄙夷。

「花子妤，妳到底憑什麼這麼驕傲？」原本還咄咄逼人的青歌兒被花子妤帶著鄙夷的眼神給刺痛了，聲量也不由得拔高起來。「妳和唐師父之間的齷齪事已經被我發現了，妳竟還能這麼理直氣壯?!」

「我為什麼不能理直氣壯？」子妤冷哼一聲，見青歌兒動氣，自己卻越發地冷靜了起來。「師姊向班主告密，班主可曾警告過師姊不許嚼舌根？且不說妳沒有證據證明所說的話，就算我真的和唐師父有什麼，也輪不到妳來指指點點。」

「妳還真不要臉！」青歌兒見花子妤竟變相承認了，心中一陣欣喜。「唐虞為師，妳為徒，何謂師徒？如師如父，唐虞就是妳的長輩！如今妳公然勾引師父不說，還大言不慚地承認了。好好好，花子妤，就算妳在戲曲之道上本事再大，單單是這一條，就足夠毀了妳和唐虞兩人的名聲！」

「師姊，請您搞清楚一件事。」子妤勾起唇角，見青歌兒一副狗急跳牆的樣子，語氣不由得更帶了幾分輕蔑。「第一，所謂我和唐師父之間的親密舉動，自始至終都是妳一人之言，沒有任何證據能證明妳說的話。班主已經下了封口令，妳若再亂傳，妳認為別人會相信嗎？第二，當時是為了參加宮中貴妃壽宴的演出，班主才讓唐師父暫時做我的老師，我和唐師父既沒有行拜師禮，也沒有在戲班的名冊上註記，並無實質的師徒關係。第三，如今唐師父身在皇子所，班主已經答應收我為親徒教導，所以唐師父對我來說和妳一樣，他只是戲班的一位師父罷了。」

說到此，子妤看著青歌兒一臉愕然的表情，心中竟有種無比暢快的感覺，便又冷冷道：「所以，就算以後我和唐師父有什麼，也不會在倫理道德上有任何不妥之處。還請師姊放心，不必再如此關心我了。」

花子妤這番話說得青歌兒臉色鐵青，卻偏偏找不到任何話來反駁，腦中一熱，竟脫口反問：「花子妤，妳到底置止卿於何地？」

「止卿？」子妤沒想到她會突然提起止卿。

提起這個名字，青歌兒眼中的淚水竟不受控制地滑落而下，此時的她哪裡還有半分先前的咄咄逼人。「止卿對妳一心一意，守在妳身邊這麼多年，難道妳就這樣對待他！」

突然明白過來，子妤終於理解到為什麼青歌兒總是緊咬住自己不放。

當時給金盞兒下藥，後來給自己的戲服動手腳，再讓紅衫兒被孤立……原本子妤還以為青歌兒只是個為了向上爬而不顧一切的卑鄙小人，以為她所做的每一件事都是因為她想要在青衣旦上成為花家班的第一人罷了。

可沒想到，她針對自己的原因竟是為了止卿！

愣了這半晌，子妤疑惑地看著青歌兒，看著她起伏不定的胸口，看著她淚痕漣漣的面容，有些不明白地問道：「青歌兒，莫非妳喜歡止卿？或者，妳認為止卿喜歡我，所以才將我視為眼中釘、肉中刺？」

事已至此，青歌兒也已經顧不得隱藏自己的心事了，只見她雙目通紅，薄唇緊抿，深吸了一口氣。「對，我是傾慕止卿，那又怎樣？可止卿的眼裡從來只有妳花子妤，何曾將我放在心上？有這樣好的男子守在身邊妳卻還不知足，竟還要去勾引唐師父……」

「青歌兒！」子妤當下打斷了她的話。「止卿與我們姊弟從十歲起就相識，從來只是親如兄妹的關係。在妳如此胡思亂想之前，能不能先把事實給弄清楚再說！」

「事實？」青歌兒的情緒已經稍微平復了些，卻仍笑容猙獰地吼道：「事實就是妳身在福中不知福；事實就是止卿瞎了眼竟一心一意對妳好；事實就是妳只會勾引身邊的男人，讓他們為了妳而身敗名裂……」

「夠了！」青歌兒的話再次被打斷，只是這次，出聲的卻是止卿本人。

一身青布夏衣的止卿神色陰鬱地從遠處廊柱走來，只見他眉頭蹙起，眼中充滿了嫌惡地看著青歌兒。

「還好此處從來無人接近，不然，妳這番話要是被同門聽去，背後不知會如何議論！」冷冷的聲音，淡漠的表情，止卿看著青歌兒並沒有一絲半點的同情，反而心中生出了無限的厭煩和討厭。「我和子好清清白白，豈容妳胡言亂語？」

「清清白白？」青歌兒有些絕望地看著止卿對自己的表情，已經徹底知道自己沒有了任何機會贏得他的喜歡，於是豁出去了，張口道：「在你眼裡，除了花子好之外，何曾有過任何人？她練功的時候你在一旁守著，她唱戲的時候，你在臺下看著；只要她有需要，你總是第一時間在她身邊伸出手。難道你還想自欺欺人，說她在你心目中只是妹妹嗎？止卿，你未免太軟弱了！」

止卿從來不習慣和人爭執，更何況是青歌兒說出的這番讓他從來未曾想過的話，不過他很快就反應過來，喝道：「我對子好如何，從來不需要向妳解釋，也不需要向任何人解釋。妳怎麼想那是妳的事，但請妳不要來打擾我、打擾子好。」

「對，這一切都是我自找的。可止卿，你為什麼不敢面對自己的感情呢？」青歌兒的憤慨已然化為了悲戚，那笑容裡竟有一絲真意在裡面。

可面對青歌兒的情緒流露，止卿卻越發厭惡起來。「青歌兒，雖然我早已知道妳是個什麼樣的人，卻還是沒有當著妳的面讓妳難堪過。因為我同情妳，覺得妳不過是在追逐戲曲的道路上誤入了歧途。可現在我總算知道什麼叫做『可憐之人必有可恨之處』了，妳根本不配我的同情，妳只配被人唾罵厭棄！」

止卿一字一句都像是一個個巴掌摑在了青歌兒的臉上，毫無情面可言！青歌兒聽在耳裡，刺痛在心中，彷彿不敢相信那個平日少言寡語、待人平和的止卿竟會如此說自己。

淚水止不住地往下滑落，此時青歌兒的雙眸，看起來好像是兩簇死灰攏在其中，別有一番淒然的景象。

面對青歌兒的激動、止卿的生氣，子妤卻是完全冷靜下來了。青歌兒再錯，喜歡止卿的心卻是沒有錯的。不想再繼續和她衝突下去，子妤走上前去，輕輕拉住了止卿的手臂，勸道：「止卿，她錯就錯在太過迷戀你，這樣的人，的確是可憐又可恨的。算了，咱們走吧。此處雖然無人，但咱們說話聲音大了難免會有路過的同門聽到。到時候淪為別人的笑柄就不好了。」

止卿看到子妤毫不在乎的樣子，心裡原本不可抑制的怒氣也消散了不少，冷冷地看著青歌兒，撂下一句話：「妳可以繼續執迷不悟，可以繼續刻薄卑劣，但請妳遠離我所關心的人。若是再有一次，我聽見戲班裡有人議論子妤和唐師父，我一定會找班主，請求將妳逐出戲班！」

說完，止卿反手將子妤輕輕攬住，兩人頭也不回地轉身就走了，只留下不停垂淚抽泣的青歌兒還站在原處。

待走遠了，子妤這才停了下來，左右看了看，將止卿拉到角落，神色中有著一絲愧疚。

「對不起，我原本不想和青歌兒起衝突的。可她竟然偷偷跟在我和唐師父後面，鬼鬼崇崇的，實在讓人忍無可忍。」

「為什麼要和我說對不起呢？」止卿漠然一笑，伸手替子妤掠了掠耳旁的髮絲。「倒是應該我來說對不起才是。」

子妤眨眨眼看著止卿，只覺得那雙幽深漆黑的眸子竟是那樣的清澈，那樣的毫不做作。

「我其實早就應該發現些端倪的。」止卿看著子妤探究的目光，解釋道：「她表面溫柔寬和，實則心胸狹隘至極。不過她對我確實真的很好，噓寒問暖，解意溫柔。我總覺得，她是可憐的，為了自己想要得到的東西使盡了各種辦法，卻總是得不到。可她竟然執迷不悟到如斯地步，竟敢傷害我最在乎的人。我不會再同情她了，以後我會好好保護妳，讓她不敢再做出任何陷害妳的事！」

子妤打心眼裡知道止卿對自己是很好的，可青歌兒的話卻不斷在腦中盤旋著，讓子妤不得不擔心，萬一止卿真的對自己動了男女之情的話……

對花子妤極為瞭解的止卿自然能看出此時她表情中所蘊含的疑惑和不確定，便揚起了如常的笑容。「傻丫頭，妳放心吧。從妳小的時候我就一直把妳當成親妹妹看待。現在妳雖然長大了，可在我眼中，還是那個一副小大人樣兒、老訓著弟弟的小丫頭罷了。」

臉一紅，子妤被他說得有些氣惱了。「你不過比我大一歲而已，充什麼老大哥的樣子，真是討厭！」

「子妤，就讓我一輩子好好保護妳吧，像妳的親哥哥一樣。」止卿伸手，下意識地點了點子妤的前額。

子妤明白這是止卿的一種解釋，點點頭。「我心裡早就把你當成親哥哥看待了，一輩子都不會變的。」

一番話已讓兩人完全釋然，默契地相視一笑，便並肩往後院走去。

章二百零六　氣急攻心

選秀大典結束的第六天，內務府終於將花子妤晉升為一等戲伶的文書手續辦好，由負責宮制戲班的馮爺親自來宣佈並賜名牌。

無棠院中，除了四大戲伶，但凡五等以上戲伶都被召集而來，另外戲班全部近二十個師父，以及前院的幾個管事也都到齊了。

由於不知道所為何事，大家免不了趁花子妤還沒出現的時候議論紛紛。不過任眾人猜來猜去也想不通到底是什麼事需要如此大的陣仗，只好等著待會兒班主來了公佈答案。

一盞茶的時間過去了，陳哥兒率先出現在了高臺首座之上。「請各位先安靜，班主馬上就到。」

聽見班主就要來了，大家立馬噤聲，各個垂首端立，不敢再私下交頭接耳。

片刻之後，花子妤終於出現了。

走在前面的是馮內侍，之後便是花子妤，還有跟在後面半步的花子好。

花子好今日特意穿了身湘妃色的裙衫，髮髻高綰，無論是神態還是動作都透出一股難言的高貴氣質。

沒有料到是內務府專管宮制戲班的馮爺親自到來，下首端立的戲伶和師父們都有些意外。可當看到花夷身後跟著的花子妤時，大家的意外表情紛紛變作了疑惑和不解。

花子妤和茗月落選而歸，大家都當成笑話來看，雖然礙著同門的面子不敢公然奚落嘲笑，但因為青歌兒散佈出來的謠言，讓眾人都覺得，就算花子妤在福成公主婚宴上的那場演出再驚豔絕倫，也不過是託了唐虞的福。如今唐虞在皇子所，鞭長莫及，她花子妤回到戲班還不是得和從前一樣，一步步往上熬。

不過此時看到花子妤神色恬靜、神清氣爽地出現在上首，大家都知道今日班主召集大家而來，多半是為了她。

花夷先請馮爺入了首座，自己則帶了子妤坐到副座。「今日召集各位到無棠院，是有兩件重要的事情要宣佈。」

頓了頓，花夷看了一眼身旁的花子妤，示意她上前來。子妤點頭，緩步來到花夷的身側，直接跪了下去。

「今日，我花某在馮公公和諸位弟子以及師父們的見證下，正式收花子妤為徒。」

花夷此話一出，下首眾人都有些騷動了。

沒想到花子妤竟能成為班主親徒，大家都很是不解。可聯想到最近流傳在戲班關於她和唐師父的流言蜚語，再想到花子妤因為一齣【洛神】而備受關注，既然被花夷看重而收為親徒也不算有多意外。

「敬茶！」

一旁的陳哥兒上前來，手裡托了早就準備好的茶盞遞給花子妤。

子妤取了茶盞，雙手高舉過額頭，恭敬地道：「弟子花子妤給師父敬茶磕頭！」待花夷接過抿了一口，便又認真地磕了三個頭。

「從今起，子妤便是為師親徒，望妳能繼續勤勉苦練，為發揚花家班而努力。」花夷滿意地點點頭，伸手將花子妤扶起，這才又向下朗聲道：「接下來便是第二件事，有請馮爺——」

清了清嗓，馮爺站起身來，先對著花夷客套道：「恭喜花班主收了個這麼好的徒弟。」說完，馮爺踱步來到首座高臺的前端，面對下首眾人，從袖口處抽出一個帛卷緩緩展開，唸道：「今有花家班戲伶花子妤，藝才兼備，勤敏出眾，堪為宮制戲班中新晉戲伶翹楚。特晉升其為一等戲伶，享內務府供奉。」

唸至此處語音一頓，馮爺朝著一邊垂首站立的花子妤道：「請子妤姑娘上前，接受一等戲伶的名牌，並簽名畫押。」

花子妤依言上前，半屈膝地接過了裝有一等戲伶名牌的木匣子，又伸出右手拇指，在馮爺托盤裡的紅泥上抹了抹，蓋了個指印在賜封文書上。

在一切有條不紊進行的時候，下首的眾弟子和師父、管事們卻已經忍不住竊竊私語了起來。

大家都未曾想到，入宮之前不過才剛剛成為五等戲伶的花了好，落選秀女之後竟能直接晉升為一等！要知道花子妤不過才十六歲啊，能十六歲就成為一等戲伶的，恐怕除了四大戲伶中的金盞兒和塞雁兒，就只有這個花子妤了。

大家議論歸議論，在驚訝之後不免有羨慕的、也有嫉妒的。知道止卿和花家姊弟交好，幾個熟識的問了止卿，止卿卻只是搖頭表示自己並不知情。

可事實上，止卿和子紓在子妤剛回戲班的時候就從她口中得知了此事，當時兩人還震驚了一下，隨即便是止卿的眉開眼笑以及子紓的欣喜若狂。不過兩人都極為默契地知道，在內務府沒有正式發文下來之前，一定要替子妤保守秘密。

而得知這個消息之後最難以置信的人，便是青歌兒了！

一等戲伶！這對於花家班每個弟子來說都是極難企及的目標。卻沒想到，花子妤竟如此輕輕鬆鬆就得到了。

玉牙緊咬，青歌兒死死地盯著上首花子妤的背影，那眼神就像是兩把利刃，充滿了各種難以言喻的嫉妒、憤恨，還有不甘……

在她徹底被止卿所厭棄之後，竟然又親眼目睹花子妤高高在上地成為了一等戲伶，這對於心高氣傲的青歌兒來說，可謂是致命的打擊。

雖然她身為二等戲伶，年齡不過十八歲，距離一等戲伶只是一步之遙。可因為一等戲伶中久久沒有空缺，所以她也從未著急過。儘管如錦公子已經做教習師父很長一段時間了，班主卻因為想讓花家班佔足固定的名額，所以遲遲未向內務府提報讓他退下。

但是可以預見，將來如錦公子退下之後，那空出來的一等戲伶位置絕對是自己的囊中之物！

如今，眼看著曾經看不起的花子妤竟比自己先成為了一等戲伶，青歌兒賴以支撐的全部驕傲瞬間就這樣崩塌了……

心如死灰之際，青歌兒看到花子妤領了名牌、按下指印，知道這一切已經塵埃落定，並非幻覺，不禁眼前一黑。只覺得喉頭一甜，青歌兒雙腿一軟，身子竟不受控制地直接暈倒在地上。

大家都還未從花子妤突然成為花夷親徒，並升為一等戲伶的雙重驚訝中回神過來，青歌兒的突然暈倒使得無棠院中變得騷亂起來。

在上首高處的花子妤聽說青歌兒暈倒，轉身便望了過去，果然看到青歌兒臉色青灰地倒在地上，嘴角邊一絲殷紅的鮮血顯得格外刺眼。

下意識地尋找止卿，正好止卿也看過來，兩人的眼神交會在一起，均看出了對方的吃驚，也看出了對方神情中的無奈。

子妤知道，青歌兒多半是因為無法接受自己突然成為一等戲伶而氣暈了。對於青歌兒，子妤沒有絲毫的同情，只覺得她心胸狹隘至此，還真是自作孽不可活！

花夷見下頭亂哄哄的，忙走下來高聲一吼：「全部安靜！」

亂成一片的眾人這才回神過來，趕緊閉口。

花夷又趕忙吩咐道：「陳哥兒，你先將青歌兒送回房間。胡管事，你趕緊去請劉大夫過來給青歌兒診脈！」

「遵命！」陳哥兒領命，趕緊三步併作兩步跑下高臺，分開圍在青歌兒身邊的人群，將暈倒在地、已不省人事的青歌兒一把抱起來，也顧不得男女授受不親，飛快地就往二等戲伶所居的院落而去。

胡管事則二話不說，向花夷拱手之後便急匆匆地出了無棠院。

見場面已經恢復了正常，花夷便道：「好了，今日之事到此就結束。除了一等戲伶之外，大家以後見到子妤都要尊稱一聲師姊，不得怠慢。另外，因為一等戲伶的院落並無空屋，子妤從今日起搬到海棠院居住。大家散了吧！」

面對這一連串突如其來發生的事情，大家就算心裡憋著再多的話也不敢議論什麼。聽見花夷宣佈「散了」，眾人巴不得能早些離開無棠院，於是按著順序不一會兒就走了個精光，只剩下止卿和子紓留在現場還未離開。

「師父，那我也去收拾東西，好早些在海棠院落腳。」子妤見止卿等人還在，便上前向花夷告辭。

「去吧。」花夷點頭。「妳也休息了整整六日，明天開始應該要接帖子登臺了。」

「弟子明白。」子妤點頭，又向馮爺鞠身福了福禮，這才提了裙角從上首緩步而下，和止卿、子紓一起往外走去。

章二百零七　西府海棠

海棠院其實就在一等戲伶所居的院落旁邊，緊鄰戲班的圍牆，因為院子裡有兩株西府海棠而得名。

獨立於一等戲伶的居所，又相隔不遠，花夷將海棠院撥給子好居住，用意很明顯。因為花子好的一等戲伶乃是皇帝親自點名冊封的，所以對待她就不能和其他人一樣。至於如何不一樣，首先從住的地方就能區分開來。

單獨的一進院落，主屋加東西廂一共三間房，還有單獨的小廚房、雜物房、沐浴房。就算是一等戲伶的院落，一個人也不過只是一間正屋加一間偏室用以會客罷了。此等格局若是放在其他弟子的居所，至少就能住進六、七個人。

所以當花子好帶著不多的行李來到海棠院的時候，臉色變得有些不太好。

「哇，這裡好寬敞！」子紓放下挑在擔子兩頭的木箱，驚喜地衝上去把正屋的門打開看了又看。

止卿也放下了幫子妤提的兩個包袱，走上前。「子好，此處的確極好，只是妳一個人住，未免有些太過冷清。」

聽得出止卿的「弦外之音」，子好蹙蹙眉。「先前師父告訴我，海棠院因為離得一等戲伶的院子最近，而一等戲伶的院子裡實在沒有我能住的地方，所以安排了此處讓我搬過來。卻沒想，竟是一個單獨一進的院落。」

「這有什麼不好？若是覺得清靜，我每天來陪姊姊便是。哈哈，這兒寬敞，正好適合我練功呢。」說著，子紓一個鷂子翻身，從地上撿起一截枯枝，竟在院子裡耍起功夫來。

子妤和止卿對望一眼，兩人都習慣了子紓的大剌剌沒心眼，乾脆直接無視他的存在。

止卿擔心子妤，語氣嚴肅地道：「木秀於林風必摧之。妳一躍成為一等戲伶已足夠讓同門羨慕嫉妒的了，如今再單獨佔了海棠院居住，恐怕今後會有更多的流言傳出來。」

看出了止卿的擔心，子妤走到一株西府海棠前，伸手劃過那殷紅似血的花瓣，思慮了半晌，這才轉身過來，看著止卿，臉上浮起一抹意味深長的笑容。「其實，我住在這裡也不錯。」

說著，走到止卿面前，子妤看著他。「班主用意應該是在保護我才對。」

「怎麼說？」止卿不太明白子妤的意思。

「從我進戲班開始，從來就沒有一步一腳印地和其他同門一起學戲。當初被塞雁兒師姊收為婢女，之後班主破例讓我繼續在無棠院學戲，再之後因為演出【木蘭從軍】而成為五等戲伶。到現在，因為去宮裡參加選秀大典，回來又被晉升成一等……」

子妤說著，語氣有些無奈和自嘲。「哪一次我不是個例外？哪一次我又不是被同門私下議論的對象？眼下這種情況，要我融進眾弟子中已經太難，不如乾脆獨立出來，這樣大家既沒法親近我，也就不會有人再像當初的青歌兒那樣害我了，不是嗎？」

最後一句話說出口，子妤又想起了先前在無棠院中青歌兒暈倒之後那張蒼白的臉龐，神色不禁有些黯然。「我本不欲與人為敵，可有些時候，麻煩總會自動地找上來。離得遠些，至少能耳根清淨，讓他們以為我高高在上不易相處，便不會輕易接近造成誤會了。」

對於青歌兒先前在無棠院中暈倒之事，止卿清楚子妤此時的感觸。如今聽明白了她話裡的意思，心頭湧起一股不忍。「只是，這一切太難為妳了……」

「我不是還有你們嗎。」子妤笑得很坦然，似乎並未把這些紛紛擾擾放在心上。

子紓長大了，也能聽明白止卿和自己姊姊對話中的一些意思，只覺得子妤的笑容太過牽強，心中不捨，忙道：「不如我搬過來陪妳好了。」

看著子紓那張已經越發英挺俊秀的臉龐，子妤心疼不已。「傻小子，姊姊最不想的就是連累你也被同門孤立。好好和止卿哥在一起，與師姊妹、師兄弟都打好關係，多交朋友才對。」

「哦……」子紓習慣性地聽從子妤的話，便沒有再堅持。

子妤眨眨眼，伸手捶了捶子紓的肩頭。「不過，你們沒事兒一定要常來陪我，不然一個人住在這海棠院，的確太憋悶了！」

「這是當然！」子紓笑了，還撞了撞身邊的止卿。「止卿哥，今晚不如我們就在這兒擺酒，慶祝家姊喬遷新居。」

「好。」止卿只笑著點頭。「也叫茗月來吧，人多熱鬧些。」

「子妤、子妤，妳在嗎？」

說曹操曹操到，老遠就聽見茗月的叫喚聲，子妤和止卿對望一眼，不由皺皺眉，不知她這麼著急慌忙的是不是出了什麼事，便趕緊提了裙角往院門口去迎接。

氣喘吁吁地一路小跑步過來，茗月一見到子妤就大喊了一聲：「不好了，青歌兒師姊瘋了！」

「瘋了？」

「怎麼會瘋了！」

止卿和子妤同時脫口而出，兩人的表情都相當震驚，彷彿不敢相信這是真的。

「難道是氣瘋的？」子紓對青歌兒可沒有絲毫同情，聽見茗月如此說，冷哼了一聲。「肯定是嫉妒姊成了一等戲伶，氣暈了不說，竟還氣瘋了。誰叫她到處說我姊的壞話，真是自作孽！」

「子紓！」子妤嚴厲地瞪了弟弟一眼，復又轉向茗月，拉了她進院子，仔細問：「先前不過是暈了過去，怎麼會瘋了，大夫怎麼說？」

「不用大夫說，任誰看了她醒來的樣子都知道的。」茗月似乎有些餘悸猶存。「她見了誰都死死地盯著不放，稍微靠近些便衝上來張口就咬，妳看……」

茗月伸出一隻手臂，將衣袖稍微撩起，露出一截雪白的藕臂，上頭一排紅紅的齒印異常明顯。「這是我先前去探望她時被咬的，到現在還生疼呢。」

子妤回頭看了一眼止卿。「我不放心，想過去看一看青歌兒，你要去嗎？」

思慮了半晌，止卿嘆了口氣。「走吧，我們一起去。」

留了茗月和子紓幫忙收拾院子，子妤和止卿來到二等弟子所居的院落，找到一個師姊問了青歌兒的居所。

那個師姊見了花子妤，表情有些尷尬地叫了聲「師姊」，這才指了指西北角的一處屋門。「青歌兒的屋子在那邊，門口有個婆子在煎藥，很好找的。」

順著望過去，果然見一個粗胖的婆子正半蹲在地上煎藥，嘴裡還唸叨著「還以為自己是個角兒呢，現在不過是個瘋婆子罷了，我呸！」之類的話。

子妤蹙了蹙眉，逕自走了過去，剛到門口卻被止卿擋在前面。「妳在我身後就行。」

「喲，這不是子妤姑娘嗎？」婆子見來人是花子妤和止卿，趕忙丟了手裡的破蒲扇站起來，不顧臉上沾著的炭灰，堆笑著道：「兩位來這兒，可是探望青歌兒的？」

點頭，子妤最見不得這種小人的嘴臉，淡淡道：「還請開一下門。」原來這門上竟落了一個大銅鎖。

這婆子猶豫了一下，搖頭道：「姑娘，妳如今可精貴著，要是進去被青歌兒給傷了，小的可不好向班主交代啊。」

「放心，一切由我自己負責，與妳無關。」子妤蹙了蹙眉。「妳只管開門便是。」

「那就請止卿公子多護著姑娘才好。」朝止卿擠眉弄眼一番，這婆子才從腰間摸出一把銅鑰匙，手腳俐落地開了鎖。

兩人還未進門，就聽見裡面傳來陣陣低泣，對望一眼，止卿自動地護在了子好的身前。時斷時續，低沈細弱……從門縫裡傳出的抽泣聲聽起來讓人不由得心裡發緊。

止卿護在子妤的身前，回頭看了她一眼。「妳確定要進去看她嗎？」子好下意識地不願意相信青歌兒會得失心瘋，所以點點頭。「都到了門口，怎麼也要看一眼的。」

婆子聞言，便也沒再多言，上前半推開了屋門。

此時已接近黃昏，屋裡僅有的光線便是從半開的門縫裡射進去的，光束中連細小的塵埃都看得清清楚楚，卻偏偏將屋裡的氣氛渲染得更為晦暗不明。

穿著白色中衣的青歌兒此時正抱著膝蜷縮在床上，神色警惕地看著屋門被人打開，像是有些不適應光線刺眼，下意識的抬手遮了遮臉。

止卿率先一步跨入屋內，見青歌兒手舉起來，心中防備地張開手臂護著花子好。

緊跟在後面的花子妤透過身後射入的夕陽，卻清楚地看見了青歌兒此時的狀態。

髮絲亂垂，幾乎遮住了半張臉，可那一雙幾乎毫無神采的眼睛卻露了出來。黑白分明的眸子裡含著幾分渾濁、幾分遲鈍，已經乾涸的淚痕被陽光反射出點點光暈，使得青歌兒整個人看起來就像是一個沒有生命的假人。

她確實是瘋了……

眼睛是心靈的窗戶，看到那一雙毫無神采的雙眼，子妤已經能肯定，青歌兒確實是「失心瘋」了。

一把抓住了止卿的胳膊，子妤在他耳邊道：「你看到了嗎，她的眼睛。」

身前的止卿沒有回頭，小半晌才出聲：「子妤，我們還是走吧。」說著，轉身就想拉了子妤出去。

子妤打心眼裡也不想面對此種情形的青歌兒，點頭，順勢便要和止卿一起離開。

可兩人剛一轉身，後面就傳來一聲尖銳的叫聲。

「花子妤！花子妤！」兩人還未回過神來，子妤就覺得背後火辣辣地一疼，竟是被從床上跳下來的青歌兒抓傷了。

還好止卿已經反應過來，伸手一把將神色淒厲的青歌兒給攔腰抱住，大聲道：「子妤，妳先出去！」

花子妤看到青歌兒一邊掙扎著，一邊還伸出雙手像個索命的厲鬼般張牙舞爪地在空中揮舞著，那雙曾經溫柔清明的眸子裡流露出的是那樣直白的恨意……

面對青歌兒如此模樣，子妤只用著無比可憐的眼神看著她。「青歌兒，我只知道妳是個心胸狹隘的小人，卻沒想到，妳還是個膽小的懦夫。」

青歌兒原本昏暗渾濁的眼神因為子妤的這句話而閃過一絲清明，卻又轉瞬即逝，仰頭淒厲地叫出聲來，卻只是毫無意義的嘶吼。

子妤敏銳地捕捉到了她眼神的變化，知道剛才自己的話或許她真的聽進去了，便又一字一句地道：「妳就這樣放棄了嗎？妳曾經為之努力過、奮鬥過的舞臺，妳難道一點也不留戀？我真的沒想到，妳竟然會選擇蒙蔽心智來逃避現實。與其如此，妳還不如打起精神，忘記過去種種，重新再接再厲，用實力來證明自己！」

「啊——啊——不要啊——別再說了——」

一聲接一聲的淒厲尖叫從青歌兒的嗓子裡吼出來，淚水也不斷線地往下滴落，她已經沒有力氣再掙扎了，只任由止卿打橫抱起她扛著往屋裡走去。

「子妤姑娘，妳怎麼來了？」正當青歌兒發瘋之時，陳哥兒趕來了。「青歌兒現在不方便見客，妳還是先回去吧。」

「我已經看過她了。」子妤知道陳哥兒見自己站在門口，以為自己還沒進去，便解釋道：「剛才她又發狂了，所以我只好先退出來，止卿現在在裡面。」

「又發作了?!」陳哥兒語氣一急，忙向身後跟著的兩個婆子招了招手。「快進去幫忙。」

「子妤，妳和止卿還是先回去吧。」陳哥兒嘆了口氣，解釋道：「青歌兒這樣，已經不能再住在這兒了。奉班主之命，先將她移到醫館去，若能治好再接回來。」

「那若不能治好呢？」子妤接著問。

陳哥兒眼裡閃過一絲不忍。「若不能治好，只有把她送回河北老家去，讓她舅舅來照顧她。」

子好蹙著眉，見陳哥兒一副愧疚的模樣，不由勸道：「她一個姑娘家，如今又這樣了，若讓她離開戲班，要是出了什麼事兒怎麼辦？這樣吧，把她安置在我的海棠院吧，那裡屋子多，再跟一個婆子住都不成問題。等她病情穩定些，再計劃送她回家的事也來得及。」

「妳真的這樣想？」陳哥兒有些驚訝地看著花子好，完全沒有想到她會提出這樣的建議。從屋裡出來的止卿卻盯著子好，並未說話，似乎有些明白她為何會有這樣的想法。

子好點頭。「你們要將她移出去，無非是怕她的病會給在此處居住的弟子帶來麻煩。我的海棠院就我一個人住，安置她加一個婆子也綽綽有餘。那裡清靜，也正好適合養病。」

「勞煩尚婆婆先安撫住青歌兒，我這就去請示班主一聲，若班主同意，才敢叨擾子好姑娘。」陳哥兒匆匆說了這句話，轉身便往無華樓那邊跑去，絲毫沒有耽擱。

這一來，止卿和子好也沒有心思再待下去了。走在回海棠院的路上，子好見止卿只默默不語，便主動道：「你不問我為何要收留青歌兒嗎？」

對於子好的性格，止卿是極為瞭解的。「妳只要別把她的發瘋歸咎到自己身上就行了。其他的，無論妳做什麼，我都不會反對，只會支持。」

止卿這樣略帶憐惜的口氣，讓子好心生感動，只覺得原本因為青歌兒而生出的寒意一下子就被驅散了。「我還以為你會勸阻，沒想到你能理解。」

止卿嘆了口氣，語氣有些感慨。「就算她以前做過再多的錯事，受這樣的懲罰，也就足夠了。若再將她移出戲班自生自滅，真的太過於殘忍了。」

子妤雖然沒有止卿那樣的感慨，卻比止卿更能體會青歌兒的悲慘，只嘆道：「她之所以會這樣，縱然是她自找的，可懲罰來得未免有些重了。我希望她能清醒地認識到自己到底錯在哪兒，而不是這樣渾渾噩噩地度過殘生。」

止卿回頭望著那一扇和其他房間沒有區別的屋門，卻知道裡面的人已經不再是以前的青歌兒了，或許她這一輩子，都不會再清醒了，更加感慨道：「若她知道妳如此對她，將來醒了，會不會後悔呢？」

二百零八章　蒹葭蒼蒼

自從青歌兒搬到海棠院，子妤的耳根就再也沒有清靜過。她日日都在哭泣，哭得雙眼通紅，哭到一滴淚都沒了，卻還是一陣又一陣地發出「嗚咽」聲；有時是大清早，有時是半夜三更，有時持續一、兩個時辰，直到她哭累了、睡著了，才會罷休。

子妤對青歌兒哭成這樣有些擔心，怕她眼睛出問題，讓負責照顧她的尚婆婆去請大夫幫她看看。可大夫來看過後，只搖頭，說如果青歌兒的失心瘋沒治好，恐怕就不會停止哭泣。

但大夫還是留下了一帖清心明目的藥方，吩咐每日分三次煎了，待放涼後用布帕子浸泡，給青歌兒敷在眼睛上。不然，再哭個十天、八天，青歌兒的眼睛就會徹底瞎了。

對於這個鄰居，子妤並未嫌她吵鬧，反而經過幾天的適應之後，一旦沒有了熟悉的「嗚咽」聲，自己反而還不容易入睡。

自從被花夷收為弟子，子妤每隔三日都要過去和紅衫兒等人一起聽花夷授課。不過大多數的時候，花夷都是讓弟子們主動提出疑問，山他解釋，或者是讓弟子們逐個唱一段，他指出些需要改進的地方。

饒是如此簡單的授課方式，幾次聽課下來子妤也是受益良多。

值得一提的是，花夷後來決定讓花子好再保持一段時間的神秘，乘機也可再好生磨練她一下。到九月的白露節，配合她新晉一等戲伶的身分，辦一個隆重無比的亮相儀式，也順勢再帶動花家班成為街頭巷尾的話題。

花夷如此安排，無論是花子好還是唐虞都沒有異議。雖然憑藉一齣【洛神】，花子好機緣巧合地成為了一等戲伶，但她心裡清楚明白，自己需要努力的地方還太多，需要磨練的細節也一個接著一個。若能真正在花夷的親自指點下再沈潛苦練些日子，相信她再次登臺，一定不負一等戲伶的名號！

今天是唐虞沐休，也正好並非花夷授課的日子，子好早早起床，梳洗打扮一番便往南院而去，想趁唐虞回來之前幫他把房間整理好。

雖然唐虞每逢初一、十五還有月末才能回來一趟，可因為有子好隔三差五過來幫忙打掃，所以桌椅板凳和一應家居擺設都沒有沾染一丁點兒灰塵。

想著他今日就要回來，子好唇角都一直是翹著的，嘴裡哼著歌兒，將圍裙一穿，抹布一拿，像個幸福的小主婦一般。

卯時末，唐虞終於回來了。

子好這時候已經熬好了蜜水綠豆湯冰鎮著，就等他一進屋便能消暑解渴。

喝著涼涼的甜湯，唐虞心裡頭也是甜蜜蜜的。兩人因為花夷收子好為親徒而各自放下了心中的大石頭，再次見面，感覺比以前相處的時候心境輕鬆了不少。

唐虞看著子妤紅撲撲的臉蛋，心裡頭暖暖的。「這些日子還好吧。」

子妤自己也盛了一碗綠豆湯，邊喝著，邊將花夷對她的安排詳細告訴了唐虞。「我還沒恢復登臺。按照班主的意思，等九月白露節的時候會專程為我舉行一個復出的儀式，順便告知花家班的客人們，戲班又多了一個一等戲伶。」

「班主這樣安排沒錯。」唐虞點點頭。「妳越晚出來，大家對妳的好奇也就會越深。九月上旬末正好是白露節，貴人們喜歡在這個時候賞菊、吃蟹、喝黃酒，宴請應酬也比平日裡多，妳一旦復出，請帖肯定會比雪片還要多。」

「可班主要我想好登臺那天唱什麼，倒是讓我傷神。」子妤雙手托腮，眨著一雙水靈靈的眼眸看著唐虞。「他說最好讓你幫我寫一齣精短的新戲，不然每次都唱【洛神】，怕客人很快會覺得膩。」

「白露節……」唐虞略想了想。「妳記憶中可有關於白露的詩詞，若是有，倒是能拿來改編一下。」

經唐虞提醒，子妤腦中靈光一閃。「我倒真的記得有一首極好的詩詞，我唸給你聽！」說著，子妤已經站起身來，略想了想，便啟唇唸道：「蒹葭蒼蒼，白露為霜。所謂伊人，在水一方。溯洄從之，道阻且長。溯游從之，宛在水中央。蒹葭萋萋，白露未晞。所謂伊人，在水之湄。溯洄從之，道阻且躋。溯游從之，宛在水中坻。蒹葭采采，白露未已。所謂伊人，在水之涘。溯洄從之，道阻且右。溯游從之，宛在水中沚……」

一口氣唸完，子妤只覺得有種暢快淋漓的感覺，看著唐虞，想聽他的意見。

同樣憋著一口氣聽完子妤的唸唱，唐虞仔細回味著，感嘆道：「子妤，我覺得妳本身就是一個挖掘不盡的寶藏。」

看到唐虞不疑有他，子妤心裡頭倒是覺得詩經之中許多詞都能拿來改編成戲曲的段子。頓時一股興奮感油然而生。「子沐，類似這樣的詩詞我記得有許多，不如回頭我一一記下來整理成冊，咱們全部拿來改變成戲曲段子，豈不妙哉！」

說到創作新戲，唐虞興趣更濃了。「我譜了好些曲子，正愁找不到好詞來配。若妳能多回憶些詩詞出來，咱們好生編一編，以後專門給妳唱。」說到此，唐虞眼神閃過一絲興奮。「子妤，若妳能一直唱新戲，相信過不了多久，妳一定能成為絕代名伶的！」

趁唐虞沐休之時，子妤和他仔細將〈蒹葭〉這首詩詞給改編成了可以用於獻唱的曲目。清新如暖風拂過的唱詞，配上唐虞特意作的柔緩曲調，當子妤再唱出來的時候，那種「所謂伊人在水一方」的感覺就更加飄逸空靈了。

第二天，子妤就帶著新曲找到了花夷，請他認真聽了。

驚訝於唐虞能如此迅速地又為花子妤創作出美妙的唱曲，花夷臉上寫滿了興奮。他一直看好唐虞，卻沒想到自他遇見花子妤之後，靈感就像泉水一般噴湧而出，好詞、好曲層出不窮。

只可惜唐虞特別提出了要求，所有他寫的新曲都必須由子好首唱。不然，藉著唐虞的新戲新曲多捧幾個弟子出來，那花家班便能真正將另外兩家戲班擠出京城之外了！

吩咐子好下去好生練習這曲〈蒹葭蒼蒼〉，花夷告訴子好九月初八的晚上就是她登臺亮相之時，算起來，也不過僅有半個月的時間了。

於是這些日子，除了止卿和子紓偶爾會來一起用個午膳，其他時間，子好便重複著每天練功、吊嗓子的生活。

倒是青歌兒的狀況有了些改變，不再每日垂淚啜泣。

可能是眼淚流乾了，也可能是嗓子啞了，現在的她最喜歡做的事情就是坐在門口的石階上看天空，一看便是整整一天。

如此熱的天氣，再加上刺目的陽光，青歌兒變得越來越消瘦，也被曬得皮膚發紅。有些時候子好看到她在使勁揉眼睛，揉過之後又抬眼直視著頭頂的太陽，好像根本就不在乎雙眼被刺痛。

可即便這樣，若有人上前勸阻她，或者想要扶她進屋，她就會瞬間跳起來，像一隻發怒的野貓，露出牙齒衝上去就咬。負責照顧她的尚婆婆就被咬了好幾次，之後便懶得理她，只在一旁搧著扇子守著，等她自己累了、眼睛受不了了，自然會回屋去的。

青歌兒這樣的情況持續了好幾天，卻在有一天改變了。

子妤每天清早就起床，趁著太陽還未太烈，便梳洗用飯之後站在院子裡練習〈蒹葭蒼蒼〉。

當子妤唱起「蒹葭蒼蒼，白露為霜。所謂伊人，在水一方。」的時候，青歌兒就會收回向上看的目光，用著半呆滯、半迷惑的眼神直直看著她，頭也會隨著子妤的語音與曲調輕輕地擺動著，彷彿恢復了一絲清明一般。

看到青歌兒聽見自己唱曲兒時的反應，子妤有些意外。於是每天早晚天氣不熱的時候，子妤就會在院子裡唱歌給青歌兒聽，就當是練習罷了，並不刻意。

就這樣唱了足有七、八日，青歌兒終於不再只是癡傻地看向天空了，她會每天早晚準時守在門口，見到子妤一開屋門，臉上偶爾還會浮現出笑意。

雖然她的表情還是木然地毫無生氣，但眼裡的空洞卻少了許多。

這天一大早，陳哥兒領著京城有名的綢緞莊和裁縫鋪師傅來到海棠院，要給子妤量尺寸，做新的戲服。

畢竟先前那件碧藍如洗的衣裳是諸葛貴妃所賜，非重要的場合，花子妤不輕易穿了去獻演，所以做一件相類似的衣裳來代替，是極為需要的。

而且，子妤唱〈蒹葭蒼蒼〉也需要另外一套戲服。因為這首曲子的意境和【洛神】雖然有些相似，卻多了幾絲悵惘愁緒，若穿了眩目明亮的藍色衣裙，反而會破壞曲中之意。

子好挑了一匹月白繡蘭草紋的衣料，再挑了一匹湖藍繡銀絲流雲紋的衣料，回屋讓女師傅量了尺寸。再走出屋子，子妤看了看一旁呆坐著望著自己的青歌兒，對陳哥兒道：「可否為青歌兒師姊也做幾件衣裳。這些日子她喜歡坐在門邊的石階上，可她的衣裳大多是極淺的顏色，所以衣裙都弄得很髒，洗也洗不乾淨。」

陳哥兒看了一眼坐在那邊的青歌兒，心裡頭很不是滋味，不過看到她精神似乎好了一些，不再只知道哭泣了，心中沈下來，便道：「多謝子妤姑娘這些日子的照顧，我會讓人送幾件簡單的布衣裳過來的。」

雖然子妤話未挑明，可陳哥兒還是能領會她的意思。

青歌兒以前是戲班的紅角兒，各種用度無一不是頂好的，衣裳裡頭綢緞居多，還有各種細薄柔軟的好料子。可如今她得了失心瘋，每天渾渾噩噩不知所以，那些衣裳顯然就不太適合穿了。不如一些式樣簡單的細布衣裳，既適合夏日，又方便她動作。

子妤也順著陳哥兒的眼神望過去。「青歌兒這些日子眼看已經好些了，還請陳哥兒再找大夫過來診診脈。」

「嗯，我明天就派人去請。」陳哥兒點點頭，收回目光看著子妤。「謝謝妳。」

「都是同門，正好我這兒條件合適罷了。」子妤淡淡的回了陳哥兒。

「不，這不一樣。」

陳哥兒打發了尚婆婆去送綢緞莊和裁縫鋪的師傅出去。面對著子妤，卻執意要說下去。

「還請子妤姑娘認真聽我說。青歌兒她其實是我老家的一個遠房表妹，當年她父母病逝之後，她舅舅不願收留，是她得知我在京城的戲班，要求賣身過來學戲的。可她除了長相柔美些、嗓音圓潤些之外，在戲曲之道上卻並沒有太大的悟性。她求我讓班主收她為徒，每天別人練三個時辰，她就練足五個時辰。就這樣，她才能一步步走到二等戲伶的位置，成為了花家班的紅角兒。」

子妤看著陳哥兒一副不吐不快的樣子，有些疑惑。「陳哥兒，你為何跟我說這些？」

「我只想替青歌兒給妳道個歉。」陳哥兒說出這句話，隨之嘆了口氣。「青歌兒表面溫柔謙和，其實內心是十分要強的。只可惜，當她在戲曲上沒法再超越的時候，卻把心思動在了歪處。」

「歪處？」子妤笑了笑，有些不太同意陳哥兒的說法。「我不知道你是否瞭解青歌兒以前的所做作為。」

陳哥兒一愣。「青歌兒她不過是心胸狹隘了些，卻並非是什麼大惡之人，子妤姑娘，妳這話的意思是？」

回望了一下坐在那邊的青歌兒，子妤不願當著她的面說那些話，只搖搖頭。「罷了，她已經得到了應有的懲罰，過去的事不說也罷。」

「青歌兒她到底做了什麼？」陳哥兒卻不依不饒，好像非要從子妤這兒打聽出什麼才甘休。

知道陳哥兒心裡其實是很關心青歌兒這個「表妹」的，子妤更加不願當著他的面說出青歌兒曾經的卑鄙所為，只蹙了蹙眉。「你若想知道，等青歌兒好了，自己親自問她也不遲。」

陳哥兒見子妤作勢要避開自己轉身回屋，忙上前擋了她。「子妤姑娘，妳為什麼不願意告訴我？」

看到陳哥兒如此急切的樣子，子妤心裡頭突然明白了些什麼，下意識地脫口問道：「你是不是喜歡青歌兒？」

「什麼？」陳哥兒似乎沒有回過神來，愣住了半晌才臉色一變。「子妤姑娘，妳怎麼這麼說？」

子妤憶起那天陳哥兒和青歌兒偷偷見面，想讓紅衫兒入宮選秀的事，便道：「我知道你對青歌兒的幫助很大。若只是遠房表兄妹的關係，你根本不用費如此多的心思在青歌兒身上。我想，你心裡是喜歡青歌兒的吧。」

「喜歡?!」陳哥兒似乎沒有料到子妤會這樣說，喃喃道：「我喜歡青歌兒……」

不論是肯定還是反問，陳哥兒的表情有些晦暗不明，只見他看向了呆坐一邊的青歌兒，眼神裡流露出複雜的情緒。

子妤不願再多說什麼，只嘆了口氣，留下陳哥兒在院裡看著青歌兒，便轉身回了屋子。

直到花子妤屋門關上的聲音響起，陳哥兒這才回過神來，緩步向青歌兒走了過去。

看著陽光下一臉茫然懵懂的青歌兒，陳哥兒蹲了下來，伸手輕輕拂過她的臉頰。「妳知道嗎，子好說我喜歡妳。」

好像根本聽不懂陳哥兒說的話，青歌兒只是歪了歪頭，躲開了他的手。

「我明知道妳心裡一直念念不忘的是止卿那小子，我又怎麼可能喜歡妳呢？」陳哥兒話雖如此，眼神卻黏在青歌兒的臉上不曾挪開。

自嘲地笑了笑，陳哥兒再次伸手，替青歌兒將耳旁的髮絲攏在一邊，動作有些生疏和笨拙。「我曾經想提醒妳，止卿那樣的男子和唐虞一樣，是心氣極高的。唐虞連金盞兒和塞雁兒都看不上，可想而知止卿也根本不會看上妳的。」頓了頓，陳哥兒語氣越發黯然起來。「可是妳還是那樣執著，以為自己若是能成為戲班裡最好的青衣角兒，就能配得上止卿那小子。妳一步一步爬，的確快要成功了，可唱戲從來都是天賦最重要，妳再怎麼努力，紅衫兒還是擋在妳的前頭，花子好也比妳更能抓住機會。傻丫頭，妳就這樣歇一歇也好。想清楚自己那樣到底值不值得，或許，再清醒過來的時候妳會活得更幸福一些……」

當陳哥兒一個人深情款款地說出這番話的時候，並未發覺，一抹淡青色的衣袍在海棠院門口露了出來，正是止卿站在那兒，將他所言聽得一清二楚。

章二百零九　白露之夜

九月初八，白露。

提前三日，花家班就向一百位尊貴的熟客派發了請帖，要在白露節這天為戲班新晉的一等戲伶花子妤舉行登臺儀式。

不但花重金從京城花房購來了大朵金菊做妝點外，還有鮮嫩的肥蟹和醇香的黃酒作為招待，因此除了接到帖子的一百位貴客，其餘人根本別想要在白露節那天進入花家班。

如此大的陣仗，足以讓京城酒肆茶舍作為話題熱熱鬧鬧地議論上好一陣子了。可惜非花家班尊貴的熟客不得參加白露節的演出儀式，使得想要看好戲的人們只好在戲班周圍的茶樓訂位，想在白露節當天多少感受感受氣氛。

連帶著，京城裡的秋菊和肥蟹都漲了二成的價格，足可見花家班的影響力。

傍晚，秋雲落日，天空一片金燦燦的黃。

為了幫子妤今夜登臺亮相，花夷專程將阿滿和茗月調派到她的身邊，一個負責戲服，一個負責裡外的聯絡事宜，確保中間過程不會出一絲一毫的差錯。

另外，止卿和子紓也隨時候在子妤身邊，幫忙應付樂師、化妝等一些突發的狀況。

和平日裡候場處的人來人往不一樣，偌大的化妝間裡只有子妤一個戲伶在做登臺準備。

閃亮的銅鏡裡映出了那張秀麗的面容，子妤看著自己的妝容異常嬌媚動人，不知是因為即將上臺太過緊張，還是因為不適應突然變得如此妍麗，耳畔不由得浮起了一絲紅暈。

「緊張嗎？」

止卿也從銅鏡中看著花子妤，覺得今晚的她和平日裡有些不一樣，更美了，更讓人挪不開眼了。

「一定會緊張的呀。」茗月幫子妤挑了一支流蘇串東珠的頭花別在髮髻上。「若是我，不但緊張，還會害怕呢。畢竟那一百個人全都是衝著自己來的，若是演砸了，這輩子可就完了。」

話一說完，茗月才發現阿滿正用著嚴厲的眼神看著自己，才知道說錯了話，趕緊補救道：「不過那是我，沒出息慣了。子妤妳可不一樣，在公主的婚宴上都能表演自若，這點兒小陣仗可算不得什麼，對吧？」

看到茗月那麼沒個性，子妤終於笑了。「誰說妳沒出息了，妳跑場的經驗可比我足多了。」

「那可不一樣。反正我知道不是來看我的，演好演差也沒區別。」茗月又忘了，脫口就說：「今兒個那些客人聽說都是將近兩個月前就向戲班下了帖子要請妳去演出的，等了這麼久終於等到妳登臺。別的不說，光是胃口就被吊足了的。」

「班主這一招還真是狠。」阿滿也感嘆起來。「這些客人無一不是京中貴人，也是戲班的熟客。讓他們等上兩個月才能看子好的演出，也算是破了京中戲班和戲伶的紀錄了。」

止卿給了子好一個鼓勵的眼神，不希望她太過緊張。「所謂名伶，除了自身功夫要夠硬之外，自然還要靠名氣。班主如此安排可謂用心良苦，若子好能打好這頭一仗，從此京中就會多出一代名伶了！」

「要是唐師父也在就好了，可今日正好不是他沐休呢。」倒是子紓一語道破了自家姊姊心中所想。

這句話可沒其他人敢說出口，因為班主晦暗不明的態度，大家都隱隱猜到了之前的流言或許是真的。

如今子紓話一出口，眾人自然都看向了花子好。

「唐師父在皇子所，身不由己。不過之前我讓陳哥兒幫忙送了信，不知今晚他能否抽空請個假回來一趟。」

一反大家的拘謹，子好提到唐虞卻顯得異常自然，態度平和得好像什麼流言都不曾聽過，這讓大家也有些摸不透了。

胡管事掀簾而進，看向花子好的眼神充滿了興奮。「子好姑娘，前頭已經準備得差不多了，再過一盞茶的時間就要登臺，您該換戲服了。」

「好的。」子好點點頭，茗月趕忙掏出一把鑰匙，將裝著戲服的箱子打開，拿出那件月白繡蘭草紋的衣裳。「走吧，我們去後頭換上。」

因為今日正好是白露時節，子妤登臺暖場的曲子就是那首和唐虞合作的〈蒹葭蒼蒼〉。一邊小心地更衣，子妤一邊暗自惋惜唐虞今夜未能到場，畢竟兩人合作才是最佳默契，若少了他親自伴奏，無論是〈蒹葭蒼蒼〉還是【洛神】，演出的水準肯定都要打了折扣。

換好戲服，子妤看著這件合身的衣裙將自己的身形勾勒得纖細高眺，滿意地點點頭，這就和茗月出了更衣間。

「子妤，妳穿素色的衣裳就是好看！」阿滿忙迎上前去，幫她整理領口和衣袖，復又蹲下去將裙襬理順。「和別的戲娘不一樣，非得大紅大紫才能鎮得住場子。」

「各人氣質不同罷了。我還羨慕那些能駕馭豔麗衣裳的師姊們呢！」子妤可不想得罪其他戲娘，畢竟她在戲班裡已經夠出挑特別的了。

對於子妤謙和的態度，候場區的師父們都看在眼裡了，暗道她並非如傳言所說的那樣清冷孤傲，反而是親和隨意，讓人無法不心生親近。

「子妤，該上場了！」

止卿趁著子妤更衣的空檔去看了前臺的情形，眼看時辰差不多了，掀簾而進。「最多半盞茶的時間，就要開鑼了。」

「好，我這就去。」子妤提起裙角，不讓衣襬沾到地上的灰塵，正待邁步而行，卻發現簾子一動，一個熟悉的身影出現在眼前。

還未來得及褪下皇子所的常服，一身靛藍長袍的唐虞含著微笑一手將簾子拉開，也不進去了。「走吧，我來為妳伴奏。」

「唐師父！」子妤驚喜地張開嘴，急急地衝了過去。「你趕回來了！」

「今夜是妳升為一等戲伶首次登臺，我怎麼能不趕回來呢。」唐虞笑笑，忍住了將子妤擁入懷中的衝動，只用著柔和無比的眼神看著她。「而且，我還給妳帶來了驚喜。」

「什麼驚喜？」子妤問道，身後的一群人也同樣想知道唐虞所謂的驚喜是什麼。

「太子和二皇子都來了，還有貴妃娘娘和……」唐虞頓了頓，放低了嗓音，用著只有子妤才能聽到的聲量道：「皇上也來了。」

「什麼！」子妤愣住了。「皇上也來了?!」

看了看候場間的其他人，唐虞依舊低聲回答：「嗯，皇上是微服而來，身邊只帶了侍衛長歡一人，和貴妃娘娘在樓上的包廂裡。」

「走吧，他來不來也沒有太大的區別，我只當是一個看客便好。」子妤雖然有些不自然，但對於皇帝，心中的芥蒂早已化解。

「止卿、子紓，你們去前頭好好觀摩，茗月、阿滿，妳們看好子妤的戲服。」唐虞替子妤作好安排，這才點了幾個樂師，一群人向後臺旁邊專程搭建的高臺走去。

「各位貴客，今日得蒙大家賞臉出席白露節的演出，花某人和花家班都榮幸之至。」

如此重要的演出，自然是由花夷親自主持開場的儀式。「時辰已到，請大家慢慢觀賞由本班新晉一等戲伶花子妤帶來的演出。一曲〈蒹葭蒼蒼〉，權作開場，以慶白露時節的到來。」

說完開場白，花夷便退下了。大廳中原本的喧鬧也隨之安靜下來，而一曲悠遠縹緲的洞簫之音徐徐響起，負責燈火的小廝整齊劃一地將各處準備好的燈燭瞬間點燃，橘黃色的燭火立刻將整個大廳照耀得無比絢爛明媚。

舞臺中央，伴著絲竹之音，一個身影徐徐從高處降落，正是花子妤坐在可升降的花綢鞦韆上，由四個力氣極大的師父在後臺扯住繩索控制著速度。

隨著子妤降落的，還有片片金黃色的花瓣，如雨點般當空撒落，帶來一陣幽香撲鼻，讓整個大廳中端坐的客人們都陷入了一種如夢似幻的癡迷場景中。

正當賓客們還沈浸在無比絢爛的景象中之時，子妤已啟唇而唱。

「蒹葭蒼蒼，白露為霜。所謂伊人，在水一方……」

清雅如淡菊飄香的歌聲從天而降，帶著比花瓣更為濃烈的氣息灌入了賓客們的耳中，花子妤一開口，所有的焦點都聚集在她一個人身上。賓客們沒有喧鬧，沒有浮躁，有的只是安安靜靜地享受。

「蒹葭萋萋，白露未晞。所謂伊人，在水之湄。溯洄從之，道阻且躋。溯游從之，宛在水中坻。蒹葭采采，白露未已……」

一句句美妙若天韻流淌的詞句，配合著唐虞親自吹奏的洞簫之音，花子妤的暖場演出就已經讓現場所有人癡迷了。

「所謂伊人，在水之涘。溯洄從之，道阻且右。溯游從之，宛在水中沚。」

當唱到最後一句時，唐虞的簫音恰好停住，眾人只聽得花子妤一頓，收起了唱詞，只用著柔美清亮的嗓音再次唸道：「所謂伊人，在水一方。」

沒有了絲竹音樂，也沒有曼妙的唱詞，只一句「所謂伊人，在水一方」，花子妤用著淡如雛菊開放的表情徐徐唸來，好像把現場賓客們都帶到了長滿蘆葦叢的溪流邊上，遙遙望去，那白色衣裙的伊人，不正是端立在戲臺正中的那個女子嗎？

章二百一十　窒息之美

初秋的夜是微涼的，但花家班內的氣氛卻帶著一絲難以言喻的躁動。

戲臺中央的花子妤絕世而獨立，一曲〈蒹葭蒼蒼〉唱出了白露時節所特有的感動情懷，彷彿勾起了大家的共鳴，腦中不禁聯想到長滿蘆葦叢的溪流邊，那抹衣袂翩翩、踏水而行的曼妙身姿。

曲畢，趁賓客們還未反應過來，子妤彎身鞠躬，待紅幕落下便轉身下臺，在她還未完全走完戲臺的階梯時，身後如洪水般爆發的掌聲就接踵而來了。

喝彩聲、看賞聲，聲聲不絕於耳，賓客們也徹底被子妤這曲開場的〈蒹葭蒼蒼〉給挑動起興致。

因為今晚是專屬子妤的，所以暖場的時候並沒有其他戲伶上臺演出，只有樂師們奏著初秋應景的曲子，讓賓客們先品嚐戲班提供的肥蟹和黃酒，兼賞賞菊，靜靜等待花子妤再次的登臺。

匆匆趕回候場屋子的花子妤嘴角微揚，見唐虞已經在門口等著自己，便迎了上去。「我唱得如何？」

「聽聽賓客們的反應就知道了，還用我說嗎？」唐虞笑了笑，很想伸手替子妤擦去額前滲出的細汗，可礙於身後眾人，便忍住了。

「他們說的不算，你說好才行。」子妤雖然也有些忌諱，但臉上的溫柔笑容卻怎麼也掩不住。

「氣息平穩，嗓音婉轉，妳的基本功已經夠紮實，連我也挑不出錯來。」唐虞說著，讓開身子讓子妤進了屋。

裡頭候著的阿滿和茗月立刻圍攏了過來，說是讓她趕緊準備下一場的演出了。

回頭對著唐虞一笑，子妤這才和拿著戲服的茗月一起去更衣。換上銀藍色的水袖長裙，子妤讓化妝的師父重新補了妝，看著鏡中的自己，不由得想起先前在臺上偶然間看到的皇帝。

他會專程來看自己演出，這的確出乎子妤的意料之外。但因為子紓並不知道這件事，所以子妤心中還是有些防備，總覺得皇帝以後還是不要再出現得好，免得打破自家姊弟生活的平靜。

「子妤，來，喝一口蜜水潤潤嗓子。這可是唐師父吩咐我親自為妳熬的。」阿滿從外面托了一個瓷盅走進來。「唐師父說秋燥傷肺，讓我用沙參、麥冬、石斛、炙杷葉、烏梅、青果、百合等養陰潤燥的草藥用文火熬燉了這盅蜜水來。妳只要一喝下去，保證嗓子比原來要亮上不少！」

子妤接過瓷盅，心裡頭甜甜的，沒想到唐虞提前就吩咐了阿滿幫自己熬製潤嗓子的蜜水，笑容也顯得格外甜。「多謝阿滿姊，辛苦妳了。」

「我哪會辛苦？」阿滿擺擺手。「這些藥材還是唐師父從太醫院親自挑了讓陳哥兒幫忙帶回來的，裡頭全是唐師父的心意，我不過動動手罷了，可擔不起妳的謝意哦。」說著，阿滿還曖昧地眨眨眼，似乎在逗子妤。

含羞怯笑地轉過頭，子妤可沒有那麼大的膽子直接承認什麼，更不願意撇清和唐虞的關係，只朝著茗月道：「阿滿姊和妳都很辛苦，妳拿個杯盞，我給妳們一人倒一杯，咱們分了喝吧。」

誰知茗月也狡黠地眨眨眼，跑到阿滿身邊站著。「我們可不敢分了這潤嗓湯，是唐師父對子妤妳一個人的心意呢。」

「妳們……」子妤有些臊了，臉頰緋紅，跺了跺腳，轉過身一口氣將瓷盅裡的湯水給喝得一滴不剩，這才放下瓷盅轉過身來。「不喝就算了，正好便宜我一個人！」

見子妤如此，阿滿和茗月對視一笑，其實兩人是故意逗子妤，想讓她放鬆些，不那麼緊張。

「子妤，妳準備好了嗎，差不多該上第二場了。」

三人正笑鬧之際，止卿的聲音從前頭傳來，子妤趕緊理了理戲服，將裙角一提，出了更衣的屋子。

「好了，我這就過去。」子妤朝止卿一笑，臉上的紅暈還未完全消褪，更加襯得一張嬌顏粉嫩剔透。

看到子妤這副模樣，似乎是想起了公主婚宴的那一夜，子妤在蓮池中央的戲臺上絕美驚豔的表演，止卿有著一瞬間的失神。

「走吧！」子妤走上前，沒有發覺止卿的異樣，只順勢伸手挽了他的臂彎。「你去前臺，幫我好好看看這一次是否比上一次唱得好。」

點頭，止卿這才回過神來，笑道：「今晚的意境可能比不上那一夜，但我相信妳經過這陣子的苦練，唱功上一定會優於上次的。」

看到子妤和止卿並肩而來，兩人說笑的樣子極為自然，唐虞有些羨慕，迎了上去。「累不累？這一曲唱完就能休息了。」

搖頭，子妤看著唐虞的眸子，突然想到什麼。「今夜，你也登臺嗎？」

「今晚的主角只有妳一個人，我會仍舊在旁邊為妳伴奏的。」唐虞否定了，又道：「妳只要記住，我永遠都會在一旁守著妳就行了。」後面這句話聲量極小，只有在唐虞身邊的花子妤能聽到。

耳畔不自覺地又浮起了一抹紅霞，子妤抬眼，用著水汪汪的眸子看著唐虞，一切已盡在不言中了。

經過兩刻鐘的休息，賓客們都有些迫不及待地想看花子妤再次登臺。

大廳中，眾人都在興致高昂地談論著花子妤。曾經看過她在福成公主婚宴上演出的人都想再次領略那晚無與倫比的美妙情景，而只是聽說的賓客，則心中充滿了期待，想看看到底其他人口中那一齣【洛神】是否如傳言那樣，能使得夜空的皎月也為之傾倒。

看到花夷再次踱步上臺，賓客們都自然而然的收起了交談，只屏聲靜氣地齊唰唰看向了戲臺。

「各位尊敬的客人，」花夷環顧了四周，似乎很滿意現場充滿了期待的氣氛，朗聲道：「夜色淒迷，花好月圓，有請子妤姑娘再次登臺，將帶來一齣【洛神】供大家鑒賞品味。」

花夷說完，便退下了。站在臺側的胡管事見狀，手一揮，各處負責燈火的小廝趕忙用手中準備好的蓋子將臺下席間的燭火給熄滅了。

正當大廳中一片漆黑，眾人茫然不知所措之際，卻聽得戲臺上傳來一曲笛音。

低吟婉轉，猶若拂過心靈的柔風，唐虞適時吹送出的笛音，將原本在黑暗中不知所措的賓客們都安撫了下來。他們的目光紛紛望向了仍舊漆黑一片的戲臺，心中的期待也越發濃厚了起來。

笛音一緩，花子妤終於登上了戲臺，下一瞬間戲臺頂上的天花板竟突然向兩邊滑開，正好露出當空的明月，那清澈的月光好像一束專門追逐著花子妤而落下的燈光，將她窈窕的身姿照得無比清晰，卻又朦朧魅惑。

「古人有言，斯水之神，名曰宓妃。」

好像花子妤便是那洛水而出、應月而生的女神，只是一句短短的唸唱，已然將臺下眾人的目光牢牢鎖住，讓他們大氣也不敢喘出來，彷彿就怕人世間的濁氣會打擾到這位降臨世間的仙子。

適當的停頓之後，唐虞的笛音再次響起，和先前的低吟婉轉不同，這次的樂曲中帶著幾分舒緩縹緲，晶瑩清透。

一個轉身，子妤將藏在廣袖之下的水袖驟然向兩邊展開，伴隨著屋頂灌入的夜風，衣袂如柔風撫摸一般，使得戲臺當中的她越發顯得飄然若仙，迷離幽美……

之後的表演便和福成公主大婚那一夜差不多，看得一眾賓客只覺得眼目明媚、耳覺清新，直到花子妤唱完全曲，端立在臺上深深地鞠躬，大家仍久久未曾從先前那一幕幕絕美暢快的情景妙音中抽離出來，只覺得這種美已經到了極致，彷彿會讓人窒息。

整齊劃一的，大廳中各處燈燭再次被點亮。

輝煌的燈火終於將人們的神思給喚回，頓時，一如雷鳴般震耳欲聾的掌聲齊齊響起，沒有半個人喊出喝彩，只有雙掌相擊的清脆聲，層層疊疊在一起，震撼到好像足以將已經緩緩合攏的屋頂給再次掀翻一般。

戲臺上的子妤還在深深地鞠著躬，沒有任何人看到，她兩頰微微的細汗混合著從眼角滲出的淚水滴落了下來，在猩紅的絨布地毯上留下了一點一點圓形的濕痕。

藉由鞠身行禮的這一片刻時間，子妤用力地喘了幾口氣，想平復自己過於激動的心境。

可不知為何，胸口猶如擂鼓一般的興奮感怎麼也無法壓制下去，越發讓自己臉頰變得隱隱緋紅，剔透猶如赤紅暖玉。

還好，適時落下的帷幕將子妤已經略微顫抖的身子給擋住了。一直在戲臺側方的唐虞將竹笛別在腰際，快步地登上臺去，一把將子妤打橫抱起，只低聲在她耳邊低語道：「好了，好了，妳完成了，妳已經全部完成了，放鬆吧，什麼都別再想了。」

有了唐虞在耳畔的溫柔叮囑，子妤只覺得梗在胸口久久無法理順的氣息突然就那樣一瀉，只覺得全身就那麼鬆軟了下來，只任由唐虞抱著自己，唇角含笑地閉上眼睡了過去。

沒有任何人知道，花子妤為了今晚的演出付出了多少。

每天超過六個時辰的練功、練嗓，臨近演出的前三日，她幾乎緊張得整夜無法入睡。

從回到戲班的那天開始，就不斷有大大小小的事情出現，紛亂不斷，困擾也不斷。她和唐虞之間的問題雖然已近解決，但始終是個心結。加上青歌兒出事，讓子妤的心境總也靜不下來。

加上自己被突然晉升為一等戲伶，班裡同門對她的態度總是有些晦暗不明。

所以她想要證明，證明自己是真的有實力成為一等的，而不僅僅是靠著皇帝和自己的隱秘關係得來的。

今夜的演出，可謂是子妤的心血之作，當她終於圓滿完成了之後，心態自然就隨之整個放鬆了；加上有唐虞溫暖而熟悉的懷抱保護著自己，子妤終於覺得可以休息了，便拋開一切，直接閉上了眼。

心疼懷中人兒的疲憊，想到子妤在臺上那樣光彩奪目，下臺之後卻如此筋疲力竭地直接睡過去，唐虞沒有給任何人解釋，乾脆直接抱著她回到了南院，遠離了前院的喧囂。

將她輕輕放在床榻上，唐虞看著子妤起伏的胸口，聽著她均勻的呼吸，心裡總算放心了些。

先前，還以為她昏倒了，卻沒想她只是太累了……唐虞將被子拉過來為她蓋上，一句話也沒有說，只靜靜地守候在一旁。

章二百一十一 心疼不已

今晚的月光皎潔如水，從窗隙間透過來，即使屋內沒有點燈，周遭仍舊清朗明亮。子妤略顯白皙的肌膚在月光照耀下散發出瑩瑩如玉的光澤，薄唇輕合，眉頭舒展，一副沈沈進入夢鄉的安心模樣。

唐虞不禁看得有些癡了，憐惜代替了先前的心疼，唇角揚起一個愉悅的弧度，伸手輕輕撫了撫她的臉頰。

微涼的觸感帶著一絲滑膩，唐虞收回了手，踱步來到窗邊，推開窗讓更多月光照進來。

「唔……」

只睡了小半會兒，子妤便醒了。只覺得渾身上下都痠痛難忍，耳朵裡也嗡嗡作響地實在難受。

唐虞回頭，見子妤掙扎著從床上坐起，趕忙過去扶住她。「慢慢來，別慌。」

看到唐虞在身邊，子妤的心一下子就靜了下來，覺得身上沒那麼痠痛，頭也不那麼昏了，只乖乖點點頭，順著他扶持自己的力氣坐了起來。

唐虞端起子妤先前就準備好的茶水湊了過去。「來，喝一口溫茶先暖暖胃。」

喝下一大碗溫茶，子妤頓時覺得心裡頭舒服了許多，微笑道：「我沒事兒的，就是有些累。」

「我不在妳身邊，妳就是這樣照顧自己的嗎？」

收起先前溫柔憐惜的微笑，唐虞對著子妤卻露出了嚴肅的表情。「妳下臺之後完全已經虛脫了，若不是連續熬夜的練功，又怎麼可能會如此。」

「我……我只想證明給大家看，我花子妤是有能力坐上一等戲伶的位置。」子妤被唐虞這樣一說，有些不安的別過眼。「你也知道，我在戲班一直就是名不正言不順的，這次被破例升等為一等戲伶，好多人就等著看我笑話呢。我不想被人看不起，更想……能夠配得上你……」子妤越說到後面，聲量也越來越小。

看著她埋下頭，露出雪白的後頸，唐虞只覺得心疼到不行，也顧不得責備她了，直接伸手將她攬入懷中，嘆道：「我不是要責備妳什麼，只是……妳這樣子，讓我怎麼放心在皇子所待下去。」

抬眼，子妤眸中有淚，咬著唇搖搖頭。「我以後不會這樣了，我會好好照顧自己的。」

「妳就是個外冷內熱的人。」唐虞捧著子妤的臉，拇指輕輕替她拭去了眼角的淚珠。「班主讓妳住進海棠院，就是為了讓妳隨時可以自己練功。結果妳卻讓青歌兒也住進去了，她已經是失心瘋，且不說影響妳休息，天天看到她，妳的心情也不會平靜下來的。妳連自己都顧不好了，卻還要幫忙照顧她，不累倒才怪。」

子妤癟癟嘴，知道唐虞說的是事實，沒法反駁，只撒嬌道：「我只是看不下去班主要攆她出去，可憐她罷了。」

見子妤一副小可憐的模樣，唐虞心軟了，語氣放鬆下來，逗趣說道：「妳從小就會照顧周圍的人，可總是忘了照顧自己，一直都瘦瘦的，怎麼抱都覺得沒有肉。」

「哎呀！你莫非嫌棄我了！」

子妤不依，粉拳握起就要朝唐虞胸前捶過去，卻在半途就被攔截住，只感覺一雙大手將自己的拳頭完全包覆住，溫暖的觸感不斷從肌膚相碰的地方傳到身上。

羞赧地側過頭頸，子妤只覺得心「撲通」直跳，好像要從嗓子眼兒裡蹦出來一般，如此月色之下兩人單獨待在屋子裡實在太過曖昧，連呼吸間都滿滿地全是彼此身上的氣味。

唐虞看到子妤羞怯的樣子，心中越發地喜歡了，趕忙鬆開了手，故意道：「怎麼，我弄疼妳了嗎？」

「沒有。」子妤抿了抿唇，有些無奈。

「那妳為何別過眼不看我？」唐虞忍住心頭的笑意，佯裝不知。「可是惱了我？」

「你別誤會。」子妤這才趕忙抬首。「我只是……」

藉著月光一看，子妤這才發現唐虞眼底促狹的表情，和那唇角忍不住泛出的笑意。明白是他在逗弄自己，子妤氣惱了，加大了力道，又直接往唐虞胸口捶過去。「讓你笑話我！」

唐虞吃痛，知道子妤是真的惱了，趕忙張開雙臂就是一抱，將她緊緊環在胸前。「乖，我錯了可以嗎！」

子妤個頭稍高，正好被唐虞抱個交頸。

眼前就是唐虞的耳朵，子妤正在氣頭上，想也沒想，一口就咬了上耳垂。「看你還敢欺負我……」

唐虞只覺得耳邊一熱，一股酥麻的感覺由下而上，撓得心頭越發慌了起來。「子妤，別這樣。」一說著，雙臂一緊，卻把子妤抱得更緊了，好像要將她揉進自己的心裡似地。

先前一時氣惱，子妤忘記了耳後對於任何人來說都是極為敏感的位置，況且自己還咬了唐虞的耳垂一口，只覺得羞赧更甚，臉頰立馬就發燙起來，趕忙一把推開了唐虞。「對不起，我……」

看著子妤殷紅欲滴的粉唇就在眼前，唐虞只覺得喉頭發緊，漆黑的眸子裡閃過一絲渴望，不等子妤把話說完，就那樣毫無預警的吻了上去。

唇齒之間含著淡淡的酸澀、淡淡的甜蜜，清清淺淺，卻偏偏又極為誘人……在唐虞的主動下，子妤害羞之後卻是大膽的回應，粉唇微啟，任由他欺進了貝齒後的丁香小舌。

舌尖的觸碰感覺是那樣充滿了誘惑，好像一道閃電在兩人的心中劃過，帶來的卻是無法想像的歡愉之感，似乎將禮數和倫理全拋在了腦後，兩人都急促地喘息著，只想汲取屬於對方的每一絲氣息、每一縷心魂……

纏綿了好一會兒，兩人才戀戀不捨地分開了。

唐虞捧著子妤的臉頰，手指輕輕摩挲著那兩瓣誘人犯罪的粉嫩紅唇，聲音略顯低啞地道：「為什麼，每每只要一靠近妳，我所有的堅持都會被一擊而潰，根本沒法把持住不去親近妳，不去……愛妳……」

這是唐虞第一次從嘴裡說出「愛」這個字眼，聽得子妤先是一愣，隨即水眸中瞬間就溢滿了淚水。

兩情相悅，這是何等的旖旎幸福！而自己竟能擁有唐虞的「愛」，這讓子妤一顆心已經被柔情密意給滿滿的包圍住，只覺得此時此刻，全身上下都有種說不出的安全感。

並不羞於說出同樣的話，子妤直直的看著唐虞，淚光微閃。「子沐，我和你一樣，根本沒有辦法不去愛。就算付出再大的代價，我也會用我一輩子的時間去愛你……」

這算是兩人首次向對方徹底的表白，而在激情過後，小小的尷尬也在已經略微清醒的兩人之間蔓延開來。

從未遇見過這種狀況的唐虞首先起身來，側過眼，不想被子妤發現自己也臉紅了。「我想……妳為了演出應該沒吃晚飯，這會兒也餓了吧，我去給妳找些吃的來。」說完，轉身趕忙出了屋子。

唐虞立在院中，仰頭看著異常魅惑的月色，長長地深呼吸了幾口氣，藉以調整心情。

看到唐虞逃也似地往屋外走去，原本也有些緊張的子妤反而放鬆了些。她可從沒有見過唐虞害羞呢。一直以來，他要麼是一副嚴肅的師父模樣，要麼是一副溫柔淺笑的俊俏公子模樣……而臉紅的唐虞，看起來還真是讓人覺得可愛極了。

感覺身子舒服了些，子好翻身下床來，動手將被子疊好，又生了火燒好水，便靜靜守在門口，一邊看著天空的一輪明月，一邊默默地等唐虞回來。

——未完，待續，文創風039《青好記》6之6‧〈伴花歸去〉

文字魔法師／一半是天使

從卑微啞女到傾世名伶，歷盡艱辛後是蛻變成蝶？還是繁華凋零？

10/4
精采
大結局

保證出乎意料的好看

就算是為了祭奠她短暫而又晦暗的前世，
她也一定要讓自己在這一世活得足夠精彩！

文創風 039 **青好記** 6之6〈伴花歸去〉

自從升為一等戲伶後，花子妤頓時成為京城裡大家追捧的焦點，
權貴富賈捧著銀子排隊邀請她演出，聲勢簡直如日中天。
如今只剩問鼎「大青衣」的心願了，若能如願，便能同時獲得皇帝的賜婚；
而有了皇帝的金口玉言，哪怕和唐虞曾是師徒關係，又有誰還敢非議呢？
可事業上順風順水，並不代表愛情裡也得心得意。
她與唐虞這段歷經艱難、情比石堅的感情竟也半途生變！
原來唐虞在江南老家早已有了自小一起長大的童養媳，
人家不僅是才藝兼具的絕色美人，還一片癡心千里追到京城來，
更隨身帶來了唐家傳給大房媳婦兒的傳家手鐲。
眼看人證、物證俱在，花子妤也錯愕得不知如何是好，
這一次她能憑藉聰明冷靜化解危機，得到圓滿的結局嗎？
還是毅然決定拋下虛名，追求屬於她的幸福？

那一世，他轉山轉水轉佛塔，不為修來生，只為途中與妳相見；

那一瞬，他墜凡成魔，不為劫滿再生，只為佑妳平安……

重量級好書名家／墨舞碧歌

非我傾城

文創風 033　8之2〈醜顏妃〉

翹楚在太子府等待出嫁前，她的夫婿睿王卻親眼目睹太子吻了她，
而在隨後發生的行刺太子事件中，她為救太子，讓刺客誤以為他才是太子，
結果他因此受了傷，也一併褪去人前溫和不爭的假面，露出陰鷙狠戾的模樣，
她這才驚覺，他以前所有的溫情以待都是在作戲，娶她也不過是別有目的，
不過無妨的，此生只要完成來東陵及救母的任務，其他的都不重要，她不需愛情，
誰知她意外發現書房的秘密，進入一處地穴，看見一個俊美無儔的男人，
那分明是太子的臉，但他身邊不離身的鐵面卻昭示他是她的爺、她的丈夫！
老天，秦歌的前世究竟是太子上官驚灝，還是遭她背叛過的睿王上官驚鴻？

文創風 036　8之3〈佛也動情〉

他是萬佛之祖飛天，本該心如明鏡、無慾無求的，
不料在親手接生了翹家二女若藍後，命運之輪便啟動了，
明知不可，他卻悄悄對貼心善良的她動了情，
他很明白這是不被允許的，因此他一直掩飾得很好。
對誰都好、看似有情卻無情，是他向來給眾神佛的印象，
直至他的佛殿祝融肆虐，她為救寶貴典籍而喪命，
至此，他再做不來喜怒不形於色，
為免她魂飛魄散，當下他使計讓兩大古佛施展捕魂咒救她，
事後，他及天界一干動了愛恨嗔癡念的眾神佛皆得下凡歷劫，
他成了睿王上官驚鴻，而若藍則化為翹楚，
倘若再愛上她以致歷劫失敗，那她將灰飛煙滅，於是，他只能對她狠了……

文創風 037　8之4〈爺兒吃飛醋〉

大婚前先是與他的太子二哥曖昧不清，大婚後又和九弟夏王眉來眼去？
想不到翹楚這姿色平平的女人，還真有活活氣死他的本事！
她那破敗身子毒病一堆，沒幾年命好活了，竟還有閒工夫到處勾搭他的兄弟？
民間姑娘、勾欄場所的花魁，幾時看九弟真心對待過一名女子了，
而今不僅一直戴著她給的荷包，還贈她千年白狐做成的名貴狐裘，這算什麼？
怎麼著，難不成九弟這次竟看上了自己的嫂嫂、看上他用過的女人嗎？
只是，他這個好弟弟似乎忘了一件事——翹楚是他的女人！
即便他上官驚鴻不愛，他上官驚驄也休想染指她一分一毫，
不論是死是活，這輩子她翹楚都只能是他八爺的妃！

《非我傾城》隨書附贈東陵王朝人物關係表&精美封面圖書卡

我愛你的時候，付出了一切，乃至生命，

從不曾後悔，因為我無愧於這份愛情；

當我決定不愛你的時候，你卻靜靜站在我心裡，

怎麼都驅趕不去……

纏綿愛戀　第一大手

雪靈之

愛得有多深傷就有多重，究竟愛情與權勢該如何抉擇？

一部最深刻動人的皇宮愛情故事，

一場一波三折的皇權之爭……

結緣

文創風 024 2之1〈癡心無藥〉

原月箏，翰林院學士之女，美麗而純真，
在一次進宮參加壽宴時，不經意看見他的眼淚、他的脆弱，
對失去母后又被父皇疏遠的五皇子鳳璘因憐生愛、情根深種，
為了成為他口中「舉世無雙」的王妃人選，她費盡心思地努力學習，
終於，如願成了他的妻，她傾盡所有地對他好，期望能與之白首偕老，
即便被擄至敵營，她也寧願挨餓受凍，以換得完璧之身回到他身邊。
然而真相如此傷人，她發現自己只是他奪取皇位的一顆棋子！
她心痛，卻不遺憾，甚至願意成全他，
只因他帶給她的痛苦再多，也抵不過她感覺到的甜蜜，
雖然這甜蜜是那麼自欺欺人，而相遇的代價是如此沈重，
但就算必須因他去到黃泉的最深角落，她也無愧無悔，曾這樣愛過一個人……

文創風 025 2之2〈愛恨難了〉

政宗鳳璘，翥鳳王朝的五皇子，冷漠而孤單，
為了奪回原該屬於自己的皇位，他使盡心計，甚至不惜利用單純的原月箏！
可那樣嬌小脆弱的她，卻無條件地支持他、了解他的不甘和傷痛，
每當她用那水燦燦的眼瞳直直看著他，心裡的陰鬱便被輕緩地照亮了，
他不喜歡這種無法躲避的明亮，卻貪戀她帶來的溫暖，
就是這樣的她，讓他漸漸無法抵禦，在她面前，他不知不覺變得笨拙且脆弱。
然而現實如此殘酷，他沒有選擇，只能照著計劃一步步進行，
但是當她在他面前頹然倒下，那一刻，他卻茫然了……
面對權勢與愛情，她讓他陷入了兩難，
沒想到這個他原本不願意在乎的女人，卻讓他萬般痛苦、如此不捨……

文創風 038

青好記 6之5 〈絕代名伶〉

國家圖書館出版品預行編目資料

青好記. 6之5, 絕代名伶 / 一半是天使著. --
初版. -- 臺北市 : 狗屋, 民101.09
面 ; 公分. --（文創風）
ISBN 978-986-240-899-5（平裝）

857.7　　101016055

著作者　一半是天使
發行所　狗屋出版社有限公司
地址　台北市104中山區龍江路71巷15號1樓
電話　02-2776-5889～0
發行字號　局版台業字845號
法律顧問　蕭雄淋律師
總經銷　知遠文化事業有限公司
電話　02-2664-8800
初版　101年09月
國際書碼　ISBN-13　978-986-240-899-5

原著書名：《青好記》，由起点中文网（www.cmfu.com）授權出版。

定價230元
狗屋劃撥帳號：19001626
網址：love.doghouse.com.tw　E-mail：love@doghouse.com.tw